Best Time

白 马 时 光

一切突然完全静止，就连我们也静止了，
谁也不动一根汗毛。
好像就连呼吸也停止了。
我们就像那样待了很长一段时间——
动也不动，一声不发。

妈妈尖叫着安迪的名字，一遍又一遍。

声音那么大，我捂住了耳朵。

今天这一天，我耳朵听了太多好大的声音。

妈妈又哭又叫，很久以后，她才让爸爸将她抱进怀里，

不再打他了，大概终于不生气了吧。

"没人会来找我的。"我小声说。

没人会听见我说话，就连克兰西都不在，
这样自言自语，还挺奇怪的。

但同时感觉也很好，就好像是身体的一部
分在跟另一部分说话，这样就能平静下来。

我们玩的游戏叫"印第安部落"。

安迪是酋长，盘腿坐在石头正中间，

印第安酋长都这么坐。

他头上戴着蓝发圈，上面粘了各种颜色的羽毛，

头发都跑到发圈外面去了，看起来很乱。

查理说出妈妈的名字好像很困难，说出那几个字后，好像一座火山那么多的难过开始喷发。查理哭了，不只用脸哭，整个身体都在哭。我从没见谁这么哭过。他整个人都在晃，哭得震天响。

那哭声仿佛来自他身体至深的地方。

过了一会儿，爸爸开始动来动去，"这里头还挺热的是吧？"

"嗯，"我答道，"但很舒服，我喜欢。"

"我也喜欢，"爸爸说，"我知道这儿是你的专属秘密空间。不过，我能偶尔来看看你吗？"

"能。"我答道。

"我能瞧瞧吗？"查理问道。

于是，我让他看了照片。

查理看了片刻，露出苦笑，然后将照片交还给我。

因为寒冷，我接过照片时手不住颤抖。

我后背拱进妈妈怀里，听爸爸念书。
妈妈的体温温暖着我的身体，
爸爸念书的声音很低很静。
我眼皮开始发沉，
好难撑住，进入梦乡。

ONLY CHILD

剩下来的
孩子

[美] 莉安侬·纳文 著　漪微 译

百花洲文艺出版社
BAIHUAZHOU LITERATURE AND ART PRESS

图书在版编目（CIP）数据

剩下来的孩子 /（美）莉安侬·纳文著；漪微译 . —
南昌：百花洲文艺出版社，2018.6
ISBN 978-7-5500-2801-2

Ⅰ . ①剩… Ⅱ . ①莉… ②漪… Ⅲ . ①长篇小说—美
国—现代 Ⅳ . ① I712.45

中国版本图书馆 CIP 数据核字（2018）第 072740 号

江西省版权局著作权合同登记号：14-2018-0063
Only Child by Rhiannon Navin
Copyright © 2018 by MOM OF 3 LLC.
Published by arrangement with Folio Literary Management, LLC and The Grayhawk Agency.
Chinese Simplified Character Translation Copyright © 2018 Beijing White Horse Time Culture
Development Co.,Ltd.
All Rights Reserved.

剩下来的孩子 SHENGXIALAI DE HAIZI

〔美〕莉安侬·纳文 著　　漪微 译

出 版 人	姚雪雪
出 品 人	李国靖
特约监制	王 瑜
责任编辑	游灵通　程 玥
特约策划	刘洁丽
特约编辑	刘洁丽　王良玉
封面设计	陈 飞
版式设计	王雨晨
封面绘图	三 乖
出版发行	百花洲文艺出版社
社 址	南昌市红谷滩世贸路 898 号博能中心 Ⅰ 期 A 座 20 楼　邮编 330038
经 销	全国新华书店
印 刷	三河市金元印装有限公司
开 本	880mm×1230mm　1/32
印 张	9.5
字 数	236 千字
版 次	2018 年 6 月第 1 版第 1 次印刷
书 号	ISBN 978-7-5500-2801-2
定 价	42.00 元

赣版权登字：05-2018-178
版权所有，侵权必究
发行电话 0791-86895108　　　　　网 址 http://www.bhzwy.com
图书若有印装错误，影响阅读，可向承印厂联系调换。

献给布拉德、塞缪尔、加瑞特和弗兰基

献给妈妈

我必须始终直面黑暗。

如果我挺直腰板去面对，就有机会战胜恐惧；

如果我只会闪避躲藏，恐惧就会战胜我。

——玛丽·波·奥斯本《我的秘密战争：玛德琳·贝克的二战日记，
长岛与纽约 1941》

1

有人拿枪来学校那天

有人拿枪来学校那天，我记得最清楚的就是老师拉塞尔小姐的呼吸，温热中夹着咖啡的味道。储物间里漆黑一片，只有门缝透进来的一点点光。门是朝外开的，拉塞尔小姐从里面紧紧拽着。门上并没有把手，只有个松垮的金属片，所以她就用拇指和食指死死拽着那金属片。

"扎克，千万不要动，"她低声说，"不要动。"

我没有动。就算我坐在了自己左脚上，脚麻了，好像有针在扎，特别疼，我还是忍住不动。

拉塞尔小姐一说话，她那咖啡味的呼吸就喷向了我的脸颊，不太好闻。她抠在金属片上的手指不停地颤抖，一边拉着门，一边还得安慰我身后的伊万杰琳、大卫还有艾玛，他们仨一直在哭，所以一直在动。

"老师在这儿呢，"拉塞尔小姐说，"老师会保护你们的，嘘，安静。"我们听见，外面一直传来砰砰的声音，还有人在尖叫。

砰！砰！砰！

我有时会在 Xbox 上玩《星球大战》，这声音跟游戏里的很像呢。

砰！砰！砰！

总是先砰三声，然后一片安静。或者砰三声，然后有人尖叫。每次砰声传来时，拉塞尔小姐的身体总会颤一下，她的低语也会变得更加急促，"别出声！"伊万杰琳正在打嗝。

砰！嗝！砰！嗝！砰！嗝！

好像有人尿裤子了，储物间里一股尿味。就感觉好像又有拉塞尔小姐的呼吸味，又有尿味。我们课间在外面玩时下了雨，打湿了外套，所以还有那个湿味。"外面没什么好玩的。"科拉瑞丝太太说。"难道我们是糖糊的吗？"我们这样回答。我们是觉得下雨没什么大不了嘛，出去顶着雨踢足球，玩警察抓坏人的游戏，头发和外套都被雨淋湿。我小心地转过身，想伸手摸摸外套，看是不是还湿着。

"别动。"拉塞尔小姐小声说道，她换了只手拽门，手镯相碰，发出当啷当啷的声音。老师右手总戴着好多手镯，有几个上头还挂着小吊坠，往往都有特殊的纪念意义。每次她去旅游，都会在旅游的地方买个吊坠做纪念。刚上一年级时，她就给我们看了所有的小吊坠，告诉我们这个是哪儿买的，那个是哪儿买的。最新的吊坠是暑假出去玩时买的，是条小船。她说，她坐在一条小船上划到了离尼亚加拉瀑布很近很近的地方，这个小船吊坠就是那条船的迷你版。尼亚加拉瀑布是一个好大好大的瀑布，在加拿大那边。

我左脚越来越疼，特别疼，我想，就挪出来一点点，这样拉塞尔小姐应该不会注意到吧。

外面刚开始砰砰响时，我们刚从室外回到教室，把外套塞进衣柜，准备拿出数学书。一开始我们并没有听得很清楚——那声音好像是从前面的走廊传来的，查理的办公桌那边。平常，如果爸爸妈妈们放学接我们回家，或者要去医务室看孩子，都要先到查理桌前写名字，把驾照给查理看，然后拿一个红绳吊着的牌牌，上面写着"访客"，然后得一直把这个牌牌挂在脖子上。

查理是麦金利的保安，在这里干了三十年了。去年我还在幼儿园，我们在礼堂里办了一个大大的 party，庆祝他来学校上班三十周年。好多爸爸妈妈都来了呢，因为查理也是他们在麦金利上学时的保安，我妈妈就是。查理说他其实并不需要办 party，"我知道大家都爱我啦。"查理边说边笑，那笑声就很好笑。不过我们还是给他办了个 party，而且我觉得办了 party 他好像也挺高兴的呀。他把我们给他做的手工艺品全都摆在了办公桌周围，堆不下的那些，他就带回家放起来。我给他画的那幅画，他摆在了桌子的正中央，看来我真是个优秀的画家呢。

砰！砰！砰！

刚开始时，声音并不大。拉塞尔小姐当时正站在教室中央，告诉我们哪几页的数学题要当堂完成，哪几页是课后作业。听见那砰的声音，她突然不说话了，眉头皱了起来。她走向教室门口，往玻璃窗外探出头去。"搞什么……"她念着。

砰！砰！砰！

然后，她往后退了一大步，"我操。"千真万确，她就是这么说的。那句脏话，我们大家都听见了，全班同学大笑起来。她话音刚落，教室墙上的广播喇叭传出来一个声音，"一级戒备！一级戒备！一级戒备！"这并不是科拉瑞丝太太的声音。这个"一级戒备"，我们以前演习过一回，那时候科拉瑞丝太太就用对讲机喊过。但这回这个声音，喊了不止一次，而且语速特别快。

拉塞尔小姐脸都白了，我们也不笑了，因为老师看起来很怪，完全没在笑。她那表情让我突然害怕起来，我喉咙一紧，呼吸有些困难。

拉塞尔小姐在门口转了几个圈，好像都不知道该往哪里走。然后，她不转圈了，锁住了门，关上了灯。外面在下雨，所以没有阳光照进窗户，但拉塞尔小姐还是跑到窗户前，放下了百叶窗。她说话好快，声音在抖，又很尖。"还记得我们一级戒备演习的时候是怎么练的吧？"她问道。我就记得"一级戒备"这四个字的意思是说"不许出去"，就好像外头着了大火那样，就是要待在屋里、离得远点。

砰！砰！砰！

外面走廊有人大声尖叫，我膝盖抖了起来。

"同学们，集体进储物间。"拉塞尔小姐说。

我们以前戒备演习的时候还挺好玩的，我们几个假装是坏人，而且一共就在储物间里坐了差不多一分钟，然后就听见查理从外面开教室门的声音，用的是他那把万能钥匙，能开学校所有门。他说："是我，查理！"这就意味着，演习结束了。可我现在不想进储物间，因为差不多所有人都已经进去了，看着好挤啊。可是拉塞尔小姐一只手按着我的脑袋，把我推了进去。

"快点快点。"拉塞尔小姐说。伊万杰琳和大卫还有其他同学都哭了起来，伊万杰琳哭得尤其厉害，大家都说要回家。我眼睛也湿了，但我不想流眼泪，那样小伙伴们就会看见我哭的样子了。奶奶以前教了我一招，叫"捏鼻子"，就是用手指捏鼻子从硬变软的那个部位，捏鼻子外面，然后眼泪就流不出来了。奶奶教我绝招那天，我俩都在操场上。有人把我从秋千上推了下来，我差点就哭了。奶奶就说："不要让他们看见你哭。"

拉塞尔小姐让所有人进了储物间，拉上了门，全程都能听见砰砰的声音。我不出声地数着数。

砰！一。砰！二。砰！三。

喉咙又干又痒，好想喝口水呀。

砰！四。砰！五。砰！六。

"求你了，求你了，求你了。"拉塞尔小姐低声念叨。然后她又跟上帝说话，管他叫"亲爱的主"，后面别的话我没听懂，她声音太小又太快，估计是只想让上帝听见吧。

砰！七。砰！八。砰！九。

总是砰三声，停一下。

拉塞尔小姐突然抬头，"我操。"又说脏话了哦。"我手机！"她打开一条门缝，砰声不再响起时，全都打开，猫着腰跑过教室，跑到讲台前，然后又跑回储物间，又把门拉上，这次说让我拽着那块金属片。于是我就拽着金属片，可是手指好疼啊，门又好重，关不上。我只好两手齐上阵。

拉塞尔小姐两手都在颤抖，抖得那么厉害。她解锁界面、输入密码时手机都跟着一起抖，老是输错密码，每次输错，屏幕上的所有数字都会抖一下，然后又要从头开始。"快点，快点，快点。"拉塞尔小姐说。她终于输入正确时，我看见了密码：1989。

砰！十。砰！十一。砰！十二。

我看着拉塞尔小姐拨报警电话911，那头有人接了，她说："对，您好，我在麦金利小学，在维克花园这边，罗杰斯路。"她语速很快。借着手机的亮光，我都能看见她口水喷在了我腿上一点。我都不能用手擦，手还得拉着门呢。不能擦，但我一直盯着那块口水，就在我裤子上，一个小口水泡，好恶心。"有个人在学校，有枪，他……好，那我不挂电话。"她对我们小声说，"已经有人报警了。"她说的那个词"有枪"，后来我就满脑子都在想。

砰！十三。有枪。砰！十四。有枪。砰！十五。有枪。

我在储物间里都快要喘不过气来了，可真热啊，好像空气都被我们吸完了。我想开一点门，放进点新鲜空气，但心里太害怕了。心在胸口跳得超级快，都快跳到嗓子眼儿了。尼古拉斯就在我旁边，眼睛紧紧闭着，呼吸声音特别急促。肯定是他，吸走的空气最多。

拉塞尔小姐也闭着眼睛，但呼吸比较慢。她"呼呼——"时，我就能闻到那口长气里头的咖啡味。她睁开双眼，又对我们小声说话。她叫了每个人的名字："尼古拉斯，杰克，伊万杰琳……"最后是"扎克"，这感觉可真好。她说："不会有事儿的。"她又对我们所有人说："警察就在外面，要来救我们了，而且我也在呢。"她在，我就很开心。有她安慰，我就不那么害怕了。就连咖啡口气，我都不觉得怎样了。我就假装是爸爸周末在家吃早饭时的口气。我也喝过一次咖啡，不怎么好喝。好烫，还一股……我也不知道怎么说，就是很老气的味道。爸爸听我这么说，笑了："行吧，反正咖啡对发育不好。"我也不知道他说的是什么意思，不过，我好希望现在爸爸在身边。可他不在，只有拉塞尔小姐和我的同学，还有砰砰的声音……

砰！十六。砰！十七。砰！十八。

声音突然变得好响好响，走廊里传来一阵尖叫，储物间里哭声更大了。拉塞尔小姐不再跟我们说话，转回电话那边："天啊，他走近了。你们来了吗？你们来了吗？"问了两遍。尼古拉斯睁开眼，呕一声吐了出来。吐得全身都是，还吐进了艾玛的头发里，沾在了我的鞋跟上。艾玛尖声一叫，拉塞尔小姐连忙捂住了她的嘴，手机脱手，掉进了地上那堆呕吐物里。门外有警报声。我有个特技，就是能分辨出不同的警报声——消防车、警车、救护车……可现在外面警报声太多，我都分不出来了。都混在一起了，还怎么分呢？

砰！十九。砰！二十。砰！二十一。

又热，又湿，又臭，我都快晕了，肚子好难受。然后，突然之间静了下来。再也没有砰砰声了，只有储物间里的哭声和打嗝声。

然后，突然响起了一大——堆——的砰砰声，好像就在我们旁边。一连串的砰砰声，还有东西掉下来摔碎的声音。拉塞尔小姐尖叫着捂住耳朵，我们也尖叫着捂住耳朵。我这一松开手，门就开了，光射了进来，刺痛了我的眼睛。我还想继续数砰声，但那么多，数不过来。紧接着，声音消失了。

一切突然完全静止，就连我们也静止了，谁也不动一根汗毛。好像就连呼吸也停止了。我们就那样待了很长一段时间——动也不动，一声不发。

然后，教室门口多了个人影。我们都听见那人在转动门把手。拉塞尔小姐呼吸都成了一坨一坨的，就那种"哈、哈、哈"的声音。有人在敲门，一个叔叔大声问道："里面有人吗？"

2

沙场负伤

"没事了。警察来了，都结束了。"那叔叔大声说。

拉塞尔小姐站起身，在储物间门口停了一下，然后朝几步开外的教室门口走去，她走得很慢，好像已经忘记了该怎么走路，也有可能是像我一样，坐在腿上于是腿麻了，像针扎一样疼。我也站了起来，大家都跟着我一起，慢慢走了出来，都好像刚学会怎么走路一样。

拉塞尔小姐打开门锁，很多警察走了进来。我看见走廊里还有更多警察。一位警察阿姨将拉塞尔小姐揽入怀中，老师大声哭着，好像噎住了一样。我想挨在老师身边，现在大家站得这么分散，一点也不挨着，一点也不暖和，我都冷了。这么多警察，我又害羞又害怕，于是拉着老师的衣角。

"好了，同学们请走到教室前面来，"一个警察说，"在这边排好队。"

　　我听见窗户外面还有好多警报声。窗户很高，所以看不见外面，平常想看外面都要站在椅子或者桌子上面，这个是学校禁止的。再说了，刚开始砰砰砰时拉塞尔小姐就把百叶窗拉下来了，也看不见。

　　一个警察叔叔用手推着我肩膀，让我排队。他跟另一个警察叔叔都穿着带背心的制服，子弹打不进去的那种。有几个警察还戴着头盔，好像拍电影似的，都拿着好大的枪，不是腰带上配着那种一般大的枪。又有枪又有头盔，看着可真吓人啊。但他们对我们说话很友好，"小朋友们好啊，别担心，都结束了！你们现在安全了。"就类似于这样的话。

　　我不太懂是什么东西结束了，但我不想离开教室，而且拉塞尔小姐没跟我们队最前头那个领队站一起。她还在旁边，跟那位警察阿姨在一起，发出抽噎的声音。

　　一般我们要排队走出教室的话，大家都会推来推去，然后就会因为不好好排队而被批评。这次我们却都静静地站着，伊万杰琳和艾玛还有别的几个同学还在哭，在哆嗦。我们都盯着拉塞尔小姐看，想看她能不能不哭了。

　　教室外面传来好多声音，走廊尽头有人在大喊。好像是查理的声音在喊："不，不，不！"一遍又一遍。我想，查理为什么要叫成这样？有枪的人把他打伤了吗？他可是学校保安，要是有人有枪那对他来说可真是太危险了。

　　还有别人在哭，在喊，都是不一样的声音——"啊，疼——""头部损伤，双绳救援！""股动脉出血。上压力包扎和止血带！"警察腰上的对讲机哔了又哔，对面说了好多话，说得特别快，根本听不懂。

　　队前面警察的对讲机响了起来，那头的人说："准备转移！"于是他转身说："转移！"其他警察在队伍后面推着我们，于是我们都开始走，但走得很慢。谁也不想出去到外面的走廊里，外面走廊里的人还在哭喊。

最前头的警察站在原地，跟身边走过的学生轮流击掌，好像开玩笑似的。我没跟他击，他只好拍了拍我的头。

我们要穿过走廊，走到后门食堂那里。我们看见一年级其他班还有二年级和三年级的班也都像我们一样排着队走，每队都有警察领着。大家看起来都很冷，很害怕。"别转头，"警察说着，"别看身后。"可我想看，想看之前的"不，不，不！"是不是真是查理的喊声，想看他有没有事。我想看是谁在尖叫。

我转了头也看不见什么，因为莱德就在我后边，他个子很高，他后面还有很多同学。但就算这么多同学和警察到处走着，挡着我的视线，我还是能看见些东西的——有好多人躺在走廊的地板上，身边是救护车的人，还有警察，都围在旁边弯着腰。还有血。至少我觉得应该是血。就是那种黑红色，黑黑的水洼，好像油漆洒了，洒得走廊满地都是，墙上也有。我还看见四年级、五年级的高年级同学在莱德后面走着，脸色白得像鬼，有几个人在哭，身上有血，脸上也有血，衣服上也有血。

"转回去！"有个警察叔叔在后面命令道，这次语气不怎么友好。我赶紧掉转回来，心还在因为看见血而扑通直跳。我看见过真的血，但就只有一点点，比如摔了跤膝盖会流血，从没看见过像现在这样，这么多血。

好多别的同学也在回头看，警察喊了起来："看前面！不要转头！"可他们越是这么说，就有越多的人看见同学转头，所以自己也转头。大家都尖叫起来，加快步子，撞人推人。走到后门时，有人从旁边撞了我一下，我肩膀撞到了金属门，疼得不行。

外面还在下雨，现在下得很大了，我们都没穿外套。东西都还在学校呢——外套、书包、书袋什么的，可我们还是一直走，走到操场，走过平常课间总是关着的后门，后门关着是为了里面的人不要跑出去，外面的不认识的人不要跑进来。

走到外面时，我差不多好点了。心不再狂跳，雨点打在脸上感觉还挺舒服的。天很冷，但我觉得冷很好。大家都慢下脚步，不再又叫又哭又推别人了。好像雨让大家都冷静了下来，就像我一样。

我们穿过路口，到处都是救护车、消防车、警车。所有车都在闪灯。灯光照射在水洼上，成了蓝的红的白的圈圈，我抬脚去踩，水漫过鞋上面的洞洞，我袜子湿了。我把鞋弄湿了，妈妈肯定会生气。水洼里的蓝红白光，放在一起好像美国国旗的颜色。

路被大卡车和小轿车堵住了，又有好多车在后面，我看见家长们纷纷跳了出来。我想找妈妈，但没看见妈妈。警察在路口两边都拉了警戒线，所以我们在里面走，但家长不许进来。他们叫孩子名字时好像都带了问号，"伊娃？乔纳斯？吉米？"有同学应着："妈！妈！爸！"

我假装是在演电影，所以才会有各种灯，各种带大枪头盔的警察。这样我会觉得很刺激。我假装是军人，刚从战场凯旋，我是大英雄，大家都来迎接我。我肩膀很疼，刚打完仗能不疼吗？我这叫沙场负伤。以前我打曲棍球、踢足球或者就在外面玩时，要是受了伤，爸爸就会这么说："沙场负伤，是男人就得有，说明你不是胆小鬼。"

3

耶稣和真的死人

    警察领队带我们走进了学校旁边路上的小教堂里。一进入里面，我就觉得自己不像大英雄了。那种激动感，都跟消防车和警车一起留在外面了。教堂里面又黑又静又冷，关键是我们都淋了雨，湿透了。

    我家不常去教堂，就一次有人结婚时去过，然后就是去年齐普大伯葬礼去过，但那个是在齐普大伯家住的新泽西，是个大点的教堂。齐普大伯死时我很难过，他都还没老呢。他是爸爸的哥哥，就比爸爸大一点点，但还是死了，因为得了癌症。好多人都得这种病，而且身体不同部位都可能得这种病。有时候，这种症还会跑得你全身到处都是，齐普大伯就是这样，然后医生也没办法给他治好，所以他就去了另一家医院，就是那种好不了了的人去等死的医院。

    我们去那里看过他。我想，他肯定很害怕，因为他大概知道自己要死了，死了就不能跟家人在一起了。可见到他时，他又好像不害怕，他就是一直在睡觉。我们走了以后，他也没有醒来。他就那么睡着死去了，所以我想，他可能也不知道自己死了吧。有时上床睡觉时，我就想这些，然后就不敢睡了。要是我也睡着睡着就死了，自己都不知道，那怎么办呢？

在齐普大伯的葬礼上，我哭啊哭，主要是因为齐普大伯永远地走了，我再也见不到他了，而且也因为大家都在哭，尤其是妈妈、奶奶和齐普大伯的老婆玛丽伯母。嗯……不算是他老婆，因为他们没结婚，但我们还是管她叫玛丽伯母，因为他们做了好长时间的男女朋友，从我出生开始就在一起。我哭还因为齐普大伯躺在教堂前面的那个盒子里，盒子叫棺木。那里面肯定很窄吧，我可不想躺在那种盒子里，永远不想。只有爸爸没哭。

警察让我们坐在教堂长椅上时，我想起了齐普大伯，想起了在他的葬礼上我有多难过。我们都得坐在长椅上，警察喊："往里面挪，大家必须都坐下啊，再往里。"于是我们就又往里挪，直到所有人又都挤在一起，好像在棺木里一样。左边的长椅和右边的长椅中间有条走道，有几个警察排成队站在长椅旁边。

我两脚都冷得像冰，而且还尿急。我问我坐的长椅旁边的警察，能不能去下洗手间，可他回答："大家现在都必须坐着，小朋友。"所以我只好憋着，不去想有多尿急。可人越是不想去想什么事，就越是满脑子都是这件事。

尼古拉斯在我右边，离我很近，还是一身呕吐味。我看见拉塞尔小姐跟别的老师一起坐在后排长椅上，我想跟她坐一起。身上有血的高年级同学也坐在后排，好多人还在哭。有什么好哭的，我们低年级的都不哭了。几个老师和警察，还有教堂的一个人在那边，我知道那个人是教堂的是因为他穿着白领黑上衣。他们都在跟高年级的同学说话、拥抱，用纸巾擦掉他们脸上的血。

教堂前面有一个很大的桌子，而且是很特殊的桌子，叫作圣坛。圣坛上面是个大十字架，上面吊着耶稣，跟齐普大伯葬礼的教堂一样。我努力地不去看耶稣，耶稣的眼睛是闭着的。我知道他死了，手脚上都钉着钉子。很久很久以前，真的有人给他钉了钉子，把他钉死了，尽管他是个好人，而且是上帝的儿子。这故事是妈妈给我讲的，但我不记得他们为什么要这样对耶稣。现在他要是不在我面前就好了，有他在，我就会想起走廊里的人，那么多血。我就想，可能他们也死了。如果他们也死了，我就看见了真的死人！

大家差不多都挺安静的，这么安静，我耳朵里又响起了那砰砰声，好像回声一样从教堂墙壁那边传回。我甩了甩脑袋，想把声音甩走，可还是一直响。

砰！砰！砰！

我就那样等着，不知接下来会怎样。尼古拉斯鼻子很红，还挂着个鼻涕泡，好恶心。他不停地吸鼻涕泡，发出呼哧呼哧的声音，吸上去，又掉下来。尼古拉斯用手揉腿，上上下下地揉，好像想把腿揉干一样，可他裤子真的很湿，揉不干。他不说话，感觉好不一样——我们在班里坐对面，隔着一张蓝桌子，会一直说话，聊《小龙斯派罗》①，聊 FIFA 足球世界杯，聊下课以后还有坐校车回家时要交换哪些贴纸卡。

世界杯要夏天才开始，可我俩现在就开始收集贴纸卡了。我俩有好几本贴纸，里面有参加世界杯的每个队的所有球员，打算在比赛开打之

---

① 《小龙斯派罗》（*Skylanders*）：动视娱乐公司的一款游戏，被誉为"线下智能玩具与线上精彩游戏的完美结合"，一经推出便大获成功。

前好好熟悉一下各队情况。尼古拉斯只剩 24 张贴纸就能凑齐一本了，我还要 32 张，而且我俩都有好多重复的卡。

我小声问尼古拉斯："你看见走廊里那么多血了吗？好像是真血哦，好像有好多好多，对不对？"尼古拉斯摇头，意思是"对"[1]，但还是没说话，就好像把说话的能力跟外套和书包一起留在学校里了。有时他就是这么怪，流鼻涕了就吸回去，手湿了就在裤子上擦。于是我没再跟他说话，努力地不去看他那串鼻涕。可我一看别处，眼神就会马上落到死在十字架上的耶稣身上。我眼睛就只看那两样东西，鼻涕和耶稣。鼻涕，耶稣，鼻涕，耶稣。我的贴纸卡和 FIFA 卡册都在书包里，还在学校呢，要是被别人拿走可怎么办呢？

教堂后面那扇大大的门一直开了又闭，嗖的一声，又咣的一声，声音很大，嗖——咣！有人进来，有人出去，主要是警察，还有几个老师。我没找着科拉瑞丝太太，也没看见查理，说不定他们还在学校里吧。然后，家长们也走进了教堂，教堂里一下子又挤又吵。家长可不像我们这么安静，又开始像问问题一样叫名字。家长看见自己孩子时会又哭又喊，想挤到长椅这边来，走到孩子身边。挺难的，因为我们都坐得很近。几个同学奋力翻了出去，看见妈妈或者爸爸就又哭了。

每次我听见"嗖——咣"的声音，就转头去看是不是妈妈或者爸爸来了。

我好希望他们能来接我，带我回家，我好能换上新衣服、新袜子，再暖和起来。

尼古拉斯的爸爸来了。尼古拉斯从我身上翻了过去，他爸爸愣是把他举过长椅，从别的同学的头顶上抱了过去。他抱着他，那么长时间，大概呕吐物也沾他衬衫上了吧。

---

[1]　年幼的扎克认为摇头的意思是确定，点头的意思是否定。

最后，门又开了，又是一声嗖——咣，妈妈走了进来。我站起来，好让她看见。然后，我就丢了个脸——在所有同学面前，妈妈一路喊着"宝贝啊"跑了过来。我翻过别的同学，爬了出去，去到妈妈身边。她抓住了我，摇晃着我，她又冷又湿，是在外面淋了雨。

接着，妈妈抬头看了看周围，问我："扎克，你哥呢？"

4

你哥呢

　　"扎克，安迪呢？他坐哪儿了？"妈妈站起身，四下找寻。我还想让她一直抱着我呢，我想跟她讲，刚才那么多砰声，那么多血，人都躺在走廊里，好像是真的死人哦。我想问她，为什么会有有枪的人来学校，留在学校里的人现在怎么样了。我想跟妈妈一起离开这很冷的教堂，不想看耶稣和他手脚上钉着的钉子。

　　我今天没看见过安迪。每天上学，只要下了校车我就差不多再也看不见安迪了，放学后才能再在校车上看见他，因为我们午饭和课间都不是同一个时间，高年级同学总是先出去。而且我俩就算意外地在学校看见对方，比如走廊里我们班往这边走他们班往那边走的时候，他也会无视我，假装不认识我，假装我不是他弟。

　　刚进幼儿园时我很担心，因为我学前班里的小朋友都去杰弗逊小学了，我在麦金利都不认识什么同学。所以有安迪在麦金利上四年级，我就很开心。他可以带我到处参观一下，有他在我也不会那么害怕。妈妈跟安迪说："一定要盯着点儿你弟啊。要多帮他！"可他没帮我。

"离我远点儿小鬼！"我一想跟他说话，他就冲我喊，他那几个朋友就会笑。所以我当时就听了他的话，离远了。

"扎克，你哥呢？"妈妈又问了一遍，抬起脚在中间过道上走来走去。我想跟上她，想抓住她的手，但现在过道上到处都是人，都在叫名字，总会挡在我跟妈妈中间。我只好放开了妈妈的手，因为一直努力拉紧，肩膀疼得厉害。

自从下了校车，直到妈妈问我他去哪儿了为止，我这一天都没想起过安迪。砰声响起时我没想过安迪，躲在储物间里时我没想过安迪，穿过走廊、走出后门时我也没想过安迪。我努力回想，刚才转头看见高年级同学在后面走时看见安迪了没有，可我不记得了。

妈妈四处转头，转得更快了，左转，右转，左转，右转。我在教堂前方的圣坛桌旁追上了她，想再去拉她的手，但她抬起手臂，拽住了一个警察的胳膊。于是我就贴着妈妈站得很近，把两只手都插进兜里，想暖暖手。"我找不到我儿子了，所有学生都在这儿了吗？"她问警察。声音都变了，变得很尖。我抬头看她的脸，不懂她的声音怎么会变成这样。她眼睛旁边有小红点点，嘴唇和下巴都在颤抖，可能也是因为淋湿了所以很冷吧。

"女士，您稍等几分钟，就会有官方消息了。"警察回答妈妈，"如果孩子失联，请您坐一下，等候官方通知。"

"孩子失——？"妈妈脱口而出，她重重地摸着自己的头，好像在打自己一样，"我的天，我的天主耶稣啊！"

妈妈叫了耶稣，于是我抬头看了看十字架上的耶稣。就在那时，妈妈包里的手机响了。她惊跳起来，包掉在地上，有东西撒了出来。妈妈半跪在地上，在包里翻找手机。我就帮她捡东西，有几张纸，车钥匙，还有一大堆硬币，滚啊滚，滚到了别人脚底下。我要赶紧都捡回来，不能让别人捡走。

妈妈摸到手机，接起电话时两只手都在颤抖，就像刚才拉塞尔小姐在储物间里那样的颤抖。"喂？"妈妈对着电话说道，"在林恩克劳福的教堂，他们把学生都带到这儿来了。安迪不在！我的天啊吉姆，他不在教堂里！嗯，扎克跟我在一起。"妈妈哭了起来。她就跪在圣坛桌前面，好像在祷告一样。人祷告时就是这样的，要跪下的。我站在妈妈面前，把手伸到她肩膀上，上上下下地揉，想让她别再哭了。我喉咙发紧，很紧很紧。

妈妈对着电话说："我知道，嗯，好的。我知道，好……好，等下见。"她把手机放进大衣兜里，将我拉进怀中。她抱着我，那么紧，眼泪都流进了我脖颈里。她的呼吸喷在我脖子上，很热，很痒，但也很幸福，因为很温暖。这么温暖，我却越来越冷。

妈妈抱着我，我也想一直抱着妈妈，一直离她这么近，但我没法不动来动去，因为我真的好想尿尿。"我要去洗手间，妈妈。"我说。妈妈松开了我，站起身。"宝贝，现在不能去，"她回答道，"咱们先找地方坐下等爸爸，等他们官方通知。"可这么多学生坐在长椅上，根本就没地方坐啊。我们只好走到教堂边上，妈妈背靠着墙，拼命捏我的手。我还是动来动去，踮脚站，因为太想尿尿，小弟弟疼得厉害。我好怕会尿裤子啊，这么多人看着，太丢脸了。

妈妈口袋里的手机又响了。妈妈掏出手机，对我说："是外婆。"然后接了电话，"妈，"话一出口，她就又哭了，"我现在在这边呢，跟扎克一起……他很好，他没事。但安迪不在，妈，安迪不在。我找不到他……他们现在还没通知……说很快就会有通知。"妈妈将手机按在耳上，那么用力，关节都发白了。她听电话那头的外婆说话，摇着头，泪水顺着面颊淌下，"好，妈，我快吓死了。我不知道该怎么办……他要过来了，在路上呢。不，你先别来。他们现在好像只让孩子爸妈进来。好，我知道的。那我回头再给你打电话。嗯，我也爱你。"

我看着那么多长椅，转着眼睛左看右看。就好像玩词语迷宫①一样，找到第一个字就好啦。比如说要找"菠萝"，那就找出所有的"菠"，然后再看旁边有没有"萝"，然后就找到了。所以，我眼睛看看左边看看右边，说不定安迪就在哪张长椅上坐着呢。说不定我们只是刚才没看见他，找到他，就可以带他一起回家了。我的眼睛找啊，找啊，前找，后找，但安迪真的不在。

我有点累了，我不想再站着了。好久以后，那扇大大的门开了，嗖——咣——两声，爸爸就进来了。他头发湿了，支棱在脑门前面，衣服在滴水。他好一会儿才挤过所有人，来到我们面前。他将我们抱进怀里，好湿啊，妈妈又哭了。

"没事的，老婆，"爸爸说，"肯定是这儿放不下所有学生，咱们等等看。我进来的时候，他们说正准备发通知呢。"话音刚落，刚才跟妈妈说过话的警察就走到了前面的圣坛桌前，"大家停一下！麻烦大家安静一下！"他得大声喊才能盖过教堂里的声音，"请安静一下！"喊了好几声，因为大家都在哭在喊在叫，谁也没注意到他在说话。

最后，大家都安静了，他开始讲话："各位家长，所有没受伤的孩子现在都在教堂里。如果您找到了孩子，请迅速离开教堂，以便我们维持秩序，以便稍后来的家长更容易找到孩子。如果您的孩子不在教堂里，现在的情况是，所有受伤的孩子都已经被送往西部医院治疗。我很遗憾

---

① 词语迷宫（Word-Search Puzzle）：一种益智游戏，内容是从很多杂乱字母组成的数排网格找出完整词语。

地通知您，本次事件遇难人数尚不明确，目前调查正在进行，遇难者将暂时留在犯罪现场。"

我不知道"遇难者"是什么意思，可当他说出这三个字时，整座教堂中涌起一波巨响，就好像所有人都同时发出了"啊——"的声音。警察依旧在说话："我们目前还没有掌握伤亡人员名单。所以，如果您没找到孩子，请现在前往西部医院，询问医务人员。医院那边正在统计收治伤者名单。枪手本人已在与维克花园镇的警方对峙时身亡，我们认为是单独作案，不会对维克花园镇的群众形成进一步威胁。目前情况就是这样，我们将马上开通灾后响应热线，相关信息也会马上发布在麦金利小学和维克花园镇的网站上。"

他话音落地，人们先是安静了一秒钟，然后便爆发出一场噪声爆炸，所有人都在大声说话，问问题。我不确定警察说的话都是什么意思，就知道他说，枪手已经死了，我觉得这是个好事，死了就不能再开枪打别人了呀。但我又看妈妈爸爸，他们脸都皱着，所以可能不是好事？妈妈哭得好厉害，爸爸说："好了，那他肯定是在西部医院呢。"

我四岁时因为花生过敏去过西部医院一次，现在不太记得了，但妈妈说当时很可怕。我差点就没气了，脸和嘴以及喉咙都肿了起来。医院里的人给我吃药，我才又喘过气来。现在我不能吃任何有花生的东西，午饭时也要在没坚果的桌子旁边吃饭。

妈妈也带安迪去过西部医院一次，那是去年夏天。他骑自行车没戴头盔。不戴头盔是绝对、绝对不行的哦。他没戴头盔就摔了头，脑门流血，缝了好多针。

"梅丽莎……老婆，咱们得振作点，"爸爸对妈妈说，"带扎克去医院找安迪吧，到那边给我打电话。我给你妈和我妈打电话，告诉她们这里的情况。我就留在这里……以防……"

　　我等着想听"以防"什么，可妈妈紧紧抓着我的手，拉着我跟她一起走，一路走出了教堂。我们走出那扇大门时，到处都是人，人行道上，大马路上，我还看见那种上头有个大碗的车。灯光一闪一闪，晃着我的眼。

　　"走吧。"妈妈说。于是我们就走了。

5
今天没规矩

　　"咱们不会有事的扎克，你听见了吗？不会有事的，咱们就去医院，找到安迪，然后这场噩梦就结束了，好不好啊宝贝？"

　　车里，妈妈一遍又一遍地重复同样的话，可我觉得她不是在跟我说话，因为我都说了，"妈妈，到了那边我真的要去一下洗手间了。"她根本就不回答我。她朝前探着身子，伸着脑袋往前车窗外面看，雨太大，不伸脑袋就看不清楚。雨刷刷得很快很快，要是盯着看就会头晕，然后晕车，所以得看前面，不能看雨刷。就算雨刷刷得人想晕，还是刷不干净，什么也看不清。开到医院那条路上时，堵车堵得厉害。

　　"我靠，我靠，我靠！"妈妈说着。

　　今天可以随便说脏话哦——我操，白痴，我靠，耶稣，都说了。"耶稣"其实不是脏话，是个名字，但有时人们也当脏话来说。车笛声很响，就算下着雨，大家的车窗依然都摇了下来，车里面大概都湿了吧。大家都在骂别的车，让别的车滚蛋。

上次我们来医院，是安迪掉下自行车那次，医院有个帮停车的人，也就是说，车还没熄火，就可以下车啦，钥匙也留在上面，然后帮停车的人就帮你停车。等你回来的时候，给他一张小条条，他就去停车的地方给你取车。这次就没人帮我们停车，所以前面好像有 1000 辆车挡着我们。妈妈又哭了，用手在方向盘上擂大鼓，边擂边说："怎么办啊？怎么办啊？"

妈妈手机响了，车里很安静，手机响的声音显得那么大。我知道是爸爸打来的，因为妈妈的新 GMC 阿卡迪亚车前面收音机那里有个东西，可以显示来电的是谁，还有个"接听"按钮，摁下去，整个车里都能听见声音，好酷的。以前的车里就没这个呢。

"到了吗？"爸爸的声音在整个车里播放。

"根本就开不到医院前面啊。"妈妈答道，"我不知道怎么办。到处都是车，开到停车处得好长时间，而且肯定已经没车位了。见了鬼了，吉姆，我受不了了，我现在就得进去！"

"老婆，听我说，别想停车位了，我知道那边现在肯定都疯了。我他妈……我应该跟你们一起去的。我就是想，万一……"就这样，车里一片寂静，妈妈和爸爸都不说话了。"随便把车扔哪儿吧，梅丽莎，"车里的爸爸说道，"没关系的，车扔下，走着去吧。"

好像好多人都把车扔下了，我看窗外时，看见车停得到处都是，自行车道和人行道上都是。这样是违反交通规则的呀，车会被大拖车拖走的。

妈妈把车开到人行道上停下，"走吧。"她开了我这边的门。车屁股有点插到马路上了，后面好多车都在狂按喇叭，可我觉得他们还是能开过来的啊。"哎呀，闭上你们的嘴！"妈妈喊了一句。不礼貌的话真是越说越多呢。

"妈妈，不会有大拖车把咱们的车拖走吗？"我问道。

"不管了。咱们快点儿走好不好？"

我已经走得很快了，因为妈妈使劲拉着我的手。走得这么快，我尿都出来了。我控制不住，就尿出来了。刚开始只有一点点，然后就全尿出来了。尿出来反而轻松了，而且两条腿都暖和了。我想，如果拖车把车拖走都没关系的话，那我裤子湿了应该也没关系吧。雨下得这么大，我们都快湿透了，所以说不定尿都给冲干净了。

我们就在大马路上走着，弯弯绕绕穿过好多停下的车。那么多车按喇叭，我耳朵都疼了。然后我们穿过会自动滑开的玻璃门，门上写着"急诊"。这下我们就能找到安迪了，看看他到底怎么回事，是不是又像上次那样要缝针了什么的。

医院里面就跟外面一样，只不过挤满的不是车而是人。候诊室里到处都是人，都挤在一个上面写着"挂号"的柜台前面。所有人都在同时跟柜台后的两个阿姨说话，那头还有个警察在跟一群人说话。妈妈朝他走了过去，想听听他在说什么。"现在暂时不能进去探望，我们正在统计伤者名单，有很多伤者，照顾伤者才是目前的首要任务。"有人想跟警察说什么，可他举起两只手，好像在挡着对方的话。

"只要事态稍微平息，我们就开始通知能够确定身份的伤者的亲属，展开相关工作。目前我呼吁大家保持耐心，我知道很难，但请尽量配合医务人员的工作。"

整间候诊室里的人依次坐下，没空位子坐了，就靠墙坐在地上。我们走到墙边，墙上有个大电视。我看见了里奇妈妈，她坐在电视底下的地板上。里奇跟安迪一样上五年级，他家跟我家很近，所以跟我们坐同一趟车。安迪和里奇以前是好朋友，老一起出去玩，但后来在夏天打了一架，不是用嘴打的，是用拳头打的，后来爸爸还带安迪去里奇家道了歉。

里奇妈妈抬头看见了我们，然后又飞快低头，盯着自己的腿。可能她还因为孩子打架的事生气吧。妈妈坐了过去，"嗨，南茜。"

里奇妈妈看着妈妈，"哦，嗨，梅丽莎。"好像妈妈坐下前她没看见我们似的。她明明就看见了，我知道的。打了个招呼后，她就又开始看自己的腿了，谁也没有再说一句话。

我坐在妈妈身边，努力地想看电视，但电视在我们头顶上，我得使劲地拧着头，才只能看见一点点画面。电视声音被关掉了，但还是能看见画面。画面是麦金利，大门前有好多消防车、警车、救护车。新闻画面底下有一排跑着的字，但我坐在那里，拧着头，字又跑得太快，所以我看不清写的是什么。我脖子疼了起来，没法再看电视了。

我们在地板上坐了好长时间，那么长时间，我被雨淋湿的衣服都不怎么湿了，慢慢变干。我肚子咕噜咕噜直叫，午饭都过去好长时间了，而且我都没吃三明治，就吃了苹果。妈妈给了我两块钱，让我去卫生间旁边的贩卖机里买吃的。她说我想吃什么就买什么，所以我把钱放进机器，摁了奇多①的按钮。奇多是垃圾食品，我一般是不准吃垃圾食品的，但今天不用遵守规矩，对吧？

候诊室后面那扇写着"禁止入内"的门开了，两位穿绿衣服和绿裤子的护士走了出来。候诊室里所有人都同时站了起来。两个护士手里都拿着几张纸，开始叫名字："艾拉·奥尼尔家属，茱莉亚·史密斯家属，丹尼·罗梅罗家属……"候诊室里有人站了起来，走到护士面前，一起走进了禁止入内的门。

---

① 奇多（Cheetos）：美国知名的膨化食品品牌。

护士没有叫"安迪·泰勒家属"，妈妈瘫坐在地，两手抱住膝盖，将头埋了进去，好像要藏住脸一样。我坐在她身边，上下揉着她的胳膊。妈妈胳膊好像在颤抖，两手攥拳。开了又合，合了又开。

又等了很久，又有护士出来，又叫了名字，又有人站起身，走进了禁止入内的门。每次有护士出来，妈妈都会抬头看着护士，眼睛瞪得很大，脑门上都起了皱。每次他们叫的名字不是安迪，她就会迅速吐出一口气，再把头埋进胳膊里，我就再揉揉她胳膊。

有时，前面那扇会滑的门会再打开，有人走进走出，我就能看见外面。外面天黑了，这么说，我们已经在医院待了好久，现在说不定都到晚饭时间了。这么说，在这没规矩的一天里，我可以晚睡啦。

候诊室里人不多了，只剩我和妈妈以及里奇妈妈，还有贩卖机旁边椅子上的几个人。还有几个警察，低着头互相交谈。现在有好多空椅子了，我们却没站起来过去坐，我坐地上屁股都疼了。

会滑的门又开了，爸爸走了进来。见到爸爸我好高兴，刚想起身朝他跑过去，又坐了回来，因为我看见了他的表情，他整张脸都变了。我胃里翻江倒海，好像是那种很激动的感觉。但又根本不是激动，而是真的被吓到了。

6

狼人号叫

爸爸似乎脸色发灰，嘴型也很奇怪，下唇合不上了一样，我都看见他的牙了。他看见我要起身，摇头让我不要。他就站在滑门旁边，盯着我们，我坐在妈妈旁边，妈妈坐在里奇妈妈旁边。我没动，我也回盯着他，因为我不知道为什么他会是这个表情，为什么他不走过来。

过了那么久，他才迈开了脚步，他走得好慢好慢，好像不想走到我们面前。他转了好几次身，可能想看一下离门有多远。突然之间，我有种感觉，我不想他走过来，一旦他走过来，天就要塌了。

里奇妈妈也看到了爸爸，发出的声音好像她用嘴吸了一大口气。听见这声音，妈妈抬起了埋在胳膊里的头。她抬头，有那么一分钟的时间，她只看着爸爸奇怪的脸，而爸爸则停住脚步，不再走了。我猜得没错。然后，天就真的塌了下来。

妈妈先是眼睛瞪得很大，然后整个人都抖了起来，好像发了神经一样。她叫道："吉姆？我的天啊，不会的，不会的不会的，不会的！"

每个"不会的"都比上一个更响，我不知道她干吗一下子叫这么大声音。可能是因为爸爸离开了教堂，所以她生气了？爸爸应该在那里等着才对，以防万一嘛。候诊室里所有人都看着我们。

妈妈想要起身，但双膝坠地。她发出了一阵"嗷——"的声响，不太像人发出的，好像动物发出的，就好像看见月亮的狼人。

爸爸终于走过了这最后几步，来到我们面前，他也跪下，想搂住妈妈。可她在打他，一边打一边又在喊"不会的不会的"，这么说，她真的很生他的气。

我知道爸爸肯定很愧疚，因为他不停地说："对不起，宝贝，真的对不起！"可妈妈还是打他，他就任她打他，就算所有人都看着他们。我想让妈妈别再生气了，别再打爸爸了。可她却更生气，尖叫起来。她尖叫着安迪的名字，一遍又一遍。声音那么大，我捂住了耳朵。今天这一天，我耳朵听了太多好大的声音。

妈妈又哭又叫，又发出好多"嗷——"的声音。很久以后，她才让爸爸将她抱进怀里，不再打他了，大概终于不生气了吧。突然之间，她转身朝墙，吐了出来。就在那里，当着所有人的面。她吐了好多东西出来，发出的声音好恶心。爸爸就跪在她旁边，揉着她的背，他好像吓着了，好像也要吐，可能是因为看着妈妈吐所以自己也想吐。

可爸爸没吐，他朝我伸出手，我接住了他的手，然后我们就在那里，拉着手坐着，我努力地不去看妈妈。她不吐了，也不叫了，就躺在地上，闭着眼睛，全身蜷成一个球，胳膊抱着膝盖。她哭啊，哭啊。

来了一个护士，我让到一边，好让她照顾妈妈。我又坐回墙边电视底下，爸爸挪了过来，坐在我身边，背靠着墙。他伸出一只手搂着我，我们看着护士照顾妈妈。

　　又一个护士从禁止入内的门后走了过来，拿了一包东西。她在妈妈胳膊上扎了一针，应该很疼吧，可妈妈动都没动。针头后面牵着一条塑料绳，连着一包水，护士将这包水举在头顶上。然后，一个叔叔推来了一张带轮子的床，把床降到了地板上。两个护士将妈妈搬到床上，又把床升了起来，开始朝禁止入内的门那边推。我起身，要跟床上的妈妈一起过去，但一个护士抬起手拦着我："小朋友不能去哦。"

　　门关合，妈妈不见了。爸爸手按着我的肩："他们要带妈妈去那边照顾，然后她才能好。她现在心情很差，需要别人照顾，知道了吗？"

　　"爸爸，妈妈为什么那么生你的气啊？"我问道。

　　"她不是生我气啊儿子。扎克啊，我……我要告诉你一件事。咱们去外面待会儿吧，呼吸点儿新鲜空气。我要告诉你一件事，是很坏的事，好不好？走吧。"

7
天空的眼泪

　　安迪死了。爸爸跟我站在医院前面时，他告诉我的事，就是这件事。那时还在下雨，那天一整天下了好多雨。雨滴让我想起那么多眼泪，就好像是天空在跟医院里的妈妈一起哭，跟今天我看见的所有人一起哭。

　　"扎克，你哥在枪击事件中死了。"爸爸声音很哑。我们站在一起，在哭泣的天空底下，而我脑袋里，那同样的字句转了一遍又一遍：安迪死了。枪击事件中死了。安迪死了。枪击事件中死了。

　　那时，我才知道为什么爸爸来的时候妈妈那样发神经——因为她知道，安迪死了，只有我不知道。现在我也知道了，但我就没发神经，我也不会像妈妈那样又哭又叫。我就站在那里等着，脑袋里同样的字句还在转啊转，好像我整个人都不正常了，感觉很沉重。

　　然后爸爸说，我们要回去看妈妈了。我们又回到医院里面，走得很慢很慢。我两条腿好重，走都难走。候诊室里的人盯着我们看，那表情好像很同情我们，所以他们也知道了，安迪死了。

我们去挂号处，"我想问一下梅丽莎·泰勒的情况。"爸爸问柜台后的一个阿姨。

"我给您看一下。"阿姨这样回答，然后走进了禁止入内的门。里奇妈妈不知从哪儿冒了出来，站在我们旁边。

"吉姆？"她叫爸爸。她将手放在爸爸胳膊上，爸爸飞快地退了一步，好像她手很烫似的。里奇妈妈手垂了下去，她紧盯着爸爸，"拜托，吉姆，里奇怎么样了？你问里奇了吗？"

我记得里奇没有爸爸，要不就是有爸爸，但在里奇还很小时就搬走了。这么说，他爸爸不能在教堂里等着，不能以防万一，然后现在里奇妈妈就不知道里奇是活着还是死了或者怎样。

"对不起。我……我不知道。"爸爸答道。他又后退几步，一直看着禁止入内的那道门。门开了，挂号处阿姨把着门朝我们招手，让我们进去。爸爸对里奇妈妈说："我到里面再问一下好不好？"于是我们走了进来。

阿姨带着我们穿过了好长一段走廊，到了一间大屋子，跟我们上次带安迪来时一样的大屋子。边上有好几间小屋子，但小屋子没有墙，只有窗帘隔着。有一间小屋子的窗帘开着，里面是一个我认识的麦金利的女同学——她是四年级的，我不知道她叫什么。她坐在一张轮子床上，胳膊上包着大大的白封皮。

阿姨带我们到了妈妈的小屋子。她躺在床上，身上盖着白毯子，脸也跟毯子一样白。水包挂在一个金属夹上，塑料绳插进了妈妈手臂里，贴着个大创可贴。妈妈闭着眼，头朝向另一边。她好像个假娃娃，不像真人，我好害怕。爸爸走到妈妈床边，摸了摸她的脸。妈妈一动不动，头不动，眼睛也不睁。

床边有两把椅子，我们坐了进去。阿姨说医生马上就过来，然后就把门前窗帘拉上走了。我们就这样等着，我看着水包里的水一滴滴掉下，就好像水包把妈妈刚才哭出的泪滴都还给她了，现在只有水包在哭。

爸爸口袋里的手机响了起来，但他没拿出来接听。爸爸一般都会接电话的，因为可能是公司打来的。可这次，他就让电话那么响着，直到不再响，然后安静一会儿，又开始响。爸爸盯着自己的双手，现在他全身会动的部位好像只有那双手。他先用左手挨个抻右手每根手指头，然后又用右手挨个抻左手每根手指头，不停地来回抻。我学着爸爸，也拽我自己的手指头，跟他同步。这样的话我就要集中注意力，就不用想妈妈正像个假娃娃一样躺在床上这件事了。爸爸的动作是有规律的，我知道他拽完这根手指下面要拽哪根，还挺管用。我很想就跟爸爸坐在这里，一直拽手指。

可是，窗帘开了，医生走了进来，开始跟爸爸说话，他一说话，我们就不能再玩手指了。"请您节哀。"医生对爸爸说。爸爸只眨了眨眼，什么也没说。于是医生继续说："您太太受了惊，我们给她服了镇静剂，会安排间病房给她过夜。她服了很多镇静剂，今晚应该不会醒了，您最好明早再来见面，看看她到时情况如何。所以您不如回家去……休息一下？"

爸爸依然只看着医生，不说话。可能他没听明白。然后，他低头看着自己的手，好像很惊讶双手居然还能平静地握在一处。

"先生，有人可以送你们回家吗？"医生的问话让爸爸醒转过来，他回答道："没有。我们……我们这就走，不用谁送。"

窗帘又开了，外婆站在门口，整个人好像冻住了，窗帘还抓在手里。她盯着爸爸看了那么久，眼睛瞪得那么大，然后她转眼看我，又看躺在床上假娃娃一样的妈妈。外婆的脸像纸一样皱成一团，她张开嘴，好像要说什么，但只说出了一个低声的"哦"。她朝爸爸走近一步，爸爸好像慢动作一样起身。可能他也觉得身体很沉吧。

外婆跟爸爸紧紧地拥抱在一起，外婆头靠在爸爸外套上，哭得很响。医生护士都站在一边，低头看鞋。他们穿的是医院款的鞋，好像是绿色的洞洞鞋。

过了一会儿，外婆和爸爸才放开。外婆还在哭，她走到我面前，抱住了我。她抱得那么紧，我好像都快被挤爆了，但感觉很好很暖，只是喉咙里发紧。"我的好扎克啊，我的可怜小乖乖……"我好想一直抱着她，一直那么暖，一直闻着她刚洗完的毛衣。

可外婆转过身去，走到妈妈床边。她将妈妈额前的头发拨开，"吉姆，今晚我看着她吧。"外婆声音很平静，尽管眼泪依然从面庞滑落。

爸爸咳嗽了一声，然后说道："嗯。谢谢你，罗伯塔。"他牵起我的手说，"咱们回家吧，扎克。"可我不想走。妈妈不走，我也不想走。所以我抓着妈妈床边不放。

"不要！"我声音这么大，自己都吓着了，"不要，我要妈妈。我要跟妈妈在一起！"好像小孩子耍脾气啊，但我不在乎。

"别这样，扎克，求你了，别这样，"爸爸听起来很疲惫，"求你了，咱们回家吧。妈妈没事，她只是需要睡觉。外婆会在这里照顾她的。"

"我会照顾妈妈的，宝贝，我保证。我就在这里陪着妈妈。"外婆说。

"我也想陪着妈妈！"我用最大的声音喊道。

"咱们明天来看她，保证。求你别喊了。"爸爸劝道。

"可她要跟我说'晚安'的！我们要唱歌的！"

每晚睡前妈妈都会跟我一起唱首歌，总是一样的歌。这是我们的传统，歌是妈妈小的时候外婆自己编的歌，然后我跟安迪小的时候，妈妈也给我们唱这首歌。有点像《约翰弟弟》[1]，但歌词是我们自己编的。给谁唱，就改成他的名字。给我唱的时候，妈妈是这样唱的：

扎克利[2]·泰勒

扎克利·泰勒

我爱你

我爱你

你是我的小帅哥

我会永远爱着你

爱着你

爱着你

有时妈妈还会改词，唱成："你是我的小臭孩儿，但我还是爱着你……"就很搞笑。但最后她还是会唱回原来的版本，好让我睡觉。

现在她要待在医院里了，就不能在家里哄我睡觉了。

"你就……好吧。那你想不想现在唱？"爸爸那语气，好像这事很蠢一样。我摇头说是，可爸爸、外婆、医生和护士都看着我，我不想当着他们的面唱，所以还是抓着妈妈的床不放。爸爸最后走了过来，强行掰开了我的手。

爸爸把我抱了起来，一路走出大屋子，穿过走廊，走出门，回到了候诊室里，又走出滑门，走进雨里。车离医院很远，他一路抱着我过去。车倒是停在了车位里，所以没被拖走。我想，不知道妈妈的车被拖走没有，要是没车，她怎么回家呢？

爸爸拉开车门，那一刻，我们两个同时看见了后座上安迪的球衣。

---

① 《约翰弟弟》（*Brother John*）：英语儿歌，即《两只老虎》的原版。

② 扎克是扎克利的昵称。

那是他昨天晚上去练曲棍球时的球衣，我们上车后他就脱掉了。爸爸拾起球衣，坐进了驾驶座。他将脸埋在安迪的球衣里，那么久，就那样坐着。好像他整个人都在颤抖哭泣，微微地前后摇晃，但他没发出任何声音。

我在后座坐着，纹丝不动，只看着遮光板上的雨滴，车顶上的天空在哭泣。过了一会儿，爸爸将球衣放在腿上，用手擦了擦脸。然后，他转头对我说："扎克，咱们必须要坚强。你跟我，咱们要坚强。为了妈妈，咱们要坚强，好不好？"

"好。"我回答。然后，我们穿越天空的眼泪，一路开回了家，只有我和爸爸。

8

最后一个正常周二

　　爸爸在房子里走来走去，我在后面紧跟着，袜子在地板上留下湿脚印。爸爸打开了所有房间里的所有灯，他平时可完全不这样，而是把所有灯都关掉，因为开灯要用电，用电要花好多钱。

　　"我饿了。"我说道。爸爸答："哦，对。"我们一起走进厨房，可爸爸就会站在那里，四下乱看，好像这是别人家厨房一样，他根本不知道东西都在哪里。我又听见他口袋里的手机在响，可他这次也没拿出来接。他打开冰箱，朝里面看了一会儿，然后拿出一盒牛奶，"麦片行吗？"

　　"行吧。"我勉强说。要是妈妈，肯定不允许我晚饭吃麦片。

　　我们在厨房吧台旁的吧台椅上坐下，吃蜂蜜邦奇牌麦片——是我最喜欢的牌子。我看着旁边墙上的家庭日历，是妈妈的大日历，日期左边有一列是我们家人的名字，我们每个人这周要干什么，都在名字旁边写着。这样妈妈早晨就能看一看，记住我们当天要做的事。

日历上，我那一排没很多事，今天是周三，要练钢琴；然后周六要练曲棍球。也不知道今天四点半的时候，伯纳德先生来没来给我上课，我们一整天都在医院，肯定没人给他开门。

安迪那排几乎每天都有事，因为他年纪比我大，所以可以比我多做好多事，他忙着各种活动的时候也挺好的。昨天是周二，上面写着安迪要练曲棍球。不过是一天以前的事，却好像已经过了好久，感觉像一个月。

昨天，每周二要做的事我们都做了，因为我们也不知道今天会有拿枪的人来。有时，爸爸周二会早回家，去看安迪练曲棍球。他在纽约市区里工作，我小的时候我们家在那边住过，但后来就搬到这栋房子里来了，因为这房子更大，而且妈妈说纽约市不太安全，小孩子不能住。在这里我们就能有自己的一栋小房子，而不是楼房里的一间。

爸爸的办公室在都会大楼①里，是一个建在火车站上的大楼，很酷的。去年他成了公司的合伙人，我们搞了个 party 来庆祝。可我觉得好像不是什么好事，不应该庆祝的，因为现在爸爸老是要加班到很晚，周一到周五我几乎看不见他，只有周末能看见他。我早晨起床前，他就已经走了；我晚上睡觉时，他还没回来。安迪就能比我晚睡，因为他比我大三岁半，所以他有时上床前能看见爸爸，太不公平了。

夏天时，妈妈要带安迪去看医生，于是我就跟爸爸去了他的办公室。我好激动的，因为可以跟爸爸待一整天，以前从来没过。然后爸爸跟我说，他的新办公室特别酷，有两面墙全是大窗户，可以看见帝国大厦。我好想快点看见帝国大厦，带了看鸟的望远镜，打算一路看到市中心呢。

可真的到了爸爸的新办公室，我其实没跟他一起待多久，因为他老要去开会，不让我跟着。我几乎都跟安琪拉在一起了，安琪拉是爸爸的

---

① 指美国大都会人寿保险公司（MetLife）。

助理，她人挺好的。她带我去中央车站吃午饭——中央车站就是爸爸办公室底下的火车站哦，底下的地下室里有好多好多饭店。安琪拉带我去吃了奶昔小站①，还让我喝了个巧克力奶昔呢，这午饭可真不健康。我最喜欢喝奶昔了，老用薯条蘸着吃，是齐普大伯教我的，大家都觉得很恶心，但齐普大伯和我最喜欢了。现在我还是这么吃，这么吃，就能想起齐普大伯。

安迪每周二和周五都要练曲棍球，然后周末要打比赛，全家人都要去给他加油。他曲棍球打得可好了，运动他都很在行，打比赛能进好多球。爸爸说，安迪打得这么好，以后可以进大学队，爸爸上大学时就是校队的。他老讲那时的事，而且还保持着单场比赛最多进球的纪录，这纪录都过去好长时间了，都没人能打破。可爸爸说，安迪不够努力，不能打得更好，说他要多练练棍功才行。安迪可生气了，说这破运动本来就很蠢，说不定他明年要改踢足球，不打曲棍球了。

我今年也开始练曲棍球了——一般是一年级开始练。可我还只集训过三次，全家人也没一起去给我加油，因为安迪在同一时间要打比赛，所以爸爸带他去打比赛，妈妈带我去训练。我觉得，我曲棍球可能不会打得太好，握住球棒、卷起球好难啊。而且我都不喜欢曲棍球，别的男生撞我的时候劲太大，而且我还讨厌头上戴头盔，好紧啊。

最后一个正常周二那天，爸爸走进门时我正在前门等他，可他还在打电话，所以我还不准跟他打招呼。他食指比在嘴唇上，说"嘘"，然后就上楼去把西服脱掉，换上球衣。他老是这样，我也不知道为什么。打球的是安迪，又不是他。

我在走廊里等他下楼，因为厨房里正吵架呢。因为家庭作业的事，妈妈跟安迪在吵架。安迪又没做作业，但去练球之前必须做完，因为肯

---

① 奶昔小站（Shake Shack）：美国东海岸知名连锁快餐品牌，与麦当劳类似，主打汉堡、薯条与奶昔。

定会晚回家，快九点才能到家，比我上床时间还晚一小时。那天，我一下校车就做好作业啦。

今天，我坐在吧台椅上，坐在爸爸身边，吃蜂蜜邦奇。就在这时，我想起了昨天吵的架。妈妈冲安迪大吼，然后爸爸换好衣服下楼后加入战局，吵得更凶。我就想，那时我们都不知道，那就是最后一个正常日了，说不定，我们以后都应该努努力，不像以前那样总吵架。

我看着爸爸，不知他是不是也在想昨天吵架的事。他一勺一勺吃着麦片，嚼都没嚼，都生咽下去了。他好像机器人一样，快没电了，所以动得很慢。

"爸爸？"

"嗯？"爸爸慢慢地转过机器头，看着我。

"爸爸啊，安迪在哪里呢？"

爸爸看着我的表情很滑稽："扎克，安迪死了。忘了吗？"

"没忘，我知道他死了，死了然后去哪里了呢？"

"哦，我不确定啊儿子。他们还不让我……去看他。"爸爸说最后几个字时声音变得很奇怪，他很快就低下了头，盯着牛奶里漂着的蜂蜜邦奇，很长时间，眼睛眨都不眨。

"他还在学校里吗？"我问道。我想着走廊里，躺在血洼里的人，原来安迪也在血洼里躺着。那时候他就已经死了吗？我穿过走廊往后门走时，他死了吗？我跟拉塞尔小姐和同学一起躲在储物间里时，他死了吗？

我想了想被枪里射出来的子弹打死会有多么疼，我又想，安迪看见持枪的人要开枪打他时，肯定特别特别害怕。

"持枪的人是往哪里打的？"我是说，打的是他身体哪个部位，但爸爸却回答："好像是礼堂里。他们班当时……在礼堂里。"

"哦对，"我说道，"今天四年级和五年级看大蛇来着！"

"啊？什么大蛇？"

我这才想起，还没机会告诉爸爸昨天的碧树大蟒蛇呢。昨晚我在门厅等爸爸换完衣服下楼，就是想告诉他我在学校里摸到了一条活的大蛇。我真摸到了哦。蛇又长又绿，绿得亮亮的，身上还有白斑，名字叫碧树蟒，别的学生都可害怕了，就我不害怕。

我们开了个大会，有个叔叔过来，带来好多不同种类的大蛇，还有鸟，还有个雪貂，还给我们讲了好多大蛇的小知识，好酷的。我最喜欢大蛇了，要是能像我朋友斯宾塞那样在玻璃盒里养一条就好了。但妈妈可讨厌了，说蛇很危险。我都跟她说了，不是所有蛇都是危险的，可她却说："那得蛇咬了你你才知道，对不对啊？然后咬都咬了，知道也晚了。"

所以，叔叔问谁想摸一摸大蟒蛇的时候，我飞快地举起了手，然后他就点了我，让我去前面摸大蛇。蛇就在他胳膊上卷着，他说，蛇就好像卷在树枝上等待猎物一样。大蟒蛇的皮很干，还有很硬的鳞，不像我想的那样是很滑溜的。叔叔跟我们讲了好多碧树蟒的小知识——"碧"是一种绿色，就是大蛇的绿色。大蛇没有毒液的，它会用身体缠住猎物，缠得很紧，然后猎物不能呼吸，就死了。

爸爸下楼时，我正想跟他说呢，他就听见妈妈跟安迪在吵架，然后说："等会儿啊儿子，我先去解决那边的事，一会儿再跟我说。"然后他就进厨房里去了，他一进去，那俩人肯定吵得就更厉害啊，每次都这样——老是因为安迪不乖，妈妈就跟他吵。然后爸爸回来，加入战局，也跟妈妈吵。"吉姆你让我管孩子行不行？"妈妈就会跟爸爸这么说，然后大家就都生气了，除了我，我不生气，因为吵架不关我的事。

我跟在爸爸后面，一起走进厨房，开始摆餐巾、叉子和刀——这是我的饭前工作。安迪的工作是拿盘子，给我俩倒牛奶，但今晚不行了，因为他还没做家庭作业。所以我就替他拿盘子，帮他倒牛奶。爸爸坐在桌边说，他一天到晚上班都要疯了，回家就不能安安静静吃顿饭？他还说，哦对了，后门就这么开着，邻居估计都听见你们喊了。妈妈也坐下，朝我伪装个笑脸说："扎克，谢谢你摆桌子，你可真是个小能手。"

"是啊扎克，小屁精。"安迪接话。

爸爸两手一起拍桌子，盘碗都跳了起来，牛奶都洒出杯子了。声音那么大，我吓得跳了起来。然后爸爸就开始朝安迪吼，邻居肯定也听见了。

那就是我们最后一个正常日子里吃的最后一顿正常晚饭，现在只过去了一天，我就只能跟爸爸一起晚饭吃麦片了，妈妈不在，安迪也不在。昨晚吵的也是最后一架，因为安迪不见了，没他就不能吵架了啊。

我在想，不知道大蛇是不是也被有枪的人打死了。那别的蛇呢？说不定现在都在学校里到处乱爬了呢。

9
黄眼球

　　爸爸的手机又响了，这次他终于从口袋里掏了出来，看着屏幕。"我的天，"他说，"我得去打电话了，要给奶奶回电话，还有玛丽伯母，还有……别人。很晚了，咱们上楼准备睡觉好不好？"

　　微波炉上的时钟显示，现在是 10 点 30 分，真的很晚了。以前我只晚睡过一次，是 7 月 4 日国庆节，我们去海滨俱乐部看大烟花，那是我第一次去俱乐部参加大 party，因为我们今年才刚成为那个俱乐部的会员。我可喜欢去俱乐部了，因为想去哪儿就可以去哪儿，去海滩上啦，去网球场啦，去小凉亭啦，到处都很安全。我们夏天要在那里待好多天，妈妈爸爸跟他们的朋友一起坐在露台上喝酒，天黑了我还没睡，妈妈都不管我。爸爸公司好多朋友也在那个俱乐部，爸爸要跟他们一起去俱乐部玩，说是很重要的，还说让我和安迪跟他们的孩子一起玩，这样就不用早回家睡觉啦。

7 月 4 日的烟火天黑以后才开始放，夏天的时候天黑得晚。我们待在那里看完了所有烟火，真的好酷的，海那边还有好多不同种类的烟火，我们在这边沙滩上全都能看见。

烟火全放完了，我们就要走了。规矩是这样的——放完烟火，就要回露台。但安迪没过来，所以大家开始找他。最后，爸爸在钓鱼码头找到了他。如果没有大人陪着，安迪是不许去那边的，因为那是整个海滨俱乐部里唯一不安全的地方。一路开车回家，他们吵得特别厉害，爸爸说安迪怎么能在他公司的朋友面前那样丢他的脸。那天我也像今天这样，10 点 30 分才上床的。

我们上了楼，走到我房间，要先经过安迪的房间。爸爸一下就走了过去，很快，好像不想看里面。"换上睡衣准备上床吧。"爸爸就说了这么一句话，就走回他跟妈妈的房间了。然后我就听见他在讲电话，可听不见是跟谁讲电话，因为他声音很小，还把门给关上了。

我回到自己房间里，一切都还跟早晨时一样，但感觉就不一样了。妈妈不在，安迪不在，什么都不一样了，而且好像自从离开房间已经过了很久很久。我看着床，很平整，我想象着早晨去上学后妈妈来叠被的样子——每天都是妈妈叠被。我也不知道干吗要叠被，反正晚上还是要摊开的嘛，可妈妈说她以前可是 A 级客户总监呢，什么都要整理得好好的。今天早晨明明就像是正常的日子，所以我们上了校车后，妈妈像往常一样，叠好了被。可能就在有枪的人来学校那刻起，就不正常了，但妈妈那时还在家叠被呢，根本就不知道已经不正常了。

我想起今天早晨，我和安迪就在格雷太太家的车道上等校车。那时还没下雨，我们到了学校才下雨的，不过天很冷，但就算天很冷，安迪还是穿了短裤。安迪老想穿短裤。早晨他又因为穿短裤的事跟妈妈吵了架，妈妈说气温要到15摄氏度才允许他穿短裤，可就算不到15摄氏度，安迪还是会穿短裤，今天就是——今天我们出门时外面才13摄氏度多点，我都用iPad查了。我知道他穿的是短裤，但现在想不起是什么颜色了。我就记得，他上身穿了件纽约巨人队的蓝色球衣。想不起他的短裤是什么颜色，我好烦哦。

格雷太太家的车道很窄很窄，两边都有石头，所以我们有时会玩个叫"别被吃掉"的游戏，从一边的石头跳到另一边的石头上去。我们就假装石头中间的车道是大海，里头有大鲨鱼，所以不能碰到，不然就会被大鲨鱼吃掉。我今天问安迪想不想玩"别被吃掉"，他说不要玩，说他再也不玩那么幼稚的游戏了。我现在想玩的游戏，安迪都说是幼稚游戏。他就站在那里，一句话也不说，一脚一脚地踢车道边上的石头。"别被吃掉"，就是我跟安迪说的最后一件事，只不过当时我不知道。

今天早晨一切都很正常，今天晚上就一切都变了。安迪再也不能回床上睡觉了，所以安迪的床会一直很平整。

我的被单上有个大赛车，我的床也是个大赛车，还有轮子呢。安迪的床跟我的床不一样，安迪的床是上下铺。他只睡上铺，他说这样就能离我们远点。但除了床，我们俩的房间差不多都一样，就只有玩具不一样。我们俩的房间的窗户都能看见外面的街，还有我们家的车道，窗户底下也都有书桌。我们俩的房间的另一面墙边都有两个白色书架和一个读书椅。我们俩的房间都连着厕所，这个不太好，因为安迪上厕所的时候会从他那边里面锁上我这边的门，然后我想去就得绕一圈到他房间里去进厕所门，然后他就在上铺吼我，朝我扔枕头。

我的房间跟安迪的一个很大的区别是——我真的很喜欢我的房间，但安迪就不喜欢他的房间。他不总进房间待着，进去就是睡觉，要不就是去"冷静"。安迪老发脾气，每次都必须去冷静。医生是这么说的，医生的名字叫伯恩，就算安迪不想，也要每周都去跟医生说话，因为他有"对抗病"[①]——因为有这个症，他才会发脾气。

安迪每次发脾气的时候都很恐怖，我现在很厉害了，能看出他什么时候要发脾气，一看出苗头，我就躲他远远的。他发脾气时我都不想看他，因为他脸会变得很难看，涨得通红，眼睛瞪得老大，然后就开始大声地吼。他能一口气连着吼出好多词，连在一起我都听不清他说的是什么，说得唾沫直飞，嘴唇上、下巴上都是。

有时安迪去房间冷静时，妈妈会站在门前，因为安迪想出来，就在里面拉门，一边拉一边大声吼。妈妈就从外面拉门，好让门不被打开。安迪要很长时间才能冷静下来，然后就不拉也不吼了。安迪有时也会耍花招骗过妈妈，从卫生间穿过来，跑进我房间。有一次他就这么跑过来，然后我就看见妈妈进了安迪的房间。她坐在他的读书椅里，椅子那么小，她坐在上面，头埋进膝盖，好像在哭。安迪让妈妈那么伤心，我真的很恨他。

我呢，就一直都在自己房间里待着，因为我房间里比较安静，有时我就想自己安静着。等他们吵完架，我再出去，这样就好像跳过了吵架这个过程一样。我喜欢跟小车和消防站还有大车一起玩。我有一大堆的大车，有施工车、消防车、拖车……每天晚上睡觉前我都把大车排成一排，摆在书架前面，然后跟每个大车都说晚安。今天早晨我去坐校车前玩了一会儿大车，所以现在没排成直线，我就觉得很难受。我看着混在一起的大车，想着要怎么重新排一下，但没去排。

我走到窗户前面，看着外面。外面好黑啊，黑黑的夜里，我们家门前的街灯成了一个发光的圆球。光球中，有雨丝掉落。我们路上所有房子门前都有个街灯，就在马路和人行道中间的草坪上，连在一起，就成

---

① 对抗症：对立违抗性障碍（Oppositional Defiant Disorder, ODD）。多发于幼童或青少年，表现为长时间（六个月以上）的顶嘴、报复、怪罪他人等逆反行为，成因尚未证实，一些观点认为有遗传因素。

了很长的一排光球，里面都有雨丝掉落。看起来，就像流着好多眼泪的黄眼球，我有种感觉，好像所有眼球都在盯着我看。好可怕啊。

我坐在床上，整个人都好累，脚还是很冷。我想脱袜子，但袜子还有点湿，所以脱不下来。我开始想妈妈了，好想好想，我好妈妈在家，帮我脱袜子，帮我上床睡觉。我好像要哭了，但努力忍住不哭，因为爸爸说了，为了妈妈，我们要坚强。我用力捏鼻子，捡起我的毛绒长颈鹿克兰西，是我两岁时去布朗克斯动物园买的。克兰西是我最喜欢的毛绒动物，睡觉都要带着它。没有它，我就睡不了觉。

过了好久，爸爸走进我房间。"睡觉吧儿子，咱们都得好好睡一下，现在最好的事就是睡觉了。这几天会很难熬，所以要保存体力，好不好？"爸爸掀起赛车被子，我穿着衣服上了床，都没换睡衣。好恶心啊，我刚才还尿在内裤里了，不过现在干了。而且我还没刷牙呢。

"爸爸？"我问道，"给我讲个故事好不好？"

爸爸双手揉着整张脸，下巴发出刺啦刺啦的声响。他好像很累了。"今天就不讲了，儿子，"他说道，"我……我真想不出……想不出故事来，今晚真不行。"

"那今晚我给你讲一个吧，就讲昨天看见的绿树蟒。"我对爸爸说。

"已经很晚了，今晚就不讲了。"爸爸答道，倾身过来，给了我一个拥抱。我心想，这是今天发生的唯一一件跟昨天一样的事——我没法跟爸爸讲大蛇了。

"我下楼去大厅里待着，好吧？"爸爸说着，却没起身离开。他双臂抱紧我，那么久没松开。我很想给爸爸唱妈妈和我的晚安歌。

我轻轻地唱了起来，挺难的，因为爸爸一条手臂勒在我胸前，好重啊。他呼吸急促，在我耳边来了又走。我耳朵很痒，但没有动。我还是唱了歌，一直唱到最后一句："我会永远爱着你，爱着你，爱着你。"

　　第二天早晨我醒来时发现自己在妈妈和爸爸的床上，我都不知道是怎么过来的。周围很安静，我听见外面雨点敲打着窗户——扑通、扑通、扑通——然后这扑通扑通变成了砰砰砰砰，于是我想起了有枪的人，接着就想起了昨天发生的一切。然后我就明白了，妈妈爸爸从来不让我睡他们的床，昨晚爸爸让我睡了，因为我太害怕了。

　　昨晚我唱完歌，爸爸就走了。他关了走廊的灯。妈妈一般都让灯开着，这样我房间里就不会太黑。关了灯，我房间里会很黑很黑的。我努力地闭眼，闭得好紧，但那样就更黑。一时之间，身上都是血的人的画面就回来了，我心跳加速，呼吸也变得急促起来。

　　我听见房间里有声音，要不就是厕所里有声音，好像有人来了，我大声尖叫起来。我尖叫着跑下床，跑过走廊，但我什么也看不见，也不知道爸爸在哪里，好像有人在我身后，朝我过来，他要抓住我了！我绊倒在地，我爬不起来，我叫啊，叫啊。

然后妈妈爸爸房间的门就开了，爸爸奔了出来。他打开走廊的灯，那么多光灌进了我的眼睛。

"扎克！扎克！扎克！"爸爸揽着我的胳肢窝抱我起来，冲着我的脸叫我名字，一遍又一遍。周围安静下来，只有我脑海里那嗖、嗖的声响。我回头看，但没有人。我看我房间，好像一个巨大的黑洞，我再也不要一个人在那里睡觉了，于是爸爸就让我跟他一起在他床上睡觉，就这一次。

现在爸爸没在床上，没跟我在一起，我要起床去找他。我穿过走廊，经过安迪的房间，两手都是汗，两腿走得很慢。我推开安迪的门，迈着小步走进他房间。刚开始，我不想看他的上铺。我想，说不定我只是做了个噩梦，说不定安迪就在那里，在他床上。但如果上铺真的空着，那就说明事情真的发生了，安迪真的死了，因为安迪从来不会先起床，从来不会比我早。要他早晨起床可难了，妈妈说是因为他吃了脾气药，所以才会这样。

安迪早晨要吃脾气药，这样在学校才会乖，但药力只有一会儿，他一放学回家就又发脾气了。还有一次，我听见妈妈爸爸因为脾气药吵架，爸爸说安迪下午也要吃药，这样他回家时也能乖点。但妈妈说不行，她不会让他吃更多药，这样对他不好，只有聚会或者特殊场合需要他乖的时候才能给他吃。

过了一会儿，我抬头看上铺，安迪不在。

我知道安迪不在，但还是对着空房间，说出了他的名字，"安迪。"没人会听见。就好像安迪的房间将他的名字吞了下去，那名字就这么消失了，就像安迪一样消失了。

我快步走出他房间，走下楼。我听见人的声音和别的声音从厨房传来，说不定是妈妈从医院回来了。可我走进厨房时，爸爸、奶奶和玛丽伯母都在，妈妈却不在。

爸爸就坐在昨晚吃麦片的那个吧台椅上，还穿着昨天上班的衣服，只是没穿西服外套。他衣服都皱了，胡楂也长出来了。爸爸的胡子长得很快，所以每天都要刮，不然的话就会像齐普大伯活着时那样子。齐普大伯就让胡子那么长着，每次抱我亲我的时候都会弄得我很痒，有时胡子里还夹着吃的东西的渣，好恶心啊。所以爸爸总会刮胡子，我很开心，只不过他今天没刮。

他脸上没胡子的地方，透着很白的颜色，就像昨天妈妈在医院里时的脸色一样。他眼睛周围都是黑色的，说不定他昨晚没睡，可他自己都说了，现在最好的事就是睡觉。微波炉上的钟显示现在是 8 点 10 分，也就是说，我错过每天 7 点 55 分来的校车了。这么说，爸爸可能要开车送我去上学。我一想起麦金利，就又想起了砰砰的声音，想起了走廊里躺着的人，昨晚那么大个儿的都害怕得回来了。我不想再回去那里了，如果安迪还在怎么办？那样我就要看着死去的他，身上都是血。

奶奶坐在爸爸旁边的吧台椅上，在打电话。奶奶脊背挺得很直，她总是这样坐，有时还会用手指头戳我和安迪的后背，让我们俩也坐直，好几次还戳爸爸呢。奶奶看起来跟往常不太一样，因为没涂红嘴唇。我不喜欢她的口红，因为她亲我时会在我脸上留下红的口红印。以前我从没见她不涂口红过，现在这样子很不一样，就好像……变老了。她现在比较像外婆，外婆真的很老，头发都白了，奶奶的头发就是金黄金黄的。而且，外婆从来不涂红嘴唇。外婆微笑也好大笑也好，脸都会有皱纹，尤其是眼睛和嘴边上。奶奶就没有皱纹，笑的时候，脸也不变样的。

奶奶讲电话，不说话时，嘴唇会颤抖。玛丽伯母坐在她旁边，手按着奶奶放在吧台上的手，满脸都是泪。

"爸爸？"我一出声，爸爸、奶奶和玛丽伯母一齐抬了头，看向我站着的方向。

"我的天啊……我再打给你。"奶奶对着电话那头说了这话，然后就将手机放在了吧台上。她朝我走来时，我看见她嘴唇抖得更厉害了，"扎克啊……"她低头对我说，口气好难闻，是那种很苍老的味道。她将我抱进怀中，有点太用力太紧了。我把头偏到一边，好不用闻奶奶的口气。

我看见爸爸和玛丽伯母都在看我。玛丽伯母一手捂着嘴，脑门上都是皱纹，眼泪越流越多。奶奶终于放开了我，玛丽伯母张开了手臂，我赶紧朝她走了过去。玛丽伯母的拥抱就又软又温暖。我能感觉到，她整个身体都因为哭泣而颤抖。我头顶是她温热的呼吸。"你好啊，小猴子。"她冲着我头顶说道。我们就那样待了很久，爸爸开始揉我后背。

"嗨，扎克。"爸爸话刚一出口，玛丽伯母就放开了我。他说："你睡了会儿觉啊，挺好的。"

"爸爸，我上学迟到了对不对？"我问道，"我今天不想去上学了。我，就……今天不想去。"

"啊，不，你今天不用去上学，"爸爸答道，将我抱到他腿上，"这几天都不用去上学了。"

我坐在爸爸腿上，看见小客厅里电视开着，放的就是持枪人去麦金利的新闻，但我听不见他们说的是什么，因为声音就像在医院里一样都关掉了。我不懂为什么会有人开电视不开声音。

奶奶给我做了早餐，然后好多人来了我家，一整天，不停地有人来。门厅里有了一大堆的湿鞋子、湿雨伞，厨房警报器会发出一个阿姨说话的声音，好像机器人，一直在说："前门！"一听见这两个字，就算看不见前门我们也知道有人走了，或者有人来了。大家都带着吃的来的，奶奶跟玛丽伯母拼命想把所有食品盒和碗放进厨房冰箱和地下室冰箱，而且也摆出吃的来招待上门的人，但谁也没吃一口。

奶奶让爸爸上楼去洗漱，他下楼时头发是湿的，但还是没刮胡子。爸爸一直走来走去，跟那么多人说话，就好像在办 party 一样。

我们家总是办 party 哦，有时爸爸公司的人会过来，有他办公室的人，有时他的客户也会来。爸爸每次都让我跟安迪站在门口，跟客人打招呼，跟客人握手。人长大以后，握手这件事会变得很重要。手不能太没劲儿，因为会显得胆小；也不能太用力，要刚刚好，握得"有力"就好。而且还要看那人的眼睛，说："很高兴认识您。"有时开 party 前我会在房间里自己练，这样就能做对了。

我觉得今天还开 party 有点奇怪，因为安迪死了，妈妈还因为受惊而待在医院里，不是开 party 的好时候吧？可人还是不停地进来，都在厨房里、小客厅里、大客厅里站着、坐着。除了我以外没有别的小孩，只有大人，那我是不是不该来这 party 呢？

我一直离爸爸很近。我想跟他说话，问他妈妈什么时候才能回家，我们能不能去医院看她。但爸爸没时间，他忙着跟别的大人说话、握手。

"请节哀。""节哀顺变。""简直不敢相信这种事会发生在维克花园镇。"大家纷纷说着这些话。爸爸脸上带着一点点微笑，不是开心的那种笑，倒像是故意挤出来的笑，然后那笑就一直那么挤着，关不掉了。有几个人来抱我，拍我的头，有些人我认识，有几个我从没见过。我不开心，不想被所有人这样抱。

下午来 party 的人里有拉塞尔小姐。我正跟在爸爸身后从大客厅走出来时，就看见她从前门走进来。她好像瘦了一圈，好像很冷，双臂抱胸。她站在门厅里四处看，眼睛很快地眨了好几下。她看见我站在爸爸身后时，眼睛不眨了，朝着我笑了一小下。

她走了过来，"你好啊，扎克。"声音很轻。爸爸看了看她，伸出手，"您好……"他说。拉塞尔小姐慢慢地握了爸爸的手。"我叫纳迪亚·拉塞尔，"她说道，"我是扎克的老师。""哦对，没错，不好意思。"爸爸答道。

"安迪的事……我真的很难过……"拉塞尔小姐说，那声音好像话卡在喉咙里好几遍，说不出来。

"谢谢您，"爸爸答道，"哦，还有……谢谢您……很感谢您昨天保护扎克。我……我很感激。"拉塞尔小姐没有答话，只摇了摇头，表示肯定，然后看向爸爸身后的我，"嗨，扎克，"她又笑了一小下，"我不能待太久，但我要给你这个……这个就送给你了，好不好啊？说不定你带着会很开心的。"拉塞尔小姐拉过我的手，在我掌心里放了点东西。那是她幸运手链上她最喜欢的 一个吊坠。她给我们看过好多次，是只银色的天使翅膀，上头有个小心心。她告诉我们说，这是她奶奶给她的，会带给她爱与庇佑。这吊坠对她而言是很宝贵的，因为她奶奶现在已经不在了。

"谢谢老师。"我声音低得好像耳语。

拉塞尔小姐走后，我又跟在爸爸屁股后面到处走了一会儿，然后我就觉得不能再走了，要休息一下。于是，我坐在小客厅墙角的黄椅子上。这把黄椅子差不多藏在沙发后面，小客厅里所有人都看着电视，小声交谈，所以没人知道我在那里。电视还是不出声的，刚开始在播广告，后来就又开始放新闻了，还在讲麦金利的事。

麦金利门前的"麦金利小学"门牌前站着个阿姨，拿着麦克风。校门前的日期还是昨天的，10 月 6 日，星期三。这么说，查理忘记换日期了，这可是每天早晨学校上课前他的第一件工作。新闻阿姨背后有几辆警车，但消防车和救护车都没有了，有好多上面有大碗的车，跟我在教堂前面看见的那些一样。

我知道阿姨在用麦克风说话呢，因为她嘴唇在动，但小客厅里那么安静，还是只能看见她嘴唇动，却没声音出来。我真的很想知道她在说什么，是不是在说拿枪人，但又不想大家知道我躲在他们背后的黄椅子上，所以我就很安静地看着阿姨的嘴唇动。

电视上出现了好几个人的照片，照片顶上写着"已确认19人死亡"，然后屏幕上的照片就挨个放大，每张都会放大几秒钟，然后又变小。然后下一张照片就变大，然后再下一张。我想，这应该是被拿枪人杀死的人的照片。这些照片里的人我都认识，都是四年级和五年级的学生，照片好像都是踏青的时候拍的，因为他们都穿着麦金利踏青日的T恤衫。也有几张照片是学校里的大人——我们校长科拉瑞丝太太，安迪的老师薇妮莎太太，我们体育老师威尔逊先生，还有看大门的赫迪南兹先生。

照片里的所有人我都认识，昨天都在学校见过，现在，他们都死了。照片里的他们，还跟在学校时一样，但我想啊，现在他们肯定是不一样了。现在他们都躺在走廊里，身上都是血。

又一张照片变大，是里奇，这么说，他也死了。我想，不知里奇妈妈知不知道里奇死了，不知她是不是还在医院里，在候诊室中等待。然后我想起爸爸跟她说的话，说我们走进"禁止入内"的门后看妈妈时会看一下里奇在不在。可我们都没看里奇在不在，真是太过分了。

里奇之后，就是安迪。他浑身都是汗，弯着膝盖，好像正要跳高，舌头歪着伸出嘴，这表情好傻啊。安迪拍照的时候老会做这种很傻的表情，然后妈妈就很生气，因为我们都没一张所有人都好好微笑着的全家福照片可以挂在墙上。

我盯着安迪很傻的脸。他那姿势，好像马上就要跳出电视，跳进小客厅。我屏住呼吸，好想他能跳出来。可他的照片缩小了，消失了。

下一张照片变大，安迪很傻的脸不见了。

11
秘密藏身处

　　我在黄椅子上转过身，看见爸爸坐在厨房里。我走到他身边，想把喉咙里的嗝咽下去，可我咽啊咽啊，嘴巴都干了，还是咽不下去。我费劲地爬到爸爸腿上，可爸爸看着手机，都不看我。他就让我坐在一条腿上，好不舒服啊。

　　我想坐满爸爸的腿，可他说："儿子啊，让我喘口气行不行？"然后就把我推走了。

　　奶奶走了过来，口红又涂上了。"扎克，爸爸很累，咱们就让他休息一下吧。"她对我说。我们家邻居格雷太太走进了厨房，"我的天啊吉姆，发生这种事我真的很伤心。"爸爸起身跟她说话，这么说，他这口气已经喘完了吧。

　　爸爸的吧台椅挤到了我，我后退了几步。爸爸又摆出那种似笑非笑的表情，我现在不高兴了，于是走出厨房，回到了楼上。

party 的声音一直跟着我上了楼梯，简直好像骑在我后背上一样，而且还越来越响。除了这声音，我什么也听不见，就算越走越远，都没办法关掉。我穿过走廊，脚步越来越快，摇着脑袋，想把声音摇掉。我想回房间里，把声音关在外面。可经过安迪房间时，我没办法不停下，不去看里面。就好像有种隐形的力量，拉着我进去。我眼睛不听使唤，一下就看见了安迪空着的上铺。

我老想去安迪的房间里，看他的东西，跟他一起玩，可安迪从不让我跟着。我现在进去，他大概会很生气吧。我假装自己是间谍，四下张望，打探敌情，摸敌人的东西，打开敌人的抽屉和门，寻找线索。我摸着安迪桌上的机器人手臂，假装那是敌人的武器，我要研究出怎么使用。

机器人手臂是圣诞节时外婆送给安迪的礼物，好不公平啊，她给我的就是个"贪吃河马"①，完全就是幼稚游戏。我也想要像安迪那样，玩那种很酷的组装玩具。这机器人手臂就像真的一样，有马达，有电池，还能上下移动，爪子还能拿东西——真的好酷啊。我问安迪我能不能玩一下，他果然说了不行。安迪一个人就把玩具组装好了，大人都没帮他，尽管盒子上写的是"十二岁以上儿童"，而他当时才九岁。

我听见过外婆在厨房里跟妈妈说这事，"安迪聪明得过分，就怕他聪明反被聪明误啊。"大家老这么说安迪——"他太聪明了"，要不就是"我从没见过这么聪明的孩子"。这是事实，他真的很聪明，就是那种比别人都聪明的聪明，他做过一个测试，结果就是这么说的。他就是不想做作业，也不想老在同一个地方坐很长时间。我们还住在市区里时，他上的是那种聪明小孩班，一年级就能做三年级的作业，所以安迪现在才讨厌上学，因为对他来说太无聊了。

---

① 贪吃河马（Hungry Hungry Hippos）：经典桌游，四个玩家各操纵"贪吃河马"吃弹珠，吃到最多弹珠的即是赢家。

安迪一年级就读完了所有《哈利·波特》，爸爸老跟别人说这事，我知道他很自豪。我也想读《哈利·波特》的第一本《哈利·波特与魔法石》来着，因为我现在也上一年级了，我也想爸爸跟别人那么自豪地说我。可那书封面上的画好吓人啊，还有好多很难的字。我半个小时才读了两页，安迪笑话我，我就不想读了。

我看见机器人手臂上有个写着"开"的开关，就扳了起来。我想让遥控爪子抓起安迪书桌上的铅笔，可是好难啊，老会把笔弄掉。然后我听见楼梯上有声音，好像有人上来了，于是赶紧关掉。要是爸爸上来，看见我在安迪房间里动安迪的东西，大概会生气吧。我看见安迪衣柜间的门开着，于是钻了进去，将门拉上，留了一条缝。

衣柜间里，我几乎听不见 party 的声音了。安迪的衣柜间好大好大，男孩子那么大衣柜好浪费啊，妈妈这样说过。安迪没把衣服整理起来，都在储物格后面的地板上胡乱堆着。我把衣服整理到储物格里，一直走到衣柜间的最里面，挂着好帅的衬衫和外套的地方，那后面还有个很宽敞的空间，好黑啊，但能看见安迪的睡袋卷成一卷搁在墙角。我就坐在了那睡袋上面。我一动不动，心跳超级快，我等着看爸爸能不能发现我，可他没发现。

我坐在睡袋卷上，想着昨天就躲在教室的储物间里，所以算上今天，是连着两天坐在储物间、衣柜间里了。今天和昨天之前我都没坐过，因为储物间啊、衣柜间啊都不是用来玩的，是用来收纳东西的。

这种收纳东西的地方，空间都不太大，我不喜欢。在很挤的地方，我就会害怕。有时安迪会用毯子蒙住我的头，他知道我最讨厌这样，他是故意的。他捂紧毯子，我害怕，推他，他就笑。我们坐电梯的时候他也会笑话我，"胆小鬼，我知道这电梯肯定要卡住！咱们会卡在这里，好几天都没饭吃，还得在这里头上厕所！"他就一直不停地说，妈妈叫他不要再说他才停，然后就在她背后做死人鬼脸。

爸爸有一次就卡在办公室的电梯里了，他可不害怕，但他旁边的人都很害怕。爸爸说还挺好玩的，因为他们就卡了几分钟，所以有什么好怕的呢？可我不觉得好玩，我也会害怕的。安迪老说我是胆小鬼，其实他说得也有点对。我害怕好多东西，尤其是要上床睡觉时，或者半夜里。其实挺傻的。有时我会希望我也很勇敢，像安迪和爸爸那样，他俩就什么都不怕。

我一想起昨天拿枪人来时发生的事，就想站起来，走出储物间，不然的话，身体就会像昨天那样，心也跳得飞快。呼吸那么急促，我都晕了。可不知怎的，我就是站不起来。就好像因为太害怕，把身体给冻僵硬了。我好希望爸爸能走过来，打开门，看见我在这里。昨天也是这样，我也希望爸爸会来。

可爸爸没来，谁都没来，于是我就坐在那里，整个人都僵僵的，等着听见外面的声音。可外面一直很安静。我把手插进裤兜，掏出拉塞尔小姐给我的天使翅膀吊坠，用手指头揉。"爱与庇佑"，我这样想着，就没那么害怕了。心跳慢了下来，呼吸也平缓了。

"没人会来找我的。"我小声说。没人会听见我说话，就连克兰西都不在，这样自言自语，还挺奇怪的。但同时感觉也很好，就好像是身体的一部分在跟另一部分说话，这样就能平静下来。所以我继续小声说："这里没什么好怕的呀，只是安迪的衣柜间而已，而且其实也没有很窄嘛。"

我摊开安迪的睡袋，盘腿坐在上面。我看看四周，黑暗里什么也不易看见。只有墙角里一堆落了灰尘的毛茸茸的东西，还有安迪的几只袜子，然后就什么也没有了。这里就好像房子里的秘密空间，除了我，谁也不知道。"秘密藏身处，"我对着空气小声说，"这里就是我的头号秘密藏身处。"我开始喜欢这种安静坐着听自己呼吸声的感觉了。吸气——空气涌进鼻子，呼气——噗一声从嘴里吐出去，吸气，呼气，现在呼吸很慢，因为我不那么怕了。

一旦想起昨天的事，那种害怕的感觉就会回来，所以我努力地不让那些念头飘回脑袋里。"坏念头，滚出我脑子！"我假装脑子后面有个保险柜，爸爸办公室里就有一个，里面放的都是重要的文件，放在里面谁也偷不走。所以我也把坏念头都放在脑子的保险柜里。"封上，锁上，放进口袋里。"

我在这里，party上的人都不知道我在哪里，可真好。我以后可以总来，因为现在安迪不在了，就不会冲我吼让我滚出去。

我开始想，如果没有安迪生活会怎样——家里会变好的，不会吵架了，而且我会成为家里剩下来的孩子，家里的独苗，妈妈爸爸就会只跟我在一起。我表演钢琴时，他们就可以都来看，听完一整场。以前可从来不行——都是因为安迪。春季汇报演出时，爸爸没法来，因为安迪要练曲棍球；夏季汇报演出就在开学前几天，倒是全家都来了，妈妈、爸爸、安迪，可我还没上场弹《献给爱丽丝》呢，妈妈就要站起来带安迪走，因为安迪不乖。

过了一会儿，我要尿尿，于是从衣柜间里走出来上厕所。上完厕所，我回到自己房间，打算找点东西放在秘密藏身处里。

"我刚才还在找你呢，扎克。"

我吓得跳了起来，刚才没看见奶奶就站在我房门旁边，吓了我一跳。我不想奶奶知道藏身处的事，所以编了个瞎话："我去安迪房间里找我的大卡车来着。"

"宝贝啊，我给你做晚饭好不好？你下楼来行不行？"

"party结束了吗？"我问道。

"……party？那不是……嗯，大家都回家去了。"奶奶看我的样子很奇怪。

"妈妈回家吃晚饭吗？"如果到晚饭的时间了，那就说明妈妈在医院待了昨晚一整晚、今天一整天，要睡觉的话这时间也太长了吧。

奶奶答道："妈妈暂时还不回家呢。说不定明天就回来了。我陪你吃饭好不好？"

不好。爸爸昨天都保证了，今天要去医院看妈妈。但因为要开party，就没去看妈妈。所以爸爸也撒谎了。

12
灵魂也有面容吗

吃完晚饭，奶奶给我洗了个澡。

然后她哄我上床睡觉，说我可以再在爸爸床上睡一次。我问她学校的事："我是唯一一个在家待着不上学的吗？是因为安迪的事？"

奶奶坐在床边，脊背溜直。她拂开我脑门前的头发，"不是的宝贝，"她回答道，"所有小朋友都在家里待着呢。昨天你们学校里发生了一件很可怕很可怕的事，估计要过一段时间学校才会重新开课，大家都需要时间来愈合伤口。"

"奶奶？"

"嗯？"

"安迪还在那里吗？还在学校里吗？"我脑子里都是安迪躺在学校里的样子，除了别的死人，就只有他自己。我一整天都很努力地不去想，但睡觉前很难不想事，说不定是因为除了躺在那里没别的事好做，也只能想各种事情了。

奶奶好像咳嗽了一声，就好像喉咙里堵着什么东西，她想咳出来。"安迪不在学校里了，"她说，又咳嗽了好几声，"安迪在天堂里，跟上帝在一起呢。现在，上帝在替我们照顾他了。"

"可他怎么从学校去天堂的呢？是像火箭一样嗖地飞上去的吗？"

奶奶涂了口红的嘴唇笑了笑，"不是的，他的身体没有上天堂，只有灵魂能去的，你忘了吗？"

我想起来，齐普大伯死的时候妈妈也是这么跟我说的。身体还在地球上，但不再是一个真人了，所以可以放在棺材里，埋在坟墓里，因为人最重要的部分叫作灵魂，灵魂已经去天堂了。人一死，灵魂就会去那里。我想，不知是不是我还在学校里那会儿，所有被拿枪人打死的灵魂就都飞上天去了。不知道有没有人看见他们，说不定拿枪人看见了。

我不知道灵魂是什么样子的。妈妈说灵魂就是你所有的感觉、思想和记忆，我觉得可能比较像鸟或者别的有翅膀的东西，比如拉塞尔小姐给我的吊坠上的翅膀。我想，不知灵魂上天堂时还有没有脸，没有脸的话，已经在天堂里的爱你的人怎么知道那灵魂就是你呢？没有的话，他们怎么找到你，让你不再孤单，再跟他们在一起呢？

奶奶说了声"晚安"，就离开了妈妈爸爸的房间。我努力想象天堂里安迪的灵魂和齐普大伯的灵魂在一起的样子，但脑子老会转回到学校里安迪的尸体、走廊里的血和墙上的血上面去，我就是没法把坏念头都关进脑子里的保险柜中。

说不定脑子里的保险柜只有在藏身处才管用。我带着克兰西一起回到了自己的房间，从床头柜抽屉里拿出我的巴斯光年手电筒，穿过卫生间，来到安迪的房间，走得很轻很轻，因为我家地板是很老的木头做的，走上去就会咯吱咯吱响，我不想楼下的爸爸和奶奶知道我下床。我用巴斯手电筒照了照安迪的上铺，空的。

然后我就走进了安迪的衣柜间，坐在他的睡袋上。手电筒在黑黑的储物间里照出一个小小的光圈，我操纵着光圈在墙上的衬衫和外套中间走着之字路线。我躺在睡袋上，腿抬高放在墙上，好舒服啊。我把巴斯放在旁边，克兰西放在胸前，双手交叉垫在脑袋底下当枕头。

我马上就又想小声说话了，"好啦，坏念头，到保险柜里去！"我想象着坏念头像小人儿一样在脑子里齐步走，一步一步走进脑子里的保险柜，甩上门。"好的，不许再出来了哦！"

好管用！我就那样在那里躺了一会儿，想妈妈，想妈妈明天能不能回家。然后我就困了，回到爸爸床上，合眼入眠。

然后，半夜的时候，拿枪的人回来了。

砰！砰！砰！

我坐了起来，好黑啊，什么都看不见，只有砰砰的声音，一直在耳朵里响着。

砰！砰！砰！

砰！砰！砰！

一遍又一遍，是很近还是很远？我用尽吃奶的力气，使劲捂着耳朵，可还是听得见。

砰！砰！砰！

我听见自己在喊，可我应该要安静，这样拿枪的人就不会找到我，就不会开枪打我。

不要啊！不要啊！不要啊！

我不停地尖叫，就是停不下来。有人碰了我，我不知道是谁，然后就听见了爸爸的声音："扎克，没事了，没事了。"灯开了，我还在发出尖叫的声音。我没法控制，因为拿枪的人又来了。他是怎么进入我们家的？他要开枪打我们了，我们也会流血，流得到处都是，像安迪那样死掉。爸爸说："是假的，是噩梦。"他说了好多遍，我才不尖叫了。可我还是很害怕，吸气，呼气，很快很快。那砰砰的声音还在我耳朵里，好像回音。

"你很好，你没事了。"爸爸说。

再醒来时已经是早晨，我不记得听见砰声后是什么时候又睡着了，也不记得爸爸是什么时候起床的，但他不在床那边了。

我下楼找到了他，他又坐在厨房里了，盯着他的咖啡杯，还是没刮胡子，胡子又长长了。我走过去，坐在他腿上，看着奶奶和玛丽伯母。她们把相册都拿了出来，正往外拿照片，大部分是安迪的，还有几张是全家福。她们说话的声音很小，擦着脸上的泪水，有时看见照片里的安迪做着傻傻的鬼脸，又会笑起来。

"奶奶和伯母干吗呢？"我问道。她们这样把照片从相册里拿出来，妈妈肯定会不高兴的，因为相册是很特别的东西，要先洗手才能摸。翻页时要小心，才不会把页与页之间很薄的纸弄皱。

"哦……我们就是挑几张照片给……"奶奶答着我的话,玛丽伯母打断了她:"我们就是要借几张照片,然后会放回来的。呀,看这张。"玛丽伯母将相册转了过来,指着一张照片,"你还记得这张是在哪儿拍的吗?"

"游轮上拍的。"我答道。照片里有我们所有人——我、妈妈、爸爸、安迪,还有齐普大伯、玛丽伯母和奶奶。我们都戴着大帽子,叫墨西哥宽边帽,是在游轮上的礼品店里买的。我进幼儿园前的夏天,我们一起去了大游轮上玩,奶奶过七十大寿,我们就搞了一次特别的家庭旅行。大船上可好玩了,船顶上有个大游泳池,还有水滑梯。还有一大堆的饭店,有好多不同的吃的,整天都开门,所以可以吃啊吃啊吃啊,一直吃。大船在墨西哥时每天都会停好几次。

玛丽伯母指着这张照片,我看向旁边的另一张,也是在游轮上,但照片上是我、妈妈、爸爸和安迪。照片里,我们四个都笑得好开心,一想起为什么笑,我就又微微笑了起来。当时船上有个墨西哥特色 party,我们比赛看哪家人能吃最多辣。刚开始我们吃的东西不太辣,然后就越来越辣,我们还是努力吃,嘴巴好像烧起来了,眼泪都流出来了。我们喝了好多水,但还是不管用。照片里妈妈笑着,眼睛都眯成了一条缝。爸爸在旁边看着她,也在笑。我和安迪坐在他们前面,手里拿着长长的红辣椒,不过后来没吃,真的好辣好辣啊。

"那次很开心,对不对呀?"玛丽伯母语气很奇怪。我抬起头,想看看为什么她声音会不一样,才发现她还在笑,但同时也在哭。

"就拿这些去吧。"奶奶捧着一大摞照片,拿起吧台上的手包,将照片放了进去。玛丽伯母合上相册里的游轮照片,撕了一块纸巾,擦去脸上的泪,然后跟着奶奶一起朝厨房门走去。

我向后一靠,靠在吧台椅上的爸爸身上。

"爸爸？"我开口问道。

"嗯？"他在我身后应着。

"昨晚拿枪的人是不是来咱们家了？"

我话音刚落，奶奶和玛丽伯母都转过了头。

"没有啊儿子，是你做噩梦了。"爸爸说，"拿枪的人是不会来咱们家的，知道了吗？"他那口气好像我问了个很蠢的问题一样，就好像"怎么可能呢"一样。

"可如果他真的来了，像打安迪那样打我们怎么办呢？"

奶奶朝我们走了过来，拉住我的双手，紧紧握住。"扎克，拿枪的人再也不会伤害你了，再也不能伤害别人了，因为他死了，"她说，"你一定得明白才行，再也不用害怕了，警察把他杀了。"

然后我就想了起来，教堂里的警察是这么说来着。是我给忘了。

"他是坏人对吧？"我问道。

"对，他是坏人。他干了很坏的事。"奶奶回答。

"那他的灵魂也会飞到天堂里去吗？他的灵魂会不会在那里伤害安迪的灵魂呢？"

"我的天啊扎克，不会啊！天堂里只有好人的灵魂，坏人的灵魂要去别处的。"

13
不要来我们家

　　我吃完早饭后正在刷牙，突然听见楼下门厅里传来一阵声响。有爸爸的声音，还有别人的声音，刚开始我以为是奶奶或者玛丽伯母，说不定她们带照片去别处然后回来了。我听见爸爸说："你不要来我们家，你……对不起……"我听见有个阿姨的声音，在哭，要么就是噎住了。我走到楼梯口，努力不让地板咯吱响，因为我想看看爸爸是不让谁来我们家。

　　原来是里奇妈妈。她站在前门门厅里，后背靠着门，爸爸就站在她面前。里奇妈妈两只手都抬了起来，爸爸攥着她手腕。她在哭，整张脸都湿湿的，衣服前面也湿了，也有可能是下雨淋的。她只穿了件 T 恤，两条胳膊又白又细。

　　"吉姆，求你了，别这样对我。"里奇妈妈说，"吉姆，我求你。"

她一遍又一遍地说。我不知道她是求爸爸别怎样对她，说不定，是让他别那样攥着她手腕。"我……只有自己了。"她说这话时发出了很大的抽噎声响，一大坨鼻涕从鼻子里冒了出来，都流到嘴上了，好恶心。

爸爸放开了她手腕，她像个小孩子似的，用胳膊擦了擦鼻子。她顺着门一点点地瘫倒在地，好像慢动作一样。好像她太累了，再也没法站着。她坐在门前，哭啊，哭啊。我只听见声音，没看见样子，因为爸爸站在她前面，挡住了她。

"南茜，"爸爸平静地说，"我很抱歉，我真的很抱歉。我倒希望能……"爸爸没说完这句话，里奇妈妈也没接话。她只是坐在那里哭。

"南茜，"爸爸又说，"拜托。"他俯身下去，抚着她脸颊，然后我就又看见她了。"我们都说好了，这件事……不能再继续了。我们都同意了，这样对所有人都更好，对不对？"

里奇妈妈伸出手抓住爸爸的手，放在自己脸上。她的眼泪和鼻涕肯定都抹在他手上了吧，可他没把手抽出来。

"南茜，扎克就在楼上。我妈和玛丽也要回来了……马上就要回来。我很抱歉。拜托，你还是走吧。"爸爸说。

"我不走，"里奇妈妈抬头看向爸爸，"我不走，我要跟你在一起。我需要你啊，我要怎么……"她哭得更厉害，更大声，但眼睛是盯着爸爸不放的。"他死了。"她说。"死"这个字，她拖了很长的音。"里奇，天啊里奇，我的……我该怎么办呢？我该怎么办呢——"

里奇和安迪一样，也被拿枪人打死了，但里奇妈妈就没有像妈妈那样因为受惊要待在医院里。她来了这里，来了我们家，还说一定要跟爸爸在一起，还拉住他的手不放，就好像他的手应该属于她一样。我不开心了，我不懂为什么他都不阻止她的。

我想让她放开爸爸的手，于是提脚向楼下走去。这时，爸爸听见了我的脚步声，他抽出了自己的手，飞快地朝我转过了身。里奇妈妈想站起来，头磕到了门把手上。

"扎克！"爸爸看着我，好像怕我会说什么话一样，可我什么都没说。"南茜……布鲁克斯太太来了。"爸爸说这话，好像我是瞎子一样。她就在那儿站着，我会看不见吗？

我盯着爸爸和里奇妈妈。里奇妈妈的脸很白很白，跟她胳膊一样白，只不过眼睛周围很红，眼睛里面也很红，不白。她眼球很蓝，好像是我见过的最蓝的眼睛。她一头长发都湿了，沾在脸上、脖子上。透过她的湿 T 恤，我能看见她胸前两个尖尖的小圈圈，简直没法挪开眼睛。

"我……我要走了。"她转过身，抓住门把手，但开不开门。她不知道我家门把手要特别用力按卜去才能开。

"我帮你……我来……"爸爸伸出手，帮她开了门，他胳膊擦到了她胸前的小尖圈。他本想拉门的，但她就站在门前面挡着，所以他们俩一齐退后一步，结果撞在了一起。爸爸终于把门打开，里奇妈妈顺着我家门廊前的台阶走了下去。我走到门边，站在爸爸旁边。她在人行道上拐了个弯，沿着马路走回了她自己家，一步也没有回头。

14

你去哪里了呢

　　妈妈在医院里，变成了另一个人。她在医院睡了三晚，回到家就变了副模样，做事风格也不一样了。妈妈一直很漂亮，就算早晨刚起床时也很好看。她一头褐发又直又亮，跟我头发颜色一样。我们眼睛颜色也一样，都是榛子色的。榛子色呢，就是好几种颜色混合在一起，一种发褐的绿色。我的家人里，只有妈妈跟我是同样颜色的头发和眼睛，我很开心。妈妈说，我脾气也跟她一样一样的，也就是说，我们做事风格是一样的，我觉得她说得对。我们俩都不喜欢吵架，我知道的，因为每次妈妈跟安迪或者爸爸吵架，她就会哭，人难过了才会哭。妈妈说，我们俩都喜欢讨好别人——"讨好"的意思就是说，你想让身边人都开心。

　　安迪呢，好多人说他是妈妈和爸爸的完美融合，但我觉得他长得像爸爸。他俩都是金发，都是大高个，都擅长运动，脾气也一样，因为爸爸有时脾气也很坏，大概这就是安迪会发脾气的原因吧。

妈妈从医院回到家时，头发乱糟糟地堆在脑后，不直了，也不亮了。她走进家里，外婆跟在她旁边，好像必须扶着她，不然她会摔倒。妈妈走得好慢好慢，好像很累的样子，可爸爸说她在医院里只是睡觉的。所以我们才不去看她，因为反正她也不会醒。

外婆带妈妈回家前，爸爸对我说，要给妈妈一些空间，不要马上去打扰妈妈。可我觉得很不公平，我都三个晚上没有看见妈妈了，很想她的。可她进家门时好像变了个人，我在她身边会有点尴尬，所以就照爸爸的话做了——给她一些空间。

妈妈还穿着那天我们去医院找安迪时的衣服，一点也不好看。妈妈平常都会穿很好看的衣服，就算不是什么特殊场合，也要穿得漂漂亮亮。以前她还上班时穿的那些衣服都特别的高档，现在她都不穿了，除非晚上要跟爸爸出去约会。我特别喜欢去她衣柜间的高档衣服间里帮她挑衣服，妈妈说我品位很棒。她以前也是在市区里上班的，跟爸爸一样，但是在不同的办公室里，做要在电视上播的广告。不过，她有了我和安迪后就不去那边工作了。现在她的工作就是当妈妈，洗衣服、做饭什么的。

外婆将妈妈安放在沙发里，就好像妈妈又成了小孩子，自己都不知道该干什么。妈妈变成这副样子，头发这么乱，做事风格像个小孩子，我很难过。于是我决定，虽然还是很尴尬，但还是过去坐在她身边。我没敢看爸爸。我不给妈妈空间，他可能会生气吧。

我坐下时，妈妈很慢很慢地转过头来看我，大概她刚才进来时都没看见我，现在看见了，才会露出这样惊讶的表情。她将我拉到腿上，将脸埋进我脖颈。她胸部起伏，好像在哭。我能感觉到，她温热而急促的呼吸吐在我脖子上，很痒，但我没动。我就让妈妈紧紧地抱着我，就算她身上的味道都变了，闻起来很像我们学校里的洗手液。

我看见妈妈手肘内侧贴着个创可贴，之前在医院时，就是那里插了根透明的绳子，我想问她疼不疼。"妈妈？"妈妈抬起了头。我一下就很生自己的气，非要说话，脖子一下就凉了吧？妈妈看着我，但看的不是我的眼睛，而是眼睛上面一点的地方，可能是脑门。"妈妈？"我又叫她，这次两只手都放在了她脸上，用我自己的脸去贴她的脸。就好像她还在睡着，只有眼睛睁开了而已，而我想温柔地叫醒她。可突然间，妈妈抱住了自己的肚子，向后靠在沙发上，发出了一阵"嗷——"的长音。

我放开了她的脸，从她腿上跳了下来，因为这声音吓到了我。大概是我犯了错，才让她发出了这样的声音，是我没有给她空间。

"宝贝啊，给妈妈一些时间，好不好？"外婆那么平静，将手放在我胳膊上，"她需要休息。"

"走吧儿子，让妈妈自己待一会儿，适应一下。"爸爸走到沙发前面，拉着我的手下了沙发。我抽出胳膊，跑回了楼上。我站在自己房间里好久，呼吸急促。我听着外面，想着爸爸会不会来追上我，可他没来。我自己一个人在楼上，大人们都在楼下，没有人在乎我，我很生气。我两眼略微刺痛，好像泪要流出。我不想哭，于是使出了"捏鼻子大法"，很快，刺痛的感觉就不见了，眼泪也不会流出来了。

如果能自己一个人在房间里静静，我一般会很开心，但现在却不开心。我觉得很孤独。"孤独"跟"独自"是不一样的。这个道理是某一天睡觉前，妈妈跟我一起发现的。我喊妈妈，让她回到我房间里来，对她说，我觉得自己很"独自"。妈妈说，我并不"独自"，因为她就在楼下，然后我们就发现，我感觉到的其实是"孤独"，而不是"独自"。"孤独"就是你更想有人陪着的那种感觉，是一种很难过的感觉。"独自"呢，就不一定很难过，因为一个人"独自"时也可以很开心。妈妈跟我达成一致意见——有时，"独自"一下也不错。我的房间以前就是用来"独自"而不是"孤独"的。

我决定去藏身处待着,就好像有某种理由,我在那里会是"独自",却不会"孤独"。现在我在藏身处里差不多适应了。我拿了巴斯手电筒,又从走廊中备用毛毯和枕头的储物间里拿了几个枕头,反正也没人会用,我拿了也不会有人发现。还有拉塞尔小姐的吊坠,我把它留在藏身处的墙角里了。每次我一进去,就先捡起吊坠,用手指头揉几下那小翅膀。拉塞尔小姐把她最喜欢的吊坠给了我,她可真好,我每次揉吊坠时,都会很安心。当然,克兰西也在。不管是去藏身处睡还是在床上睡,来来回回,我都会带着它一起。我捧起克兰西,坐在睡袋上,背后搁了个枕头靠在墙上,开始嚼克兰西的耳朵,只嚼右耳朵,不嚼左耳朵,因为左边已经被我嚼了好久了,妈妈说马上就要掉下来了。

安迪老想抢走我的克兰西,扔进垃圾桶,说克兰西好臭。我每次都把克兰西藏在不同的地方,这样安迪就没办法抢走,可每次睡觉前我又会忘记藏在了哪里,就只好去找,找到才能睡觉。我想,以后再也不用藏克兰西了,克兰西现在安全了,没有安迪来害它了。

我还想,奶奶怎么知道安迪或者安迪的灵魂去了天堂呢?她都说了,只有好人才能上天堂。安迪好几次都不是好人,主要是欺负我,还会让妈妈不开心。他一次又一次地做同样的事,惹妈妈不开心,所以他肯定是故意的吧,不是故意的为什么不改呢?

现在安迪再也不能凶我了,再也不能惹妈妈不开心了。现在因为拿枪人打死了安迪,妈妈很难过,还受了惊。可是,只要经过了这个阶段,以后她就再也不用老是不开心了啊。

齐普大伯肯定上天堂了,我知道的,因为他总是对所有人都很好。可安迪呢?奶奶说坏人的灵魂会去别的地方,我也不知道是什么地方,但如果安迪没去天堂,去了那个地方,那他就要跟所有坏人在一起了,比如说拿枪人，那可太吓人了。我闭上眼睛，努力在脑海中勾勒安迪的模样，有那么一小会儿，我看见了他的脸，但很难让他的脸待在那里静止不动。"你上天堂了吗，还是去了哪里呢？"我问着脑海里的安迪。然而，安迪的脸消失了。"唉，反正，我还是希望你上了天堂的。"

15
盲目行走

　　"我能看会儿电视吗？"我把麦片碗放进水槽里，"能看电视剧吗？"

　　"嗯……"爸爸还在低头看手机，这个"嗯"挺像同意的，最起码没说不行，于是我走进小客厅，打开了电视。新闻马上跳了出来，声音还是一点都没有。我想换到点播台，看新一集《飞哥与小佛》①有没有播，然而，电视上跳出来一张照片，照片上头写着"麦金利凶手"。我瞬间冻住，动也不能动。我一直盯着，盯着。那是查理的儿子啊。

　　我马上就看出那是查理的儿子。去年学校给查理办30周年大party的时候，我见过他。查理的老婆名字叫玛丽，跟我伯母名字一样。我不知道他儿子叫什么名字，反正他儿子也去参加party了。查理的老婆很友

────────────────

① 《飞哥与小佛》（*Phineas and Ferb*）：迪士尼频道经典长篇动画片，飞哥和小佛是一对没有血缘关系但相亲相爱的兄弟。

好，还说我们是"查理的天使"①，说我们好可爱好可爱，说难怪查理一直在说我们的事。查理的儿子一句话也没说，就在他爸身边站着，看我们的样子很凶很凶，好像很生气似的。他长得跟查理很像，只不过没那么老。父子俩是一个模子刻出来的，但儿子从来不会笑，查理老是在微笑。查理嘴角会上翘，儿子嘴角往下掉。他俩很像，但又完全不像。

妈妈跟查理的儿子说话时，他都没笑一下。她说，真不敢相信他都长这么大了，还问他记不记得她大学刚毕业时给他当过保姆，那时他才三四岁。他没笑，而且也不答话。查理的老婆帮他答了话，说他肯定记得啊，而且妈妈是他最喜欢的保姆呢，对不对呀？

我想听新闻在说查理儿子什么，但又不想打开声音，不想被爸爸知道我在看新闻，他听到了就会叫我关掉。于是，我就那样看着没有声音的新闻，照片停留了很长一段时间，然后字变了，原来是"麦金利凶手"，现在变成了"小查尔斯②·拉纳雷兹"，看来他是叫这个名字，因为查理也姓拉纳雷兹。他名牌上就是这么写的：查理·拉纳雷兹。然后照片又变了，出来一张新的，是查理，微笑的查理，看起来很像他 party 那天礼堂里那张照片。

我真的很想听听新闻在说查理什么，所以就打开了一点点声音。查理的照片不见了，出来一个新闻叔叔，拿着麦克风。他站在我们学校门前，跟一个奶奶说话，我以前在接孩子的地方见过她，好像是恩里克的奶奶。

"您得知枪击凶手就是麦金利校保安查理·拉纳雷兹的儿子小查尔斯·拉纳雷兹时，有什么反应？"新闻叔叔对着麦克风问了这句话，然后就把麦克风伸到了恩里克奶奶的嘴前面。

"我简直没法相信。没人会相信。"恩里克奶奶看起来很难过，一直在摇头，"真的，查理真的是个大好人，我们都喜欢死他了。不，不

---

① 《查理的天使》（*Charlie's Angels*）：美国经典动作片，又译《霹雳娇娃》。

② 查理是查尔斯的昵称。

是要他死……我说错话了。他那么爱学生的，就好像是他自己的孩子一样。他看大了这学校多少届学生，我儿子就是这儿毕业的，现在我孙子也在这儿……查理总是那么友好，特别帮忙……我真是没法相信他儿子能做出这种事。"

新闻叔叔直直地看向电视外面的我："何其讽刺，竟是本校保安的儿子，成了冷血残杀 15 名儿童和 4 名教职人员的杀人凶手，其本人被警方射伤后实施自杀。有证人声称，其父曾求儿子停止犯罪，然而无能为……"

"啊！"这声音轻细得好像老鼠的，然而我正全神贯注地看着电视，突然之间背后来了这么一声，我起了一身鸡皮疙瘩。我转过头，发现声音是出自妈妈。刚才她没在楼下，现在却在沙发后面站着，也盯着电视看。

爸爸从厨房走来，抽走了我手里的遥控器，关闭电视机。"扎克，你干什么呢！"爸爸看着我的样子，好像特别特别生气。

"你说过我可以看电视的啊。"我一出口就好像快哭了。

妈妈什么也没说，只盯住电视，尽管那上面什么画面也没有了。她好像都没注意到电视已经关了。

"爸爸，你知道查理的儿子就是拿枪人吗？新闻里说……"

"不许说了！"

爸爸离我那么近，呼吸都喷在了我脸上。他眼睛眯成了一条缝，这些话都是吼出来的。只不过他吼的时候嘴也没张大，是那种低低的吼，虽然低，但还是很吓人，我全身发烫，肚子里翻腾起来。

住在纽约市区里时，我看见过一个盲人，是个叔叔，刚开始我没发现他看不见，他牵着条特别可爱的小狗。我问妈妈，可不可以去摸小狗，妈妈说不可以，因为那是条很特别的小狗，叫导盲犬，导盲犬不可以摸，它会忙着帮盲人或者病人，摸了它它就不能好好干活了。然后我就觉得，小狗可以告诉盲人往哪边走，好酷啊。那个叔叔一直跟着小狗走，过马路都跟着。纽约的马路上人都特别多，而且很危险，我如果不拉着大人的手就不准过马路。

妈妈跟爸爸一起走回厨房，那样子就好像盲人与导盲犬。爸爸是小狗，妈妈什么也看不见，所以要爸爸领着路。我待了好久，直到确定眼泪一定不会掉下来，才跟着他们走进厨房。进去时，厨房里只有爸爸了。

"妈妈呢？"我问道。

"上楼了。给她吃了药，才让她镇定下来。她很难过，现在要睡觉了。"我知道爸爸还在生我的气，眼泪差点就没忍住。

"我错了，爸爸。我本来想看剧的，然后新闻出来了，我就……"我还没说完话呢，爸爸就打断了我。

"你就不该看新闻。新闻不适合你看，这你是知道的。而且妈妈现在看这些东西也不好，她刚从医院回来，照这么着咱们马上就得把她送回去了。你不想妈妈回医院对不对？"

我当然不想妈妈回医院，可现在我什么话也说不出，只好摇头。我不要妈妈回医院，我要她别再受惊了，我要原来的妈妈，而不是像现在这样走路像盲人一样，或者整天都在睡觉。我一直摇头，停都停不下来，直到爸爸说："好了，没事了，扎克。咱们都要努力克服困难，好不好？你自己去找点儿事做行不行？外婆一会儿回来，然后让她陪你玩好不好？"

"好。可是，爸爸啊，查理是不是被他儿子弄伤了？"

"啊？没有，查理根本就没受伤。"爸爸的口气，好像查理没受伤他倒很生气。

我上楼，看见妈妈爸爸卧室的门开着，于是去门口想看看妈妈好不好。她在床上躺着，但没有睡觉。她侧躺着，眼睛睁着。她看见了我就抽出被子里的胳膊，张开双臂。我走了过去，躺在她旁边。妈妈抱着我，那么紧。我们躺了很久，都没说话。只有我和妈妈，感觉可真好，而且那么安静，我能听见的，只有妈妈的呼吸声。

我转过一点点头，想看看她的脸，想说惹她难过我很抱歉。我能感到她胸口的起伏。我动也不动，小声说："妈妈我错了。"说完后，我从她那么紧的拥抱中脱出，踮着脚尖倒退着离开床边，出了卧室。门关合时轻轻地吱呀一声，我回看妈妈，她依然在睡。

然后，我满脑子都想着要去藏身处。我把衣柜间的门关紧，在黑暗中摸到了手电筒，打开开关。我抱起克兰西，嚼它的耳朵，好长时间，都停不下来。克兰西全身都被我的口水洇湿了。

16

红果汁洒了

　　我本来应该上自己床睡觉的，因为妈妈已经回家了。可我一睡就又会害怕，于是妈妈让爸爸把我的床垫放在他们床边的地板上。她躺在她的床上，我躺在床垫上，她握着我的手，这样我才能睡着。我们忘了要唱歌，后来我想起来了，但妈妈好像已经睡着，我不想叫醒她。所以我就很小声地自己唱了一遍，唱给自己和克兰西听。

　　第二天早晨，我是冻醒的。整个床垫都很冷，而且全湿了。我睡裤也湿了，睡衣一边也湿了，我不懂为什么都湿了，然后突然意识到：我睡觉时尿尿了！我像个小孩子一样尿床了！

　　我以前从没尿过床，只有三岁时尿过，那时刚刚睡觉不包尿布。妈妈说我那时只不小心尿过几次，她老会半夜叫醒我，抱我去厕所。她说我往马桶里尿尿时都是闭着眼的，然后第二天我就什么也不记得了。但现在我都会自己起床，自己去厕所尿尿。

我表哥乔纳斯老尿床，他也六岁，不是我亲表哥——他是玛丽伯母的姐姐的儿子，所以也算是我表哥吧。有一次，他在我家住，在我床边铺了张气垫床，睡在上面，结果他尿得满气垫都是，然后安迪就笑话他，说只有小孩才会尿床。我也笑了几句，可后来就好愧疚，因为妈妈说那不是他的错，我们不应该嘲笑他。他尿床可能是因为害怕，因为想妈妈，而且他大概已经很难为情了。

今天，我像乔纳斯一样尿床了。一这么想，我脸就发烫，我知道脸发烫就是说难为情脸红了。我脸发烫过好几次，在学校里老会脸红，比如说那次拉塞尔小姐突然问问题，但我又没想到她会问我，所以就很意外，然后大家都看着我，我还得回答。必须要回答问题的时候，如果我有时间想要先说什么，如果我知道正确答案，那就没事。但如果没有准备，就会脸红，我给这种现象取了个名字——"红果汁洒了"，因为脸红就像是一杯红果汁洒在我脖子和脸上。每次果汁一洒，我就想捂住脸，等脸不烫了，果汁流到底下去了，再放开。

又红又烫的果汁啊。有时过了好一会儿，我脖子上还会有红点点。大多数时候，果汁很快就会流到底下去，但如果有人说我脸红，或者笑话我，果汁就会一直留在脸上。比如说安迪，他知道我多讨厌别人说我脸红，所以就故意大声说，好让大家都听见，他觉得特别搞笑。每次这样，果汁就好久都不流走。

我不想被人发现尿床，那该怎么办呢？我瞥了瞥妈妈和爸爸的床，只能看见妈妈的后背，她没动，所以是还睡着，爸爸没在床上。我飞快起身，回到自己卧室里脱下睡衣。我摸到自己的尿了，好恶心啊。不想把湿掉的睡衣放进洗衣篮里，因为那样别的衣服也会湿，于是就放在了浴帘后的浴缸中。我又想，可床垫还湿着呢，不过，说不定白天就会自己干的。

　　我穿上衣服，在床上坐了一会儿，想等果汁都流走。我看见卡车还在书架前面，这么长时间过去了，我居然都没玩过一次。卡车都还乱糟糟地堆着，没排成一排。我居然就这样让大卡车乱着不管，好奇怪。

　　我站起身，打量卫生间镜子里的自己，脖子上没有红点点。我走进安迪房间，看了看他的上铺，然后就往楼下走去。厨房里没人，爸爸在书房里打电话。他书房门是玻璃做的。他一看见门外的我，就疲倦地笑笑，指了指电话。我走进厨房，坐在吧台椅上。我好饿啊，可是没人给我做早饭。

　　我注意到了厨房吧台上的iPad，决定要玩《停消防车》，这是我最喜欢的iPad游戏。画面是停车的地方，玩家要把一辆好大好大的消防车停进去，很难，因为不许碰到别的车，也不许碰到消防站的墙，不过我玩得很好。我滑开了iPad，出来的是爸爸的报纸。

　　爸爸现在总是用iPad或者手机看报纸，以前都是看真的报纸的，真的报纸会卷成一卷放在蓝袋子里，送到我家门前。以前早晨出门拿报纸是我负责的工作——只有周末时才是我拿，因为工作日爸爸都是自己拿了去上班的，那会儿我还没起床呢。可是，后来他就不去拿蓝袋子里的报纸了，都是在iPad上看，而且要看很久。我好希望他还能订报纸，因为我想用iPad玩游戏。

　　爸爸的报纸跳了出来，我马上发现，讲的是拿枪人的，就是查理的儿子。我拉到下面，又是昨天电视上看见的那张照片。我觉得好像不该再看了，要不然爸爸又要生气了。可他正在书房里打电话呢，妈妈还睡着，外婆在哪儿我不知道，没人会发现的，于是我开始看报纸怎么写查理的儿子。好大好胖的字写着"凶手动机"，底下是小一点但还是很胖的字："是疯狂之举，抑或烦恼少年为吸引父亲注意走上不归路？"再底下的字小好多，也不胖。

不太好懂，但我还是读懂了一点，是说查理的儿子带了四把枪去麦金利打人，然后警察还在他家也就是查理的家里发现了更多的枪。报纸上还说，警察暂时还不知道他是从哪里买的枪。

我再往下拉，又出来好多枪的照片，有几个像是平常的枪，就是警察别在腰上那种，有几个特别长，还长了很长的嘴，看起来像军队用的枪。照片底下写着枪的名字，都是很酷的名字。看着比较平常的枪底下写的是"45 口径史密斯·韦森军警两用手枪"还有"格洛克 19 式 9 毫米半自动手枪"。看着像军队枪的枪底下写着"半自动史密斯·韦森军警两用 15"和"雷明顿 870·12 铅径霰弹枪"，我轻声默读枪的名字，但好难啊，字都不会念。

我盯着照片看了好久好久，心跳得很快，因为枪都很危险，这我是知道的，但同时，枪又很刺激。只不过，我没法不想起，查理的儿子就是用这些枪杀了安迪的。我想，不知道杀死安迪的子弹是从哪一把枪里打出来的。我又想，查理的儿子是怎么带四把枪去学校的呢？而且人怎么能做到同时用四把枪呢？子弹射穿安迪身体时，他一定很疼，我现在还不知道子弹是从他身体哪里射进去的。然后，他就死了。

枪的照片下面说，查理的儿子去麦金利的路上还在 Facebook 上发了一条状态。我从妈妈手机上看见过这个叫 Facebook 的东西，她老要去刷，看朋友都发了什么东西。她要是看见照片或者好玩的视频，还会给我看。她自己也会发照片，基本上都是我跟安迪打球什么的。爸爸就不喜欢 Facebook，从来不玩。有一次妈妈跟爸爸还因为这东西打了一架，因为爸爸说妈妈不应该满世界地发我们的照片让所有人看，妈妈就说："呵呵，你这么爱炫耀的一个人能说这话，真够讽刺的。"

查理的儿子发在 Facebook 上的状态是这样的：

查理的天使们，今天我要来找你们了。回见了爸爸！为我祈祷吧。

查理的老婆在 party 上就是这么叫我们的，"查理的天使"。

身后警报器叫了起来，"前门！"又是机器人阿姨的声音，我吓得差点扔了 iPad。赶快按按钮关掉了 iPad，放在一边。我心脏跳得好快好快，脸上好像又洒了红果汁。外婆拎着从卖吃食的商店买的大包小包走了进来，我还以为她马上就会发现，可她没发现。

"早上好啊宝贝。"她就说了这一句话，我没敢答话，只发出了一个"嗯"的声音。

外婆一个个打开塑料袋，我看着她取出牛奶、鸡蛋和香蕉。说不定她忘了，我们家没人爱吃香蕉，除了安迪。安迪最喜欢吃香蕉了，但他现在不在了，没法吃，那外婆从超市买的那么多香蕉谁来吃呢？香蕉在吧台上放着，我没法不去看。脑子里有个很响的声音："这么多破香蕉，谁吃呢？"好像在咆哮一样，"破香蕉！恶心死了！里面都坏了！"我抓起香蕉，全都扔进了垃圾桶。这感觉真好啊。我走出厨房，根本没听外婆在跟我说话。她喊着问我："扎克宝贝，你这是干什么啊？"

17
心情画纸

我以前都不知道，人是可以同时有很多心情的。

尤其是各种心情彼此之间还很矛盾的时候。我知道人可以很激动，但一旦做了激动的事，激动的心情就没有了，会变成开心的心情，因为做这件事很开心。再然后，做完了这件事，可能会变成难过，因为已经结束了，比如说生日大 party 散会后，大家都走了。但可以同时有好多不同心情吗？可以都挨在一起、摞在一起、堆在一起，都在心里吗？我都不知道还可以这样。

可现在我就是这样了。真的很难，因为如果是开心，就会觉得自己想大笑或最起码微笑；如果是生气或难过，就会想喊或者想哭。但如果全都同时来了，就不知道想干什么了。我在房子里到处走，这边走走，那边走走，上楼，下楼，就好像心没法落地，所以身体也没法停下来似的。

　　经过厨房里的家庭日历时，我停了下来。我们上周的每日活动还都写在上面。爸爸的在最顶上，然后是妈妈的，再然后是安迪的，最底下的是我的，因为是按年龄顺序排的，我是最小的。日历上，我们的名字是用永久马克笔写的，就算妈妈在周日把所有事项都擦掉好写下周的活动，名字也不会被擦掉。这么说，现在安迪那排要空着了——妈妈和我之间，现在会空出一排。但他的名字还会一直留在那里，所以在日历上还是我们家的一分子，只不过在现实生活中不是了。

　　我盯住安迪那一排，看他上周应该要做的事。他只去了周二的曲棍球，因为周三他就死了。周四的足球训练，他没去。周五他那一排写着"晚上 7 点，曲棍球比赛"，我想，如果安迪周五没去，不知他们队还会不会去打比赛。说不定他们找了个平时场边替补的人替安迪上场，就好像安迪根本没走，一切都未改变。我火了，他们居然就这样，还是去比赛了。不过安迪技术很好，能进好多球，所以如果没有安迪他们估计没赢。

　　今天是周二，周二学校要上美术课。我最喜欢美术了，我画的画可好了。我就差这么一点就要画完弗里达·卡罗①的肖像画了。我在学校学了，弗里达·卡罗是个很有名的墨西哥画家，画了好多彩色自画像，自画像里面的她都有好粗的眉毛，两边连在一起，连成一根很长的眉毛。她还有胡子，可她是女人啊。我画画时也喜欢用好多好多颜色。今天不能去上美术课，我好难过啊。可我又很开心，因为今天不用上学。又难过，又开心——你看啊，就是这种矛盾的感觉。

　　弗里达·卡罗很久以前就死了，死的时候还没老，但病得很重。我不知道是什么病，可能像齐普大伯一样是癌症。她生了病，而且人生很孤独，所以只能成天画画，用画画来排解心情。这是我们美术老师瑞太

---

① 弗里达·卡罗（Frida Kahlo）：墨西哥画家，一半以上作品是自画像，多带有象征着强烈痛苦的意象。

太说的。她说，艺术就是用来表达心情的，如果你有很多心情，就可以用艺术来排解。想到瑞太太的话，我决定就这么办，用艺术来排解心情。

我走上楼，取出我那一大袋颜料，又拿了画纸，摊在我的房间里。然后，我就在那里坐了一会儿，不知道如果想排解心情该怎么画。像弗里达·卡罗那样画自己吗？我去厨房倒了杯水，外婆让我保证不许画得到处都是。我就想，难道弗里达·卡罗画画时也要很小心，不能弄得到处都是？

我用画笔蘸了蘸我最喜欢的红色，然后在纸上上下运笔。还是不画自己了，就让手来决定自己想画什么吧，我暂时不知道画出来是什么。向上一条线，旁边又向下一条线，然后又上，又下，好像一条Z形蛇。刚开始红色还很红，笔上有很多颜料，但后来就越来越浅，因为颜料用光了，最后成了那种浅粉红。看着纸上的蛇形线，我想起了尿床后洒在我脸上的红果汁。

所以，红色是丢脸的颜色。说不定，心里那堆矛盾的心情，我可以每种心情都用一种颜色来表示，然后每张纸上只画一种心情的颜色，这样心情就分开了，不会再混在一起了，这样我就会好起来了。

红色——丢脸。这张纸放一边。

下一个心情是什么呢？难过。我家里现在到处都是难过，尤其是妈妈。妈妈那有好多好多难过，一走近就能感觉到。走得越近，感觉到的难过就越多。妈妈总是哭啊，哭啊，而且基本都躺在床上，哭了那么多，眼睛外面都是一圈红。我看着所有颜色的颜料。难过可以是灰色的，就像外面的天，就像下雨的云。我在水杯里洗干净画笔，一点水也没溅在地毯上，然后在新纸上画满了灰色。

这张纸是难过，就放在丢脸的纸旁边。

还有害怕。我现在老是很害怕。害怕一定是黑色的，因为躲在学校储物间里时一切都是黑色的，没有光，看不清别的颜色。晚上我醒来，以为拿枪的人又来了，那时一切也是黑色的，只不过那是场梦而已。我涂了一张黑纸，全黑的纸，看起来真的很可怕。

我还要给生气也选一个颜色——生气，或者说愤怒。妈妈说过，这种心情要动口不动手，就是说，不能动手打人。"我很生拿枪人的气。"我说。我想，生气或者愤怒肯定是绿色的。因为绿巨人就是绿色的。绿巨人刚开始时像正常人一样，皮肤很白，然后他生气了，就全身都绿了，连脸都绿了。绿巨人一生气，就会特别特别绿，然后全身都是肌肉，整个人都大了一圈，变得很强壮，虽然也不知道为什么一生气就全身都绿。所以绿色会让我想起生气或者愤怒，我涂了一张绿纸，放在其他心情画纸旁边。好啦，现在有：

红色——丢脸

灰色——难过

黑色——害怕

绿色——生气／愤怒

那孤独是什么颜色呢？我想，孤独应该是种透明的颜色，也就是完全没有颜色，因为一个人孤独时就好像对他人隐形，但不像超级英雄那样很厉害的隐形，而是一种很难过的隐形。可画纸是白的，怎么在白纸上画透明色呢？然后我就有办法了，我取出剪刀，从纸中间剪开，做成了一个相框似的东西，中间有一个空的长方形，彻底透明，空无一物。孤独——透明色。

我想，我同时也很快乐。我快乐，是因为我没被拿枪的人杀掉。安迪不在了，再也不能欺负我了，而且安迪的衣柜间成了我的秘密藏身处，他再也不能叫我滚出去了，我也有点快乐。在藏身处里，我感觉很舒服，也很快乐。现在只是小快乐，因为才刚开始。等到妈妈康复了，不再难过了，生气、害怕和孤独，所有的坏心情都走掉了，那时就会是大快乐。我和妈妈和爸爸可以在一起，再也不吵架，我们就会很快乐。

快乐是什么颜色呢？黄色，就像天上的太阳。夏天时会有暖暖的黄太阳，挂在好看的蓝色天空上，才不是现在这种难过的灰天空。

红色——丢脸

灰色——难过

黑色——可怕

绿色——生气 / 愤怒

透明——孤独

黄色——快乐

我等着心情画纸慢慢晾干，然后去厨房里找了胶带，把画纸贴在了藏身处的墙上。这地方不错，我可以躺在安迪的睡袋上，看着各种心情。现在各种心情都分开了，分开了，就比较容易分别去思考。

18
噩梦成真

拿枪的人来了，真实生活就走了，现在我们过的好像是假生活。我在，爸爸也在，妈妈也在，外婆也在，在客房里跟我们住在一起好照顾妈妈。奶奶和玛丽伯母每天都来，所以生活是不一样了，因为平常她们不会同时在我们家的。

我们家外面的一切似乎都很正常，未曾改变。每次我看着窗外，就知道马路上还在上演着真实的生活，看着还跟以前一样。约翰逊先生还是会在小区里遛奥托，垃圾车还是会来，邮差还会下午 4 点送来邮件，差不多每次都准时。我们家外面，所有人都在过着以前一直过的日子，我就想，他们可能都不知道，我们家里一切都变了。

唯一内外如一的东西，就是下雨。外面下啊，下啊，好像永远不会停；妈妈哭啊，哭啊，也永远不会停。

电视里的东西也还是一样，广告还在说一样的话，说家乐氏果脆圈多好吃，就好像一切都跟从前一样，果脆圈什么的还很重要似的。我还以为，看看以前的剧，生活就会不像假的了，可就连《飞哥与小佛》里的段子我都觉得不好笑了，就算有个好笑的，我也不会笑，因为几乎所有心情都完全不想笑。

我开始假装，这是在做噩梦，假装我看着自己走来走去，在梦里做着各种事。因为这不是我想要的真实人生。我不想妈妈总是躺在床上哭，我不想每天早晨走进安迪房间里去看上铺有没有人，想着说不定他会回来。每天早晨我都去看，就是忍不住不去。每次抬头前，我都想：如果这一切都不是真的，他就在床上呢？如果他只是跟我们开了个破玩笑，我还以为他真死了，他会坐在床上笑话我呢？每次我看见他的上铺是空的，都咣的一声，好像有人给了我肚子一拳。

我也不想老尿床。昨晚我又尿了第二次，这是连着两个晚上尿床了。被妈妈发现了，她还得把浴缸里的湿睡衣拿出来，床垫上的湿床单剥下来，一起去洗。她什么也没说，但我还是觉得很丢脸。

我们没去过外面，就好像里面和外面是不同的世界，必须要分开。就连爸爸都不去上班了，他就会去书房，关上玻璃门。我不知道他为什么要去书房，他好像也没在里面工作啊。他就坐在那里，盯着电脑，要不就把手肘放在桌上，脸埋进手中。

今天吃完早饭，我看向窗外，看着外面的世界。我希望我能在窗的另一边，真实生活还在发生的另一边。刚开始，我只看见了雨，我看着雨点在人行道泥坑里打出的圈。然后，我突然看见有人站在路的那边，我们家的对面。

是里奇妈妈。她又只穿了一件 T 恤，而且没打伞。她站在雨里，好像都没感觉，可她明明看上去都湿透了。她死死盯着我们家，只盯着，都不动，也不过马路走来我们家里，好奇怪啊。再然后，我突然看见爸爸走过马路，也没打伞，也被雨打湿了。他抓住里奇妈妈一只手臂，拉着她转身，一起沿着马路走了。

过了一会儿，爸爸回来了，里奇妈妈没回来。我下楼去问他去了哪里，他很奇怪地看着我，回答说他去散步了，说想换换脑子。

距离拿枪人来的那天已过去了一周的时间。这一周的时间里，我每天都会看厨房的日历——又有好多人来看我们，带了好多吃的，尽管厨房的冰箱和地下室里的冰箱都已经塞满了吃的。今天下午，我们学校的史丹利先生来了。史丹利先生人很好，我上一年级起他就在麦金利了。我比较喜欢他，不喜欢原来的副校长赛卡莱利先生。赛卡莱利先生有时很凶，而且给我们打星很低，就算我们明明很乖、很有礼貌，他也不管。就是因为他，我们幼儿园从来没睡衣日①。史丹利先生就老爱开玩笑，因为他是新来的嘛，就老假装在走廊里迷了路，不知道要往哪里走，而且他总给我们打很多星。

一年级学生的星现在肯定已经够睡衣日了——要求是 2000 颗星才可以，拿枪人来的那周之前我们就已经攒了 1800 颗星，所以现在他们应该有 2000 颗星了吧。说不定他们就自己玩睡衣日，不带我玩了，因为我还是没去上学。那可太不公平了，因为我一直很乖、很有礼貌，帮集体得了好多星呢。

史丹利先生今天来我家，一个玩笑也没开。但他冲我微笑，朝我弯腰弯得很低——史丹利先生很高，所以好多学生管他叫史高利，不叫史丹利。他弯腰给了我一个拥抱。被他拥抱时，我很开心，平常我一般不喜欢别人抱我的。我想问问史丹利先生睡衣日的事，但他跟妈妈爸爸去了大客厅，不让我跟着去。

---

① 睡衣日（Pajama Day，简称 PJ Day）：美国幼儿园和小学经常会搞的活动，孩子们和老师们都穿睡衣去学校。

外婆让我在厨房里跟她玩，可我真的很想知道史丹利先生在跟妈妈爸爸说什么。所以我问外婆我能不能上楼，她说可以，然后我又不是很想上楼，于是就坐在楼梯上，想偷听史丹利和妈妈爸爸说的话。他们声音特别小，很难听清楚。要是能走近点就好了，可那样就会被发现在偷听了，于是我开启了超音速听觉超能力。

"……我想告诉您的是，现在有一些资源，可以马上帮助受害者家庭。"这是史丹利先生的声音，"不止受害者家庭——当然，所有人肯定都是受害者，当时所有在校学生都被迫经历了那种……恐怖的经历。但是对于扎克来说，他不但亲身经历了这件事，而且还失去了哥哥……我简直无法想象……他一定很不好过。"

然后妈妈说了什么话，但我听不清。史丹利先生接着又说："没错。嗯，当然，每个孩子都会有不同的反应方式。而且我认为，创伤后并发症的症状不一定会马上出现。"

妈妈又说了什么，又很小声，所以我挪下一级台阶，想听妈妈是不是在说我。"他在做噩梦，这个应该是正常的……"红果汁又洒了，我不想妈妈告诉史丹利先生我不敢在自己床上睡觉。

"谢谢您告诉我们。我们家也有一个很不错的家庭心理医生，以前安迪的……所以这也是个选择。"爸爸说。

"那就好，很好。"史丹利先生回答道，好像他们就快说完了，要从大客厅出来。趁他们没看见我，我赶快跑回了楼上。

史丹利先生走了以后，妈妈很累很累，又回床上躺着去了。我就去跟她躺一起，妈妈想让我一起的。她紧紧抱着我，说："扎克，最好最乖的小扎克。"还说，"我们可怎么办呢？"她哭啊，哭啊，整个枕头、她的头发、我的头发都湿透了，她还在不停地哭。躺在她身边，离她和她的难过这么近，我喉咙里好像肿起了一大块，我一想咽下去就疼得要命。我整个脖子都很疼，一直疼到耳朵根。离妈妈的难过这么近，我很难受，但我没有走，因为妈妈不想让我走。

爸爸来了，躺在床的另一边，这样我就在中间了。他看着妈妈哭，搂住了我们俩，搂了好久。我想，离妈妈的难过这么近，他喉咙里会不会也肿了呢？过了一会儿，爸爸轻抚妈妈的头和我的头，然后下床走了。

19
醒来

　　我不知道，如果那个人再也不会醒来了，为什么还要叫守灵？守什么呢？给齐普大伯守灵时我六岁，那是我第一次看见真的死人，因为守灵时齐普大伯的棺木就在守灵室的前面，盖子是开着的。齐普大伯躺在里面，看起来很正常。他眼睛闭着，好像在睡觉。我不想离棺材太近，但我们全程都在守灵室里，守了很久，连着两天。我一直看着齐普大伯。

　　我想，说不定他并没死，说不定他只是在开玩笑，因为齐普大伯过去总开玩笑，所以我就想，说不定他等时机到了就会从棺材里坐起来，吓我们一大跳。好多人走到他棺木前面，双膝跪在地上坐着，抚摸他交叉在胸前的双手。我想，他死时手就是这样摆着的吗？摸他的手是什么感觉呢？是很凉还是什么？那时候肯定最适合坐起来，肯定会把坐在棺木前面的人吓得便便都掉出来。可齐普大伯没坐起来，动都没动。这次教堂里的葬礼，棺木是关着的。

　　早饭后，爸爸帮我穿上了黑西服。哎，这西服不是我自己的，是安迪的，是他在齐普大伯葬礼和守灵时穿过的衣服。我觉得，我去为安迪守灵，穿的是安迪守灵时的西服，还挺有意思的。这个"有意思"，不是好玩的意思，而是很奇怪的意思。齐普大伯死时，妈妈带我跟安迪去商场，给我们俩买了西服，因为我们都还没有西服。如果有人死掉，别人就要穿西服，而且必须是黑西服，因为穿黑衣服就说明你很伤心。所以黑色也是难过的颜色，可我画心情画纸时选了灰色来代表难过，黑色代表害怕。要去守灵，我很害怕，所以黑西服很搭。我们去买西服时，安迪发了好大一顿脾气，因为他不想穿西服。可我还挺喜欢的，我穿上西服很像去上班时的爸爸。

　　我本来试穿的是齐普大伯死时我穿过的西服，但那套已经太小了，裤子都系不上扣。于是，爸爸从衣柜间里取出了安迪的西服，我很担心，怕他发现我的藏身处，但他应该是没发现，因为拿衣服回来时什么也没说。他举着外套，让我穿上。袖子太长了，手都看不见了。

　　"爸爸，袖子好烦啊。"我抱怨道。我手老是卡在袖子里，胳膊要举好高，手才能出来。安迪比我高很多，他比我大三岁半，但比同龄人也高不少。我就没有比别人高很多，我是正好高。

　　"不好意思啊儿子，只能穿这套了。"爸爸回答道。挺奇怪的，爸爸一般是希望我们都穿得很好看的。"出去不能看着跟要饭的似的。"他总会这样说，然后让我们去换衣服，穿得潇洒笔挺。

　　我就不懂了，为什么不能再去商场，给我买套新西服呢？袖子太长真的很烦人，我肚子还疼上了，也很烦人。

　　"袖子能卷上吗？"我声音很像在耍脾气，而且还因为肚子疼身体晃来晃去。

"西服袖子是不能卷的。你就别管了行不行？袖子长没关系的。你能不能消停一秒钟，我好把这领带系上？"爸爸声音好凶，然后我知道他凶了我以后肯定又后悔了，因为他说，"挺帅的，儿子。"然后揉了揉我头发。

"好了，今天对我们所有人都会很艰难，懂了吗？"

我摇头说是。

"帮我个忙，今天一定要成熟一点，帮我一起照顾妈妈，好不好？我需要你帮我。"

我再次摇头说是，尽管并不确定今天能当爸爸的帮手，因为心里实在害怕。

我们去守灵开的是妈妈的车，停在医院外面时没有被拖走。妈妈把车停在人行道上的第二天，奶奶和玛丽伯母就去把车开了回来。不过今天开车的不是妈妈，她坐在后排乘客座里，看向窗户外面。爸爸开得很慢很慢，离家越远，他开得就越慢，可路上都没什么车。

车里很安静，没开广播。我听到的唯一声音，是雨打在车顶天窗的叮咚声，还有挡风玻璃上雨刷飞快来去的吱吱声，看雨刷看得我头都晕了。这么安静，我倒很喜欢。守灵时会有很多人，说很多话，可我就希望我们能一直这样开着车，只有我们一家人。

"妈妈？"我对着安静的后排问道，安静中声音显得很响。

妈妈双肩略微耸动，但没转头，也没回答我。

"妈妈？"

"什么事，儿子？"回答我的是爸爸。

"我们一定要去守灵吗？"我问道。我知道这问题挺傻的。拉塞尔小姐总说没有傻问题，但她说得不对，如果你已经知道答案是什么，还要去问，那就有点傻。外婆抓住我的手，对我苦笑。

"是的，扎克，我们一定要去守灵。"爸爸说，"我们是安迪的亲人，大家会来跟他道别，向我们表示慰问。"

我又想起了给齐普大伯守灵那天，肚子里又一阵翻江倒海。我想开窗透气，但窗户锁着。爸爸总从前面锁上所有窗，我们在后面没法开。可我晕车晕得很厉害，开开窗会好一点。爸爸就说开窗他会耳朵疼，所以不许开窗。爸爸开车时我差不多都会晕车，妈妈开车时我从不晕车。

我不想看棺木里的死安迪。我们到了守灵的地方，爸爸停车时，我心跳得很快很快。我知道自己肯定会吐了，眼里噙满了泪水。我死命地捏鼻子，都捏疼了。

"下车啊扎克，赶紧的。"爸爸说。

我想待在车里，但爸爸绕到我这一边，开了车门。我看着妈妈站在车旁边，被雨淋湿，她看上去那么瘦小，那么害怕。她伸出手，那表情好像想让我走到她身边，于是我下了车，牵住她的手，我们一起向屋里走去。

室内有很多穿西服的人，跟妈妈、爸爸、外婆低声说话。除了我们，那里没有别人。我看着四周，好像跟新泽西齐普大伯守灵的地方很像。貌似是一个很高大上的酒店里的大厅，是我们偶尔在市区里过夜时会住的那家酒店。有很大很舒服的沙发，中间有小桌子，天花板上还挂着一盏又大又闪烁的吊灯，还有红地毯，踩起来很软很软。屋里不知哪里放着舒缓的钢琴音乐。

这间大厅感觉很舒服。我想去坐在舒服的沙发里，可爸爸说该去守灵室了。结果砰的一声，我肚子又成了过山车。妈妈牵着我的手，捏得越来越紧，越来越紧，好紧好紧。可我没有把手抽出来，我觉得妈妈需要捏我的手。

爸爸一手扶着妈妈的后背，一手摸着我的头，他推着我们穿过大厅，朝一扇门走去，门后面应该就是守灵室。外婆在我们身后，我们的步子都很小很小。

离门越来越近，我屏住呼吸，盯着自己的脚。每走一步，鞋就会陷进很软的红地毯里。我看向身后，不知有没有留下脚印。有脚印，但一抬起脚地毯又会马上恢复原样。我全程盯着自己的脚，那扇门后面好像有可怕的东西在等着。又大，又可怕。这门，就不应该开。

20

特大号双筒卫生纸托架

有人打开了门，红地毯变成了蓝地毯。房间很静，还很香，好像花园一样。妈妈发出的声音好像她在大口大口地呼吸，很急促。她放开我的手，走开了。我不知道她去了哪里，我没抬头，依然看着蓝地毯上自己的鞋。

没有妈妈拉着我的手，我似乎独自一人，不知身在何方，好像迷了路一样。我就在门边上站着，不想用眼看，就用其他感官和手指去触碰墙壁。壁纹很光滑，脚底下的蓝地毯跟大厅里的红地毯一样柔软。没法用味觉，因为嘴里没东西，只有一种很难受的感觉，跟在车里要晕车时一样。我开启了嗅觉，闻出这地方的气味确实很像花园，像鲜花，是很甜的气味。刚开始时我还很喜欢，但后米就有点太甜了。还用了听觉，我还以为会有鸟叫或者蜜蜂叫，因为花园里都会有的，但这地方空无一声。就算开启了超级听觉，我听见的依然是一片安静。

然而，突然传来一阵哭声，刚开始很低，似乎很远，但后来就响了起来。是妈妈在哭，在这房间里的某处。妈妈哭得越来越响，而且哭了很久，我想，我应该去找她。可我依然站在门边的位子上，没有动，因为已经适应了。这屋里别的地方，我都不想适应。突然之间，我听见一声巨响，惊得不再看鞋，抬起了头。登时之间，我看见了所有不想看见的东西。

棺木就在房间前面的正中间。颜色跟齐普大伯的棺木不一样，这个是浅棕色的，齐普大伯的是黑色的，而且这个棺木尺寸也要小得多。盖子是关着的，不像齐普大伯是开着的，关着的盖子上面还有很多花。我开始觉得这西服很热。安迪就在那里面，那里面就是安迪的尸体。

爸爸和外婆都在棺木前面，在拉妈妈。妈妈瘫倒在地，边上是个大花瓶，紫色的花掉落满地。在门边我站立的地方与前面安迪的棺木之间有很多椅子，都排成排，跟拿枪人来那天教堂里的长椅几乎一模一样，中间留了一条过道。墙上挂了很多花，棺材旁边也有花。花很好看，有很多种颜色，我终于知道为什么这里的气味会像花园了。我还看见到处都有照片，大多数是安迪的，也有我们全家的。照片都立在木板上，有些框在相框里，放在很窄的桌子上。

身后传来一阵脚步声，大家都走进了守灵室。有奶奶和玛丽伯母，有尿床表哥乔纳斯，还有他的妈妈爸爸和其他一些亲戚。妈妈、爸爸和外婆站在前面。妈妈挽着爸爸的手臂，看起来又要瘫倒了。她直直地看向前面，没有再哭出声。泪水挂在她脸上，滴在她黑裙子上，但她没去擦，就那样让泪水掉落，掉落，掉落。

来的人越来越多，大家说话声音都很轻，好像在说悄悄话，又像怕惊醒棺木中的安迪一样。所有的轻声耳语，在我听起来都很响。

"咱们过去吧，跟你妈妈爸爸一起站在前面。"奶奶说道。她推着我往前走，指甲都抠进了我后背。我们在前面站成一排，离棺木很近很近——我，妈妈，爸爸，奶奶，外婆，还有玛丽伯母。我不想站在那里，离棺木太近了。

其他人都走到前面，跟我们说话。我又觉得西服袖子很烦，每次抬手跟人握手时，右手都会卡在袖子里。我衬衫领口那里，爸爸系的领带结很紧。我吞了好几口口水，每次都觉得口水卡在领带结上了。又有人过来说"节哀顺变"，又有人来抱我，又有人来跟我卡在袖子里的手握手。

肚子好像饿了，咕咕叫了起来，可我没觉得饿。我想抓松领带结，但没抓动，都快喘不过气了。我全身都很烫，想吸气，空气进不来，肚子也更加难受。

我离开守灵室前面的队列，朝大厅走去。我很想用跑的，因为便便就快来了。可我没跑，那里那么多人，都看着我呢，红果汁又洒了我一身。走到大厅里，我看见了卫生间的标牌，远远地，在大厅另一边。我能感觉到便便来了。我想解开西服裤子，但那上头有一个滑滑纽扣，会卡住，就是解不开。

便便来了。来了好多，好多。我内裤里好热，好像是拉肚子了，因为左腿也好热，一路下泻，热到了袜子上。

我努力地想站住不动，因为全身都又湿又黏，好不舒服。那气味让我想吐，真的好难闻。我不知道要怎么办，现在是困在卫生间里了，便便都拉在了裤子里。卫生间外面还有那么多人，所有人都会知道我拉裤子了。

厕纸上有个标语：特大号双筒卫生纸托架。我读了一遍又一遍。

特大号双筒卫生纸托架。

特大号双筒卫生纸托架。

特大号双筒卫生纸托架。

我伸手去摸这几个字。

特大号双筒卫生纸托架。

我读了好多遍，稍微冷静了一点。我读了好多遍，已经背了下来，知道这个字完了下一个字是什么。所有字都读完了，就从头再来一遍。

我在马桶间里站了很久，什么也没变。气味更难闻了，我一定要解决掉，可怎么解决呢？我们没带别的裤子来。没人进来，外面什么声音也没有。我再次脱裤子，这次扣子马上就开了。好不公平啊，现在就开了，刚才便便来时就不开。

我脱下裤筒，很慢很慢。脱了裤子，气味就更难闻，我马上就要干呕了。"干呕"的意思就是你想吐，做了吐的嘴型，但什么也没吐出来。爸爸开车时我会晕车，然后妈妈就拿着袋子让我吐在里面，然后爸爸和安迪马上就会开始干呕，表演得可起劲了。再然后，爸爸会打开所有车窗，可我晕车之前他为什么就不开窗呢？

我干呕了几下，脱下鞋袜。左边袜子里真的有便便，左腿上也都是便便。我脱掉裤子和内裤，便便掉了出来，掉在地板上。太恶心了，我哭了起来。

这么久以来，我从没哭过。拿枪人来时，我跟同学一起躲在储物间里，我没哭。爸爸告诉我安迪死了，妈妈在医院里发疯，只好把她留在医院里，我没哭。那么多次，眼泪在眼眶里打转，我都没真的哭出来。可现在我哭了。就好像以前忍过的所有眼泪，现在都一起流了出来，那么多的眼泪。我没捏鼻子止哭，我根本就不想止哭。我就让眼泪流啊，流啊，流啊，哭出来真是太舒服了。

我拿了点卫生纸，想擦掉地板上的便便，结果却把便便抹匀了。我想擦干净腿和屁股，就又从特大号双筒卫生纸托架里拿了好多卫生纸。

我边哭边擦，又拿更多卫生纸，然后冲厕所，可是没冲下去，大概是纸太多堵住了。

然后门开了，一个我不认识的叔叔走了进来，看见我光屁股站在那里。因为我没关马桶间的门，他一眼就看见了。他捂住嘴，马上退了出去。我锁上了马桶间的门。过了一会儿，又有人进来了。"扎克？我的老天啊。我的天，怎么回事啊？"是爸爸的声音。我没回答，不想他知道。

"扎克，快开门！"

于是我开了门，爸爸看见这惨烈一幕，抻着西服外套捂住了鼻子。我能看出，他在很努力地不干呕。

我今天应该成熟一点的，现在却正好相反，像个小婴儿一样幼稚。妈妈也进来了，可这是男孩子的厕所啊，女孩子是不可以进男孩子的厕所的，如果被发现她要受罚的。她看见我时发出一个很响的"啊"，整个把爸爸推走，紧紧地抱住了我。便便可能都沾在她裙子上了，她也不在意。她就那样紧紧地抱着我，摇晃我，哭啊，哭啊。我也哭啊，哭啊，哭得头都疼了。爸爸就站在那里，用西服外套捂着鼻子，盯着我们看。

21
战争的口号

"行吧，随便，你别烦我，我就让你在上面待着。"安迪从石头顶上冲我喊道。我开始朝他那上面爬，怕他改变主意。那石头好高啊，边上又好滑，我一直滑下来。

"把洞洞鞋脱了就好爬了。"跟在我后面的莱莎出着主意。

我踢掉洞洞鞋，鞋子一路磕着石头掉了下去，掉到莱莎家后院下头半截，离她家房子还有一座小山的距离。莱莎伸手托着我后背，推着我往上爬。

山顶上，我能直接看见莱莎的卧室——她家后院里的小山和石头就有这么高。脚底下的石头很烫，脚有点疼，但我已经习惯了。空气也很烫，我 T 恤后襟都湿透了，好像都能看见空气里的热度从石头上缓缓升起，模糊晕开的一片。太阳底下，石头里的小小晶体闪着光。

还能听见热度的声音——是那种"刺刺刺"的声音。旁边到处都是蟋蟀，我看不见，但能听见声音：唑——唑——唑——，都唱着歌儿呢，只不过是此起彼伏地唱。

先是安迪说不准我跟他一起玩，然后是莱莎，还有别人。不过后来他又说可以，可能是因为艾登也在。艾登跟我一样六岁，是詹姆斯和朱恩的表弟，那俩人的妈妈说他们必须带他一起玩。可能莱莎也是部分原因，莱莎对我可好了，而且只要她在，安迪也会很好人的样子。大概是因为安迪暗恋莱莎，也想她暗恋他。只要她叫他不要干什么，比如说喊我是窝囊废或者叫我滚蛋，他就很听话，而且她在时他就不会发脾气。

"不许你加入部落。"我终于坐上石头，坐在安迪旁边时，他这样说道。我看着他用小刀削木棍，做了一把弓。那是爸爸的小刀，妈妈不让安迪用，因为太危险了，怕他伤着自己。可爸爸却说："我的天，我有这刀时还没扎克大呢！男孩子家玩玩很正常。你就非得这么宠着他们吗？"然后拍了拍艾登爸爸的后背。于是妈妈就什么都不说了。

我们玩的游戏叫"印第安部落"。安迪是酋长，盘腿坐在石头正中间，印第安酋长都这么坐。他头上戴着蓝发圈，上面粘了各种颜色的羽毛，头发都跑到发圈外面去了，看起来很乱。

"边上的小枝杈都要剪掉，棍子必须很光滑才行，看见没有？"安迪对我说。我知道我们只是假装，但感觉很真实，我心里很激动。

"我能试试吗？"我问。

"不行，你不能用刀。你用太危险了，只有我能用。"安迪回答。

石头很烫，烫穿了我的短裤，烤着我屁股。

"这里当瞭望台不错。"艾登说。

"嗯，而且后面有墙，可以用来掩护咱们的营地。"安迪说。

莱莎指着她家左边和右边："这样的话，敌人就只能从那两边来，他们一来咱们就能看见。"她家右边有个凉亭,妈妈爸爸正在那里跟莱莎父母和别的大人一起烧烤。

"咱们部落得有个名字才行。"詹姆斯说。他正在做长矛,用来打猎。

"可以像《小飞侠彼得·潘》里面那样,叫'失落少年'。"我说,"嗯……'失落少年少女'吧。"因为有莱莎和朱恩。

"行了吧你,这名字也太蠢了。"安迪说,"咱们用所有部落成员的名字吧,或者就用名字的第一个字。"我们想了好久,怎么把大家名字的第一个字放在一起。最后我们决定叫"詹扎朱莱安艾",听起来很印第安的感觉。我们开始练习怎么快速说这个名字,"詹扎朱莱安艾,詹扎朱莱安艾,詹扎朱莱安艾。"

"咱们还得有个跟敌对部落作战时用的战斗口号。"安迪说着便号叫起来,"詹扎朱莱安艾!"

"詹扎朱莱安艾!"好像有回声,传到莱莎家房子那里又折了回来。

我们的部落物资全部摊开放在石头上:几根棍子,用来做弓箭和长矛的不同颜色的小绳,还有羽毛和珠子。我们还有两小袋箭头,都是我和安迪几周前去公园夏令营时寻宝寻到的。所谓"寻宝"就是给我们发了一个大袋子,看起来里面好像只有沙子,然后又给我们一块中间有网兜的木板,让我们去河边。我们把网兜木板放进水里,把沙子倒进去,然后沙子就都从洞洞里冲出去了,剩下的就是藏在沙子里的晶莹石头。如果运气好,还会有箭头。箭头是真的哦,是印第安人用发光的黑石做的,头很尖,侧边也很锋利。安迪和我都寻到了一大袋宝,带回了家,全是各种石头和箭头。小绳和羽毛是莱莎和朱恩的,都是她俩家里的美术用品。她俩还一直想到别的能用来装饰箭和长矛的东西,想到就跑回家去拿。

"扎克,要做弓还需要更多的光滑木棍,你也去院子里找找吧。"安迪吩咐道。于是我就去找木棍了。要做弓的话,一定要长而细的木棍,这样比较容易掰弯。安迪会在棍子两端切一下，然后我们就把绳子绑上去。要先绑一端，然后用绑好的绳子把棍子的这一端拉弯，再绑另一端，做好以后就像个字母 D 的形状。做箭的木棍就要短些，不能太细，安迪只切一端，切两刀，呈 X 形，然后我们就把羽毛插上去，再用小绳把箭头缠在另一端。长矛要用比较长比较粗的木棍。我们的箭头不够，而且做矛的话也太小了，所以就用纸板做了假的矛头。

我们花了很长时间做武器，一直在聊跟敌人作战时会是什么感觉。我们分工起来就真像部落子民那样，完全不会吵架，我从没这样跟安迪玩过。我们的脚都踩得又脏又黑，笑得不行。安迪说，只有脚这样才是真印第安人。蚊子咬得我们全身都是包，尤其是我，因为蚊子最喜欢我了，但我们都不介意被咬。

最后，所有武器都做好了，就要上战场了。我们分成了两队，我还以为我们都是同一个部落的，但安迪说他改变主意了，跟看不见的敌人作战没什么意思，所以他把一个部落改成了两支队伍，而且是互相敌对的部落。我想跟安迪一队的，但他先挑了艾登，没挑我，然后说不想队里有两个六岁小孩。所以，我们又成了敌人。

安迪部落消失在莱莎家的左侧，我看着酋长安迪往前跑去，朱恩和艾登跟在他后面。我和詹姆斯、莱莎分散在树丛中，要跟踪监视他们的行动。我们身负弓箭与长矛，在矮树和大树后面跑动，以作掩护。从莱莎家后院出发，绕过她家房子，跑过马路，到了我家后院，又跑到其他邻居家院子里。

"找到他们了吗？"莱莎小声问，她好像很害怕，所以我肚子里也生出一股害怕。心跳得好快，好像我们追踪的是真敌人一样。然而，我又马上想起安迪消失在黑暗中时好像并不害怕，他看上去那么勇敢。于是我决定也要像他那样，要勇敢。

"藏好！"我故意"耳语"得很大声，然后自己躲在了一棵树后。詹姆斯和莱莎藏在我旁边的树后。"别出声音。"我说。

我吸气，呼气，频率很快。我努力地想呼吸慢点，然而就在那时，听到了一声响亮的"詹扎朱莱安艾"，是从前方某处传来的。我看不清声音来源，只从树后面跳了出来，大声喊道："进攻！"就好像我真成了印第安人，英勇赴战。

又一声洪亮的"詹扎朱莱安艾"，这次好像是安迪的声音，也在我们前方某处。突然之间，詹姆斯来到我身边，朝安迪战斗口号的方向掷出长矛。我拉满了弓，准备射箭。

"詹扎朱莱安艾！"再次入耳，这次好像近了。我朝黑暗中射出一箭，箭马上消失不见，一秒之后，我听见一声尖叫。"啊——！"

"你们都别玩了，安迪受伤了！"朱恩喊道。

我循着她的声音跑了过去，看见安迪躺在我家后院和莱莎家中间的马路上。我射出的箭插在他胸口，他没动，两眼都闭着。映着街灯的光，我看见了血，他 T 恤上的血。他身边的路面上也有一摊血，而且越来越多，好像他整个身体里的血都流到了路上。

我坐在安迪身边的地面上，尖叫起来："安迪！安迪！醒醒安迪！醒醒，醒醒，醒醒！安迪！妈妈！妈妈！妈妈！"我叫啊，叫啊。身后有人将手放在我肩膀上，开始摇晃我。我依然在叫啊，叫啊，那个人就一直摇啊，摇啊。

"扎克！扎克！你快醒醒啊扎克。快醒醒！"黑暗中，我看见了爸爸，原来是他在摇晃我。

"爸爸，我用箭射到安迪了，爸爸。安迪好像被我射死了，他好像死了！对不起，对不起，我不是故意的。我们只是在玩，都是假装的！"

"啊？不，你是在做梦。你又做噩梦了，看啊。"爸爸举起手，把什么东西推到一边，然后就不黑了，我这才发现自己并没在院子后面的马路上，而是在藏身处里。

藏身处有了光，我眨着眼睛。眼里都是泪水，我不知道自己怎么会突然来了这里，也不知道为什么爸爸也在这里。"可是……可是……是真的。是真的，我看见他了，都是血。都是因为我的箭，是我害死他的。"

"没有啊儿子，真的没有。安迪不是你害死的。我的天啊，你刚才可把我给吓死了。"爸爸说，"走吧。"他拉着我走出衣柜间，我们一起坐在安迪的地毯上，我坐在爸爸腿上，头靠着他胸膛。我听见，他心跳像雷一样响。

"我听见你叫了，可我不知道你在哪儿。我到处找你，可就是听不出叫声是从哪儿传来的，找了半天我才发现你在这儿。你到底在安迪衣柜间里干什么呢儿子？"爸爸抚着我后背。我稍微冷静下来一点，爸爸胸膛中的心跳声也稍微轻了一些。

"我可能是睡着了吧。"我回答道。

"可干吗要在安迪的衣柜间里睡？"

"这里现在是我的藏身处了。"我说道。于是爸爸说："原来是这样。"

"我梦见上次去烧烤时，我们在莱莎家的大石头上假扮印第安人。"我对爸爸说。那一切都还历历在目。

"那次你们玩得很高兴，我还记得呢。"

"我们真去冒险了呢。"我说。

"还真是。"

"可我没害死安迪。"

"你没害死安迪。"

"可他还是死了。"我好像是在问爸爸。

"嗯。对，儿子，他还是死了。"

22

再见

　　如果人死了，那就要办葬礼，大家好跟你说再见。守灵时，你其实还是跟家人朋友在一起的，如果棺材盖没关，大家还可以看看你。或者，最起码可以看看挂得到处都是的照片。但葬礼上，大家说了再见，那就真的再也不见了。在齐普大伯的葬礼上，妈妈说，这就是最终的告别。

　　如果人死了，大家就会渐渐忘记他，以后再也不能天天看着他了。安迪现在就是这样，我开始注意到这个，是在守灵日后的第二天。大家都在说安迪，但说起安迪来好像只记得他的两三件事，不是他的全部。

　　"哦，安迪真是个好孩子，班上有他就很开心。"

　　"他特别搞笑对吧？可有个性了！"

　　"他特别聪明，聪明到难以置信那种。"

　　就好像他们说的并不真是安迪，要不就是已经开始忘记安迪真正的样子了。

　　葬礼上，我坐在妈妈爸爸中间，教堂前面的第一排长椅上。不是麦金利旁边的教堂，也不是齐普大伯葬礼时我们去的教堂，这个教堂我们从没来过，里面也不太像教堂，倒更像个很大的有很多长椅的屋子，而且冷得快冻死了。前面倒也有个圣坛桌，而且安迪的棺木也在前面，上面也有花。但十字架上没挂着耶稣。只有十字架，没有耶稣，这还挺好的。我不想再像那天在麦金利教堂那样，坐在那里看着手上脚上钉着钉子的耶稣。

　　整间大屋子里都坐满了人，很多人甚至都没坐下，就在后面站着。我转过头去，看见一大堆昨天参加过守灵的人。我没能坚持到守灵结束就因为拉了便便跟玛丽伯母一起回家了。葬礼上都是亲戚和朋友、邻居、学校和曲棍球队的家长和学生、爸爸公司的人，还有很多我不认识的人。我刚要回转身，就看见了教堂后排坐着的拉塞尔小姐，她还是很苍白，眼睛周围的黑圈很大。她看见我看她，笑了一小下，抬起了胳膊。刚开始我以为她是要打招呼，但后来我才意识到，她是在摇晃自己的幸运手链，于是我想起她送给我的吊坠，想起那吊坠现在就在我藏身处的墙角里，心想要是带来就好了。我也冲拉塞尔小姐微笑，然后就转了回来。

　　我不喜欢坐在最前面，感觉后面所有人都在看着我。妈妈搂着我肩膀，搂得很紧，手抓着我胳膊，用力到手指发白。从她那边传导过来的难过让我胸口很紧。而且，好像来教堂房间里的其他人也带来了好多难过，整个房间里都是人和各自的难过，显得很挤，我胸口越来越紧，挤得我呼吸都又短又快。

　　安迪的棺木就在我们座位前面。我想，灵魂远在天堂也好，去了别处也好，不知安迪知不知道这里正在给他办葬礼，大家都在做最终的告别。告别以后，他的身体就会装在棺木里，送到墓地，埋进坟墓。他能看见我们坐在这冰冷房间的长椅上吗？这么多人的难过，都传给他了吗？

首先是教堂里那个穿黑裙子、戴十字架项链的叔叔在麦克风后面做了一个演讲，演讲挺长，而且我没全听明白，但好像有几句话讲的是上帝。他还说了好多安迪的事，我不知道他是怎么知道安迪那么多事的，我们以前从没见过他。他演讲中间还会唱歌，我没听过的歌。房间里的人会跟他一起唱，只有妈妈爸爸不唱，他们动也不动，不出一声。我们三个坐得很近，腿和胳膊都挨着。

教堂叔叔讲完后，爸爸站了起来。他走到麦克风前面，步子很慢。这么说他也要做一个演讲了，我都不知道他也要讲。爸爸本来在我左边坐着，现在走了，我左边很冷。

大家都看着爸爸，只有妈妈没看，她看着自己腿上的纸巾。她一只手捏着那纸巾，另一只手捏着我胳膊。教堂里很安静，爸爸很久没有说一句话，我开始想，他可能就是要站在那里而已，然后大家都会觉得很无聊。然而，他清了清嗓子，接下来大概是要说话了。

爸爸从西服上衣兜里拿出一张纸，念了出来："感谢大家今天过来，一同告别我们的儿子安迪。"他手里的纸抖得很厉害，我都不知道他怎么能看清字的。他声音也像纸一样，在抖。他停了很久，好像道完谢这演讲就完了。但其实还没完，他接下来的话缓慢而平静，"一周以前，我儿子以我能想象的最惨烈的方式，过早离我们而去。"停顿。"即便再给我一百万年，我也不会想到，这种事会发生在我的身上，我家庭的身上，我孩子的身上！然而，事已至此。依然很难相信这就是现实，而我们竟还要继续将这没有他的人生，继续过下去……"爸爸将那片纸放下，又发出好几个咳嗽一样的声音。

"对不起……不好意思，我会说得简短一些。人生已如枯井，而如今残留的巨大空洞，在仅仅一周以前还是我们聪明的、幽默的、外向的、个性十足的孩子。他总能逗我们开怀大笑，也让我们……每天都那么自豪。他作为儿子那么优秀，作为兄长也对弟弟关爱有加，他是天底下最好的孩子。我现在无法重整心神，思考该如何在这儿子走后留下的巨大空洞里继续活下去。命运将他夺走……我不知道没有了他，一切还有什么意义。"

爸爸低头看那张纸，好像想找出刚才念到哪里了。我看见他下巴在颤抖。他不错眼珠地看着纸，"我想请求所有人记住安迪，记住你心中有他的回忆，牢牢记住，让他永远与你们同在。"

我身边，妈妈也战栗了起来。她放开了我的胳膊，双臂搌住肚子，身体向前倾去，头几乎要贴在腿上。她哭得厉害，双肩不断耸动。我们身边，大家都在哭，那种悲伤就好像一张又大又重的毯子，围住我们，盖住我们。

我想着爸爸的演讲，我看着妈妈和其他人哭泣，一切都不像真实的。因为爸爸也那样了——他说的安迪，也不是真的安迪。所以就好像大家都在哭，都在悲伤，但却不是为了真的安迪而哭而悲伤，是安迪的某个版本，却不是正确的那个版本。就好像，大家的告别方式都不太对。我很想站起来吼所有人，你们都不要再编我哥的瞎话了。

一直到我们离开教堂时，悲伤毯子都没消失，去公墓时，毯子甚至更沉了。我们站在安迪墓边，鞋子陷在泥泞里，人都被雨淋湿了。我努力不去看地面上那又深又黑的大洞，安迪的棺木就要沉到那里面去了。我努力地盯着他墓边那棵大树，树上长满了黄色、橙色的树叶，在雨束中闪着光，好像整棵树都着了火一样。我想，这是我见过的最美的树。安迪墓边有这棵树真是太好了。

安迪的棺木沉进洞中后，悲伤毯子似乎终于压倒了妈妈，她不堪重负，终于站不住了。爸爸和外婆扶着她，送她上车。一路开回家，悲伤毯子也在我肩膀上，也很重。扛着悲伤，上楼都很难。奶奶说，我只能在楼上待一小会儿，因为大家马上就要来了。不开心哦，我只想待在藏身处里。

我盘腿坐在安迪的睡袋上，一动不动，一言不发。我就那么等着，等着悲伤毯子不再压在我肩膀上，等着胸口不再这么紧绷。我想知道，葬礼举行完了会不会好一点，葬礼举行完了，会不会感觉安迪又走远了一点。

我又想，不知安迪会不会在某处看着我们给他举行葬礼，他会不会也听出，大家说的他好像是别人一样——就连爸爸口中的他都不是真的。安迪可能会觉得很搞笑，他做的坏事现在都没关系了。可我却觉得，如果是我，我就很害怕别人记住的我不对，不是真的我。如果是这样，那我就真的永远离开地球了。

"安迪，"我小声说，"是我，扎克。"我顿了一下，等他回答我，当然了，他是不会回答的。我还挺希望知道他是不是能听见我说的话，"我在你衣柜间里，现在是我的藏身处啦。这是个秘密，没人知道我在这里。嗯……爸爸倒是知道了。"我跟他说这些话，如果他现在能看见我，那肯定早就知道了，不过还是要说，"我进了房间，你肯定特生气，但你生气也没办法。你要是没死，还在这里，肯定要杀了我。"

我想，跟一个已经死了的人说这话有点过分，可这是事实嘛。跟安迪讲事实的感觉很好。"反正你一直对我很浑蛋。""浑蛋"是个不好的词，可安迪老说，所以我也要说。这时，有人在楼下喊我名字。离开藏身处前，我转头说："你对我那么浑蛋，我还在生你的气呢。"

23
死亡凝视

　　"听说他一直有问题，他家里人都不知道该怎么办。"我家邻居格雷太太跟她女儿卡洛琳小姐站在水槽旁边洗着盘子。格雷太太递给卡洛琳小姐一个湿湿的盘子，卡洛琳小姐接过盘子擦干，放进我家厨房的壁橱里。从后面看，她俩长得一模一样——身材一样，动作一样，打着波浪卷的头发也一样。至于能看出格雷太太是妈妈，因为她的卷卷是灰色的，卡洛琳小姐的卷卷是褐色的。

　　"是啊，他都没毕业，所以这几年就天天蹲在他爸妈家地下室里，在电脑上不知道搞什么。他们居然都不知道他多变态？"卡洛琳小姐又接过来一个盘子，两人都摇着那头褐色和灰色的长卷卷。

　　"谁说不是呢，"格雷太太回答，"太奇怪了。你说说，查理，还有玛丽！都是多好的人啊，查理那么会看孩子，可他自己的儿子……当爸的现在得多难受。"

"是没错，可是妈啊，就不应该让那孩子有枪啊。就他这精神状态？难道他们都不知道他在家里藏了那么多枪吗？"

我看着格雷太太和卡洛琳小姐洗盘子，听她们说查理和他儿子有枪的事。她们不知道，我坐在小客厅的黄椅子里能听见她们说话。黄椅子现在成了我的偷听专用椅，大家从来不知道我坐在这里，这样一来厨房和小客厅里说什么话我都能听见。

葬礼之后，很多人来了我们家，待了很久都不走。到处都是耳语声、哭声，我坐在偷听专用椅里是因为我不想跟任何人说话，爸爸又不让我回楼上。

"他还在网上买了好几把枪呢。他那钱哪儿来的呢？一细想就恐怖啊，对不对？"格雷太太说，"我现在还忘不了他发在 Facebook 上的状态。每次一想起来，我就起鸡皮疙瘩。"

卡洛琳小姐说："我听说玛丽看见那条状态了，一直想办法联络查理，但那时已经太晚了。肯定太晚了啊。"

我思考着，那天查理是怎么让他儿子进学校的。他桌上有个小电视，前门如果有人按铃，电视上就能看见是谁，因为外面有摄像头。所以，说不定他儿子按了铃，然后查理就想：哦，我儿子来找我了。然后就让他进来了。这样的话，那后来发生的事，查理也有错。

"我去看看有没有别人吃完要换盘子了。"卡洛琳小姐说道。她转身走进了小客厅，我不想她看见我在偷听专用椅里，所以很快站了起来。就在那时，我听见门铃响，于是去开门。我肚子里翻腾了好大一下，因为站在我们家门口的是查理，旁边是他老婆。就在一分钟之前，格雷太太和卡洛琳小姐还在说他们俩。

到今天为止，我上幼儿园和一年级，每天都会看见查理，他每次都是同一个样子的——一样的眼镜，一样的麦金利衬衫，名牌上写着"查理·拉纳雷兹"，还有一样的挂着大大微笑的脸。查理讲话声音总是很响，老会跟我们开玩笑，幼儿园刚一开班，他就记住了所有人的名字，那么多名字呢，都记住了。每次我走过前门旁他的桌子，他就会大声喊："你好啊扎克，我的好哥们儿！今天怎么样啊？"他也管其他学生叫"哥们儿""小公主"，但不会叫"好哥们儿"——只有我才是他好哥们儿。

可现在站在我家门口的这个查理，不是那个爱开玩笑的查理。他的一切都不一样了。他看起来好老好老，脸上的骨头我根根都看得见。他的微笑不见了。他老婆站在他旁边，还撑着伞，可他们明明已经站在屋檐底下了，雨淋不到了。

很久很久，我就看着查理，他也看着我。我不知道该不该说"你好"，是他儿子杀了安迪，而且可能他也有错，因为是他把他放进学校的。

过了一会儿，他老婆说："宝贝啊，你爸妈有空吗？"正在那时，奶奶从我身后走了出来，推着我肩膀，把我推到了外面门廊上，另一只手关上了我们身后的门，几乎关到了底。

"这到底是……你们怎么敢……"奶奶说了好多半句话，都没说完。她手攥着我肩膀，攥得很紧。查理和他老婆好像很怕奶奶，后退几步，但没有走。

查理开口的声音也与以前不一样了，那么慢，又那么轻："女士，我们很抱歉打扰……"

"你们很抱歉打扰？"奶奶提高了音量，查理压低了音量："是的，真的很抱歉。我们想过来说节哀顺变，对梅丽莎和……"

"呵，你们来说节哀顺变？"

我觉得奶奶有点过分了，就会重复查理的话，这样说话很不礼貌呀。查理的老婆挽着查理的胳膊，想把他拽走，我看见她脸上有泪。

　　身后，门又开了。这次走出来的是妈妈和爸爸，奶奶朝门边挪了一点，好让他们过来。我眼角瞥见，她看向查理和他老婆的眼神简直是死亡凝视。

　　"死亡凝视"的意思就是说，你看着别人的样子好像想杀了他。就好像眼睛成了武器，那种隐形镭射什么的。我知道死亡凝视是什么样子，因为以前安迪就会这样看着妈妈，还是妈妈给取的名字。每次安迪发了脾气，吵完了架，但他还是很生气，就会用这种凝视看着妈妈。"哇，这真是眼神也能杀人。"妈妈那时会这样说，就是极力想开个玩笑。

　　我站在门廊上，一边是妈妈和爸爸，一边是查理和他老婆。我能感觉到，身后妈妈和爸爸离我越来越近。我心中有一种预感，好像有坏事要发生。查理脸上也淌着泪，他就那样任泪滴滑落。他看向我头顶上方，可能是在看妈妈。

　　妈妈以前在麦金利上学时是查理最喜欢的学生。有一次妈妈跟我说，她在麦金利上五年级时，一次运动会的父女套袋赛跑 ①她是跟查理一起参加的。妈妈的爸爸在她上三年级时就死了，出了车祸，所以妈妈没人可以一起参加赛跑，只有查理陪她参加了一次。妈妈那次可高兴了。现在，每次妈妈有事来学校，查理就会跟我说："别告诉别人啊，你妈妈在这儿上学时一直是我最喜欢的学生。你就好像一个迷你版的她。"他总这么说，而且会跟妈妈眨眼。

　　查理抬起双手，向前走了一步，于是离我很近，好像要给我身后的妈妈一个拥抱。"梅丽莎啊！"查理说出妈妈的名字好像很困难，说出那几个字后，好像一座火山那么多的难过开始喷发。查理哭了，不只用脸哭，整个身体都在哭。我从没见谁这么哭过。他好像站都站不稳，整个人都在晃，哭得震天响。那哭声仿佛来自他身体至深的地方。

---

① 套袋赛跑（Sack Race）：参赛者将双腿都套进麻袋中，最先跳到终点者为优胜者。

他两手垂落下来，他老婆又抓住了他胳膊。好久好久，大家都站在那里，看着查理哭得整个身体都在动，谁也没动。我能感觉到面前查理的摇晃，我喉咙很痛。我想向前一步，抱住查理的身体，让他不要再摇了。

我刚要上前，查理的老婆就说话了："很抱歉这样打扰你们。"这话，查理刚才已经说过啦。我听见奶奶好像哼了一声，但这次没打断，也没学她说话。"我们……我们就想过来，亲自见你们一面，好能……真的对不起……"然后，好像她忘了想说什么，又安静了。

"对不起？"身后响起的是妈妈的声音，很低很低。这口气让我后背起了鸡皮疙瘩，看来我肚子里的不祥预感是对的。"你们对不起？你们还想过来？来我们家？我们家？跟我们说这话？"妈妈声音依然很轻，但字里仿佛带了刺，像冰锥一样射了出来。查理和他老婆畏缩的样子，好像真有冰锥戳中了他们。

"你们家那个神经病儿子杀了我的安迪，我的宝贝。你们还想来这儿，跟我们说对不起？"妈妈声音响了一些，讲到后面就是在喊了。我知道，屋里的人都走到了门廊里，站在我们身后。我转身去看都是谁，也看了看妈妈。

爸爸抓住了妈妈的手臂："梅丽莎，咱们还是别这样了……"

"不，吉姆，咱们要这样。咱们就是要这样。"妈妈抽出手臂。

我听见奶奶说："这可好了。"

妈妈绕过我，朝查理和他老婆走去，好像要打他们一样。查理的老婆又退了一步，可能忘了身后就是台阶，在第一级台阶的地方一脚踩空，差点一路掉了下去。她站在查理背后，好像想躲起来。

"别说对不起。这话没意义也太晚了，你不觉得吗？别说你们不知道。所有人都知道查尔斯就是个变态——你们看着点儿他就行了！你们为什么没阻止他呢？为什么就不能阻止他呢？"妈妈现在是在尖叫了，好像真的在打查理一样，只不过不是用拳头，而是用语言。

"相信我梅丽莎，如果有办法回到过去，让这一切不要发生……我连命都可以不要……"查理朝妈妈举起双手，然而她走开了，好像觉得他很恶心。

"别再叫我名字，"她不再尖叫了，只用一种很凶、很死亡凝视的眼神看着查理，"我家、我家里的人……已经不剩几个了，你给我滚远点儿。"她抓着我的手，把我拖回了屋里。我不想跟她走，但她抓得很紧，拉得很用力，我不走都不行。她推开走廊里的人群，我转头想看查理时，好多人堵着路，我再也看不见他了。

可我记得妈妈说那些很凶的话时，查理看妈妈的眼神。他苍老而骨头分明的脸上，眼睛瞪得大大的。那是我这辈子见过的最悲伤的一张脸。

爸爸说查理没受伤，我想，爸爸是说错了，查理受了伤的。他儿子也死了，所以他也很伤心，就好像安迪死了我们很伤心一样。但是，查理比我们更伤心，因为他儿子杀了他的小天使，这比只是死了儿子还要惨。

24
棍子捅蛇

今天醒来时，我身下的毛巾是湿的。妈妈昨晚在床上放了一条毛巾，因为要睡觉时我的床单还在浴缸里，尿还是湿的。妈妈忘记洗床单了。

我取下床垫上的湿毛巾，脱下湿睡衣，穿上干衣服，穿过安迪房间去看上铺，然后下楼找妈妈。她在厨房里跟外婆说话呢。

"妈，你看，这儿写着呢，他有阿斯伯格综合征①。"妈妈给外婆看iPad，"他上中学时就已经正式诊断出来了，据说他在学校时就惹了各种事，十年级②时就退学了。他没朋友，也没工作，退学后基本就天天在地下室里待着。整整两年！"

"对，可阿斯伯格不会让人有暴力倾向啊，对不对？"外婆答道，

---

① 阿斯伯格综合征（Asperger' syndrome）：自闭症的一种，致病成因尚不明确，男生患病率要大大高于女生。

② 十年级：相当于中国的高中一年级。

"不过，怪不得这几年都没怎么看见过查理和玛丽。"外婆抬头，看见了站在门口的我。她碰了碰妈妈手臂，妈妈却没注意。

"有几个邻居觉得他也有别的问题，跟阿斯伯格没关系的问题，他们都问查理和玛丽了。你看这个：'好几次我在小区里看见他，都奇奇怪怪的，在大街上走来走去，打手势，自言自语。去年他冲路易莎老太太吼，让她不要挂圣诞节装饰，她都快吓死了。'这是他们家隔壁邻居说的。我就知道他不对劲，我去查理的派对看见他时就知道了。我以前带他时，还一直觉得这孩子挺可爱的，可现在想起来，当时他还那么小就有点怪了。那次派对时，他真能瘆死人。他就站在那里，盯着孩子们看，而且……"

"梅丽莎啊，宝贝。"外婆打断了妈妈，朝我这边努了努嘴。

妈妈这才看见我站在那里，"反正他总要听见的。"

"妈妈，对不起，我把毛巾和床垫都弄湿了。"我说着朝妈妈走去，坐在她腿上。她抱了抱我，但只用一只手，因为另一只手拿着 iPad。

"妈妈？"

"哦，宝宝别担心，"外婆说，"快来，咱们带去你洗白白。"她牵住我的手，我就从妈妈腿上下来了。妈妈又去看 iPad 了，她脑门上都是线线，还把牙咬得咯咯响。

知道吗，有一件事是永远不能做的——用棍子捅蛇。拿枪人来麦金利前，那个带蛇来的叔叔就是这么跟我们说的。如果出去散步或者爬山，看见一条蛇——我们家附近是不大会看见蛇的，因为这附近没有蛇，至少没有危险的蛇，但如果是去度假或者去有危险的蛇的地方——就算蛇很小很小，或者好像在睡觉，也不要用棍子去捅它，脚不要去碰它。这样后果会很严重。他还用那堆蛇里的一条给我们演示了一下，不是绿树蟒，而是另一条，有红的黑的黄的条纹。我忘记叫什么名字了，但叔叔说有的有条纹的蛇是毒蛇，有的不是。他教了我们一首诗来记住哪些是毒蛇：

　　"蛇蛇红又黑，可爱小宝贝；蛇蛇红又黄，送你上天堂。"

　　叔叔拿出来的蛇就是红间黄，所以很危险。刚开始，它就躺在那里没有动，好像在睡觉一样。但叔叔掏出一根很长的棍子，捅了它一下。它马上跳了起来，用牙咬着棍子，挂在棍子上怎么也不松口。大家都吓死了，有几个同学还叫了出来，挺傻的，蛇在前面离我们那么远，根本就不危险。

　　昨天，我突然就想起了这条关于蛇的小知识。当时我正坐在厨房的吧台椅上吃三明治，是外婆给我做的午饭。我看着妈妈，她站在梯子上，在擦厨房壁橱的上面。看着她，我想起了被棍子捅了的蛇。三天前，安迪葬礼那天，查理跟他老婆来了我们家，她跳起来那样子就好像蛇在扑棍子。后来他们走了，但妈妈的气却没有消。她一秒之内就从难过变到生气，一直咬着棍子不放。

　　外婆看着妈妈打扫壁橱，也很难过，好像长了更多皱纹。"宝贝啊，你就让我擦吧。非得现在擦吗？"

　　"啊？不……对，妈，就得现在擦！"妈妈又跨上一级梯子，用力地擦着壁橱，"这上面特别脏！"妈妈突然觉得家里所有东西都特别特别脏，于是擦了又擦，就算我觉得没有脏东西很干净的地方都擦了。

　　自从查理和他老婆过来那天开始，妈妈就开始打扫。刚开始我想当她的小帮手，一起打扫。妈妈想要新纸巾时就会跟我说，她要丢脏纸巾时，我就会举着垃圾袋让她丢。可有几次我垃圾袋打开得太慢了，脏纸巾掉在了地上，然后妈妈就怒了，说："你还是去干别的吧。"后来她打扫就不带我了。

　　我帮外婆一起用湿海绵擦干净床垫，把毛巾和睡衣放进地下室的洗衣机里，然后就回到自己房间，看书架上的书。我有好多书，现在最喜欢的是《神奇树屋》系列。我全都摆成一排，放在架子上，从第1册到第53册——这书我就有这么喜欢。以前书是安迪的，好久以前他自己读完了整个系列。他不想要了，妈妈就把书都放进了我的书架。

这周还是不用上学。爸爸说下周别的学生就要陆续开学了，但麦金利暂时还不能开学，所以学生要分开去维克花园不同的学校上学。但我还不用去上学。爸爸说我下周不用上学，因为我们是受害者家庭。说不定下下周可以去，到时再看。不用上学，到时再看，说不定很久都不用上学了，我挺开心的。只要一想到要去上学，我肚子里就会有不祥的预感，好像永远都不想去上学了。

我看着书，想着学校。我想起小书袋还在学校的书包里呢。要是在家就好了，因为就在拿枪人来的那天，拉塞尔小姐刚让我挑了新书，我都还没来得及读呢。不知书包是不是还在柜子里，不知还能不能拿回来了。我真希望能拿回来，因为我的FIFA贴纸本和卡册也都在那里面呢。

《神奇树屋》是我最喜欢的书，因为里面有一个哥哥，还有一个妹妹，一起去不同的地方和时空中探险。就算是过去，他们也能去，因为树屋很神奇。他们真的很勇敢，尤其是妹妹，年纪小还那么勇敢。她什么也不怕。每次读到他们的探险经历，就好像我也跟他们一起去了，我也变得很勇敢。

对了，哥哥的名字叫杰克，妹妹的名字叫安妮。杰克和安妮——听起来多像扎克和安迪啊。这个啊，是我俩有一天晚上轮流念故事时发现的。这是我跟妈妈的传统——读书时要轮流念，我先念一句，然后妈妈念好几句，然后再让我念一句。但现在我可以念很多了，不止一句。我可以念一整页，或者更多，然后我们再换。

我们注意到杰克很像扎克，安妮很像安迪时，妈妈说："啊，那我们就可以假装是你和你哥去探险了。"我就说:"嗯,可我们俩不会一起去探险的,所以只有名字像,别的都不像。"我一这样说,妈妈就会很难过地看着我。

我决定挑一本《神奇树屋》,问妈妈想不想轮流念故事。说不定她已经看完 iPad 了,看完了我们就可以一起念书。我下楼去找妈妈,但她不在厨房里了。我刚在想可能她又去打扫了,就看见她站在爸爸书房的玻璃门里。我刚要进去,就听见了妈妈和爸爸说话的声音。听见那声音,我没开门。爸爸坐在他窗边书桌前那把很大的棕色椅子里,妈妈站在他旁边,我只能看见他们的后背。

"不行,我没法等调查进展了!"我听见妈妈说,"你不是个律师吗,咱们儿子被个疯子给害死了,你居然就在这坐着。我看够了,咱们不能就这么袖手旁观啊!"

爸爸退了一步,好像想离妈妈远点:"我没说袖手旁观,我没这么说。我就是……"

妈妈打断了他:"你就是这么说的。"

"我没说!"爸爸提高了音量,"我只是说,现在才只过去两周的时间啊,梅丽莎。甚至都不到两周。"

"没错。所以现在就要有所行动!"妈妈现在在吼了,我胸口又一阵发紧。

"你能不能……"爸爸压低了声音,做了个压低声音的手势。

妈妈声音更响了:"你别让我闭嘴!就怪他们,吉姆。就是怪他们。我儿子死了,都是因为他们。我才不会干坐在这里,让他们逍遥法外。"妈妈突然转头,我都没时间躲到门旁边去。我听见他们吵架,妈妈肯定要更生气了。

妈妈拉开了门:"什么事,扎克?"

　　我举起书：“我想问妈妈想不想跟我轮流念故事。”

　　妈妈盯着我看了一分钟。我本来想，可能她没听见我说话，可她回答道：“不行。现在不行，晚点再念，好不好？”然后她走出了爸爸的书房，绕过我，又回到了厨房里面。然后，我就听见了小客厅里开电视的声音。爸爸向前倾着身体，手肘放在书桌上，又将脸埋进了双手。

　　我还以为妈妈不再难过，不再受惊，就会好了。是我错了。就算安迪不在了，家里还是会吵架。我回到楼上，回到藏身处里。我在安迪的睡袋上躺舒服了，就打开了巴斯手电筒，打开书到第一章，一直读完了整本书，一次都没停下来过。

25

幸福的秘密

"我感觉像是第一次看见春天一样。"杰克说。

"我也是。"安妮说。

"不是今年第一次看见，"杰克说，"而是这辈子，第一次看见。"

"我也是。"安妮说。

杰克很幸福，真的很幸福。他跟安妮一起，在闪烁的晨光中回了家。

我合上书，放在藏身处角落里那一摞书的顶上。这一摞书，都是我这几天读完的。我站起身，伸了伸腿。盘腿坐了这么久，腿都痛了。一直低头看书，脖子也很痛。一直在大声念书，喉咙也很痒。刚开始自己看《神奇树屋》时，我只在脑子里默读，但后来就开始大声念了。拉塞尔小姐说，学着大声念书对我们有好处。可以真的给别人念书，也可以假装在给别人念，这样大脑就能记住字词的发音，我们就能学得更快。

所以我就假装在念书给别人听。

别人就是安迪。

我都不知道为什么会这样念，但就是葬礼以后我第一次在藏身处里跟安迪说话时，跟他说了那句真话，说他很浑蛋，那种感觉很好。所以我决定，要一直这样跟安迪说话。刚开始我都很小声，我也不知道为什么。反正也没人会听见，爸爸一直在书房里，门关上了；妈妈在看 iPad，要么就打扫看不见的脏东西。外婆不再在我家住了，她说要给我们点空间。可家里我们三个之间已经有很多空间了啊。

我刚开始时还是会小声说："哈喽，我又回到你衣柜间里来了哦。"就好像我能听见安迪回答我："呵呵。"是啊，"我都看见你坐在这儿了好不好！"

"你跟我说话就非得这么凶吗？"我对安迪说。然后，我就说了好多真话，他对我和妈妈干了很过分的事情，我都给他说了一遍。感觉好怪，好像这是我这辈子跟安迪说话最多的一次。

可后来，只跟他说坏事，不说好事，我又觉得很愧疚。因为他都死了，而且谁知道呢，说不定他也因为这个很难过，而且现在在很孤独的地方待着。所以我又想那就说点别的吧，可又不知道说什么，所以才决定大声念书给他听。不要小声念书，因为小声说话很久嘴巴会痛。

我是从《神奇树屋》第 30 册开始念的——我想跟妈妈一起念的就是这本。这本读完了，就读第 31 册、第 32 册、第 33 册、第 34 册、第 35 册、第 36 册。念一本好像要一整天，所以我已经大声念了好多天了。今天念完的是第 37 册，叫《红黎明之龙》，一共 105 页，而且没有几张图哦。

我很喜欢念书给安迪听，就算只是在假装。我每次读到一半时就好像不是假装了，我会有种感觉，好像他就在那里，在听我念。我跟杰克和安妮一起去探险，安迪也去了，我们四个一起去的。

我伸了伸腿，重又坐下，看挂着心情画纸的墙。几天前我又往墙上挂了别的东西，是我和安迪的照片。我是在餐厅桌上的一大堆照片里发现这张的，那些照片都要拿走挂在守灵式上，所以我顺走了一张，拿到楼上。

念书时，每次停下来休息，我就会看着那张照片。是夏天去奶奶家海边的房子时拍的，不是今年，是去年。齐普大伯那时还活着，但病得很重，然后就在那年秋天死了。奶奶让我们都穿了一样的衣服，白上衣，米黄色的裤子。有个摄影师过来，给我们拍了好多沙滩上的照片。那次也吵架了，因为安迪跑进海里去，裤子湿了，那样照片就不好看了。而且他差不多每张照片都会做鬼脸。

照片里，我俩坐在奶奶的房子前面，沙滩上的大沙丘上头。安迪没做鬼脸，样子很严肃。我坐在安迪旁边，我俩隔着点距离。我对着镜头说"茄子"，安迪却好像看着镜头旁边的什么东西。他的湿裤子卷到了膝盖上，手臂抱着膝盖。

他看起来很难过。我一注意到安迪难过的脸，喉咙就痛了起来，很痛很痛。我将照片放在了心情画纸中"难过"的那张上面，就是灰色那张。这照片似乎不属于这里，因为里面是阳光灿烂的蓝天。可这照片又的确属于这里，因为安迪的脸，因为我看见安迪的脸时的感觉。

安迪还活着时，我从没见他难过过。我只见过他做的鬼脸和他生气的脸，总是看见他生气的脸。但也有可能是我从没像现在这样，长时间地看着他的脸过。

我很喜欢《红黎明之龙》的结局，喜欢杰克和安妮最后抒发的感受。这本书讲的是，幸福一共有四个秘密，杰克和安妮为了帮助魔法师梅林而出发去寻找其中一个，也就是幸福的第一个秘密。梅林不开心，吃不下也睡不着，而且总是很累。找幸福的秘密，就是为了帮他快乐起来。杰克和安妮从神奇树屋出发，去了一个叫日本的地方，见到了一个很有名的诗人，名叫松尾芭蕉①。松尾芭蕉发明了一种叫作俳句的短诗，杰克和安妮也学会了写俳句。

然后他们就学到了幸福的第一个秘密："留意身边的微小事物，比如说大自然里的生灵。"

我念了好几遍，记在脑子里。"留意身边的微小事物，比如说大自然里的生灵。"我不知道这样也能幸福，但杰克和安妮探险回来时很幸福，这么说肯定很管用。

"我好希望咱们也冒过险，就像杰克和安妮那样。"我对着照片里的安迪说道，"……你死以前，做那种很好玩的事。"

我想在沙滩照片里找找微小事物，可什么都没找到。我记得沙滩上的东西，有沙子、石头还有贝壳，都很好看。还有沙丘上的草，长得又高又尖，拔的时候要小心，不然就会割伤手。但看着还是挺好看的。

我看见我们坐的地方旁边，沙子上有纹路，好像是风吹的，或者海水冲刷的，看着挺酷的。坐在沙滩上拍照时，我就没看见。这么说，如果当时就能努力去注意身边的事物，大家就会幸福一些，就不会再吵架了，照片里安迪那时的脸说不定也不会这么难过。

每次我刚走出藏身处时，眼睛都很痛，因为衣柜间里很黑，只有巴斯手电筒的光。一走出来，外面太亮，要过好一会儿才能正常看东西。

到处都没声音，我们家好像一转身就会降落在新地方的神奇树屋。每册都是这样写的："万籁俱寂，不闻一声。"我下楼找妈妈爸爸时想，拿枪人来了以后，我们家好像也转了个身，降落在了新地方，只不过我们降落的地方没有有趣的冒险在等着。我们降落的地方，只有俱寂的万

---

① 松尾芭蕉（1644—1694）：日本诗人，被公认为俳句之集大成者。

籁，大家要么难过，要么生气。而且我们也没有在一起做事情，不像杰克和安妮去新地方时那样。大多数时候，我们都分开行动。

我走过爸爸书房，可他不在书房里。我听见妈妈在厨房里讲电话："我觉得这样比较好，采访就这样开始……对，让观众看见我家人，看见这件……看见他们对我们的影响。我觉得这样就可以开始话题……提出问题，对吧？没错……就不能好像说，哦，这事太惨了，然后大家都难过了一段时间，然后就该干吗干吗去了，什么也没变……我想至少要从他们身上说起，就说他们怎么能让这事发生。就这样带动话题，然后……没错……"然后妈妈安静了很久，听电话那边的人讲话。

"好的……我觉得可以……没错，"她边听边说，"哎，扎克？"我以为她在叫我，朝她走了过去，"妈妈？"我也叫她。可妈妈还是在讲电话，我叫她时，她飞快地站了起来，走到小客厅里，一直背对着我，好像不想我听见她说话。可她根本没走多远啊，我还是能听见。

"妈妈？"

"我……我先挂了。好的，咱们试试，看看情况怎么样。谢谢，回头见。"妈妈挂了电话，"扎克，怎么回事？你没看见我在打电话吗？为什么要打断我？"

"爸爸呢？"我问道。

"上班去了。他……上班去了。"

"可他都没跟我说再见。"我的眼里充满泪水。

"抱歉了扎克。你找他干什么？"妈妈问。

"你记不记得《红黎明之龙》里，幸福的第一个秘密？"我问道。

妈妈眉间皱了起来："什么？"

"为了让梅林快乐起来，杰克和安妮跟日本人学到的第一个幸福的秘密，就是要留意身边大自然中的微小事物。"

"好吧……扎克宝贝啊，我不知道你在说什么，但我还有很多事要想，这件事咱们能晚点再说吗？"妈妈绕过我，走进了厨房，好像又要去打电话给谁了。

一股热浪从我肚子那里上涌，直冲脑门。"不行！"我声音很大，好像在吼。我自己吓了一跳，妈妈肯定也吓了一跳，飞速转身，看向我。"我想跟妈妈和爸爸一起试一下第一个秘密。咱们一定要试一下，这样才能快乐起来。说不定可以去后院试，就去那里留意微小事物，然后就会快乐一点了。要是晚点再说，天就黑了，就什么也看不见了。我就要现在去，就要现在去！"

我都不知道，这么响的声音是从哪里出来的，但热浪就这么从我嘴里汹涌而出。我停不下来，也不想停，吼起来的感觉可真好啊。

妈妈的眼睛眯成了两条缝，盯着我看，再开口时声音很低："扎克，你别这么叫唤了好吗？我不知道你是怎么回事，但这样跟妈妈说话是不对的。"

我心跳得很快。我回瞪妈妈，泪水好像要从眼眶涌出，我努力不眨眼。

"前门！"警报器里的机器人阿姨说道，我跟妈妈都吓了一跳。外婆走进厨房，把超市买来的吃的放在吧台上，还有一大堆的邮件。她看了看我们："都没事吧？"她问道。

"这个家里人人都要疯了。"妈妈又用眯缝眼看了看我，然后就攥着手机走回小客厅里去了。

我跑出家门，将门狠狠甩上，这感觉也挺好的。我走下台阶，到了后院。我不想再这么生气了，生气就不能去试幸福的第一个秘密了。我努力地想去留意身边的一切，但泪眼还在流，很难看清东西。雨还在下，我全身又湿又冷。

　　我将手塞进袖口，四下张望。地上到处都是树叶，褐色的，红色的，黄色的，还有一些绿色的。我看见松鼠凿裂的坚果外壳，松鼠吃了里面，留下了外面。我们家院子正中间那棵大树，树皮的纹理很像沙滩照片里的沙子。我找寻着所有的微小事物，但还是很生气，还是没有变快乐。

　　"宝贝啊，你要是在外面待着，就穿上大衣吧？你都淋湿了。"我听见外婆在叫我，于是走回屋里，再次甩上了门。幸福的第一个秘密，不管用。

26
做新闻

昨天，爸爸说做新闻的人今天要过来。昨天是周二，是爸爸上班前送我去上学的第二天。不是麦金利，麦金利还要再闭校一段时间，是我现在暂时去上的学校——瓦尔登小学。

周一是第一天，爸爸说要开车送我上学，我很不开心，因为不想上学。其他人都已经返校了，只有我没去。我比他们都晚回去，他们会盯着我看；因为安迪的事，他们也会盯着我看。

"不想去就不要去了，"爸爸保证说，如果我还没平复好，就不用去上学，"咱们就去那儿兜一圈。"

于是我们就去兜了一圈。车子渐渐停在学校门前，这里看起来很像麦金利，右边有个操场，好像挺好玩的样子。前门跟麦金利前门很像，都有小窗户。于是我想起，都是查理放拿枪人进门，他才进了门。我就想，说不定还会有个拿枪人从这门里进来，不会是查理的儿子，因为他已经死了。

爸爸问道："想进去吗？"我答："不想。"

"嗯，那就明天再说吧。"爸爸回答道。然后我们就开车回了家，爸爸把我放下就去上班了。

昨天回家路上，他说今天不去学校了，因为做新闻的叔叔阿姨要来我家，要来采访我们。新闻阿姨叫旺达小姐。采访就是新闻阿姨问问题，我回答问题，问题是关于安迪的。而且他们还要录视频，在新闻上放。

"那，我们上了新闻，就所有人都看到了？"我问爸爸。这样不好，我不想这样，不想上视频，然后所有人都能在电视上看到我。

"不至于所有人都能看到。好了，你妈很想接受采访，所以……不过现在还不要太激动，好不好？我就是想让你有个心理准备，知道明天要采访。咱们一会儿再说吧。说不定看他们是怎么拍新闻的很有意思呢！"

我们到了学校，爸爸把车停在门前，但没熄火。

"好吧。可是……爸爸？"

"嗯？"

"新闻阿姨要问我们什么问题呢？关于安迪的什么问题？"

"嗯，这个嘛，我觉得她是要让咱们讲讲你哥，讲讲他……死了以后咱们现在是什么心情。大多数问题应该会让你妈回答，大多数话是她要说。旺达小姐可能会问你一两个问题。咱们到时看吧，好不好？"爸爸坐在驾驶座上，转过头来看我，"今天想进去吗？"我摇头说不。

"就知道。"爸爸这样答道，倒车走人。

"采访的时候，咱们要说真话吗？"我问。

"真话？什么真话？"

"安迪的真话。"

爸爸瞄了我一眼，然后继续看路，"这是什么意思？"

"意思就是，葬礼上你说安迪会让我们笑，而且每天都让你很自豪，那不是真话啊。"

爸爸直直地看路，很久没说一句话。到家了。"赶紧进去吧。"他一共就说了这一句话，声音听起来好像喉咙里堵着什么东西。

今天吃完早饭，我按照妈妈的吩咐上楼换了一件很帅的衬衫，正要进房间时，我听见爸爸在他和妈妈的房间里说话。我朝房门走近几步，门没关严。"……我知道。我也觉得不对。我说了让她别这样，但现在她根本就不讲理……不……对，妈，我知道。唉，我都说了，我也觉得扎克不应该参加这个采访。我到时看吧。好了，我要挂了，那些人估计快到了。"

我知道爸爸要挂电话了，于是轻手轻脚地从门后走开，回到了我自己的房间里。我穿上衬衫，坐在窗边盯着新闻大车什么时候来。天依然很灰，雨依然倾盆，路边流淌着一条条的小河。拿枪人来临后的日子里，每次我看向窗外，走出家门，外面都在下雨。

我等着新闻大车，看着雨滴坠落，坠落，坠落。我想起以前有一次听过的故事，说是如果下了很长时间的雨，一直不停息，整个地球就会发大洪水，所有的人和动物都会被淹死。一个人决定造一艘很大的船，每种动物只能带两个，一个男的一个女的，这样就可以在洪水退去后开始新生活，组建新家庭，这样生物就不会灭绝。我看着路边奔腾的小溪流，心想，不知道要下多少雨，才能把我们都淹死。或者，说不定我们也可以造艘小船，在洪水退去后开始新生活。

新闻大车应该早饭后就来的，但却没来。我等了好长时间，刚开始希望车不会来了，它就来了。我看见车开过我们家门前的路，马上就看出是新闻大车，因为车顶有大碗碗。车停在我家门前，车上用又大又红的字母写着"地方4台",又有几辆车在大车后停下。大车两侧的门一起弹开,走下来几个人,朝我家走来。一秒后,门铃就响了。

我想在楼上待着,就这样躲着,就不用去采访。可我也想看看他们是怎么做新闻的。爸爸说,说不定会很有意思。我有种很好奇的感觉。好奇就是说,你想知道更多东西。而且我今天会好奇,是有原因的,因为前两天才刚读到了"好奇"这个词。《神奇树屋》第38册《与疯狂天才共度的周一》的结尾,杰克和安妮发现,让梅林幸福的第二个秘密就是好奇。

刚才爸爸打电话时说,说不定我不会参加采访,可我的好奇告诉我,下楼去看看他们在我家做的新闻是什么样子的。下楼后,我看见一个头发很短而且特别特别红的阿姨,爸爸让我跟阿姨握了握手。她叫蒂娜,脖子上挂着耳机,好像一条大项链。爸爸说,蒂娜是制片人。我不知道制片人是什么意思,但好像是个大老板,跟别人说这个放哪儿那个放哪儿。我站在大客厅门口,看他们到处放东西。

"我靠,这破玩意儿贼沉啊。"这叔叔穿了一身黑衣服,一头黑长发系成马尾辫,下巴上有一条又长又瘦的胡子。他把我们家的咖啡桌推到了大客厅的那头。咖啡桌是很沉,顶上有块大个长方形石头,我一点也推不动。蒂娜朝我站的地方指了指,示意他,"德克斯特,你注意一下……"

"啊,我错了,我天……我错了。"叔叔冲我眨了眨眼睛,继续推桌子,"狗日的!"他很小声很小声地骂道。我笑了。

别的新闻叔叔阿姨在我家进进出出,去新闻大车,又回来,搬了好多底下有轮子的黑箱子和底下也有轮子、顶上摆着东西的桌子进来。这么多东西,都拿进我家大客厅,轮子在我家地板上留下了印子。家具全都给推到旁边去了,德克斯特就是负责推家具的。

"小兄弟，嘿，过来看看这个吧。"咖啡桌挪走了，沙发还在原地，德克斯特在沙发前面架起了摄影机，一边架一边招手叫我过去。有两架摄影机，摄影机底下的架子有三条腿。

"你看啊，你就把摄影机这样放在侧面，然后一直拧到它卡进去。来试试。"他把装好的摄影机卸下来递给我。摄影机好大啊，比照相机大多了，爸爸妈妈还不让我拿我家照相机呢，除非用绳子挂在脖子上。这个摄影机前面有个很长的东西，旁边还有好多好多按钮。我想把它搬到架子上，但真的好重，差点就掉地上了，德克斯特手快，一把抓住。"好——啦，还是我帮你吧！"

德克斯特人很好。他说我就是他的安装助理，还告诉我每个东西是干什么用的。麦克风也有很高的架子，麦克风的屁股很像毛茸茸的松鼠。我们一起装灯，有三种不同的灯。德克斯特说，每种要放在正确的位置上，这样采访时的灯光才能完美。到处都是线，好多好多线。我负责用胶带把线贴在地上，这样人走过时就不会绊倒。德克斯特坐在我旁边地板上，一条一条地撕黑胶带，撕下来一条就递给我。

"那个……小兄弟啊，你哥的事我很难过。"德克斯特说。他还在撕胶带，我还在贴线路。

"嗯，我也很难过。"我说。

"真够惨的哈。"德克斯特又说。

"嗯。"我也说。

然后胶带贴完了，我们都站起身，看着大客厅。完全变样了。

"你觉得怎么样？"德克斯特问我。

"挺酷的。"

"简直太酷，好吗！"德克斯特轻拍我后背。

蒂娜和妈妈还有新闻阿姨旺达小姐走了进来，我知道是她，我在电视上看见过她。这是我在现实生活里第一次看见电视上看见过的人。妈妈穿的是她以前的高大上衣服，涂了好多化妆品和口红。她平时不涂口红的，她知道我不喜欢人涂口红，奶奶涂口红我就不喜欢。妈妈落座在沙发上。

德克斯特调了调光线，还有别人在操作我跟他一起安装好的摄影机和麦克风。旺达小姐坐在沙发前面的椅子上，离其中一个摄影机很近。

"好的，梅丽莎，现在可以开始了。记住，要看着我，不要直接看镜头。记住了吧？"

妈妈双手叠在膝头，紧紧攥着。

"帮我个忙，挪到沙发中间。然后吉姆和扎克可以坐你两边，好吧？"我想去对妈妈说，我不想去坐在沙发上，不想让镜头对着我，灯光对着我。我也不想被采访，而且爸爸都说了说不定我不用参加的。

"妈妈？"我叫妈妈。

妈妈抬了头，但有一个灯直射着她眼睛，她看不见我。

"妈妈？"我又叫她。有只手落在我肩膀上，我转头去看，是蒂娜朝我微笑。

"小朋友，跟我过来好不好？跟爸爸在厨房里玩一会儿好不好？"

我跟爸爸一起坐在厨房里，外面旺达小姐开始采访妈妈。我们听见一个叔叔很大声地说："正式拍了啊！肃静！"然后屋里所有人都一起"嘘——"爸爸坐在吧台椅上，脊背挺直，很像奶奶的样子。他摆了个假严肃脸，假装拉上了嘴上的拉链。

27
传达消息

我很喜欢跟爸爸一起在厨房坐着，就好像我俩都惹了事，在厨房里一起罚坐。我们要坐很久，不许说话，不许出去。好几次，爸爸假装太无聊要睡着了，我都会笑。我脑袋枕上手肘，手肘搁在吧台上，动作很快，就不会出声音。

蒂娜又来了，毁了我跟爸爸的好心情。"好了同志们，该你们上了！"爸爸跟着蒂娜走进大客厅，我等着他告诉她说儿子不参加采访，可他什么也没说。

大客厅里，妈妈脸上有好多红点点，好像刚哭过，但现在没哭。

"吉姆就坐这儿，然后扎克你坐你妈妈旁边，就这儿好吗？"蒂娜指着沙发上妈妈旁边的位置。

爸爸坐了下来，我也坐了下来。我看见大客厅里每个人都盯着我看，好几个镜头，就好像特别大的眼睛，盯着我看。

"扎克宝贝，别看镜头好吗？看我好吗？"旺达小姐说。我看着她，她一头黑鬈发在灯光底下闪着光，好像湿了一样。然后我眼睛就又溜回了镜头。"你能不能……他能别看镜头吗？"她问妈妈，语气不甚友好，表情也不怎么友好。

"扎克，你能不能就……"妈妈的语气也不友好。我努力地想不看镜头，但眼睛就是不听使唤，"扎克，别看了！"妈妈用力掐了我的腿一下，掐得好狠，我马上哭了。

"梅丽莎……"爸爸终于介入。

"小兄弟嘿！"突然，德克斯特出现在旺达小姐身后。他跪在地上，矮了不少，看着好好玩。他朝我眨了眨眼，微笑，"看我好不好？你想的话，我就在这儿陪你。就这几分钟，只看着我好吗？"我摇头说好，眼泪还是流了出来。

"不错，好的。那就开始了。开始吧。"旺达小姐话音刚落，摄影机旁边的叔叔就又大声说："正式拍！肃静！"大家又一起"嘘——"然后安静了一小下，旺达小姐开始讲话。

"吉姆，你是在圣保罗教堂等通知时，听闻了安迪的死讯。能说说当时的情况吗？"

爸爸好一会儿才答出话来："嗯。对。我……当时留在教堂里等着。枪击发生以后，学生和亲属都在教堂里等警察关于……失联学生的消息。梅丽莎带扎克去西部医院了，想看安迪是不是在那儿。呃……"爸爸咳了一声，然后就不说话了。

"你能讲一下当时教堂里的情况吗？"旺达小姐继续问道。

"好的。"爸爸答，"当时教堂已经空了不少。刚开始家长都进去找孩子，但后来过了一段时间，大多数都走了，就剩下我们几个还在。

梅丽莎在医院还没消息，等消息真的……很难受。当时通知说有伤亡，而且找不到安迪……情况不乐观。我们等了很长时间。"

"最后你是怎么得知安迪的确是死者之一的？"旺达小姐又问。

"最后有几个教士来了，一个牧师，一个拉比①……一起来的还有史丹利副校长。我看见他们，就知道了。马上就知道了。"

我没动，一直看着德克斯特，德克斯特也看着我。我看见他下巴上那根长胡子在颤抖。

"然后，你还要把这悲惨的消息传达给妻子和儿子。"旺达小姐说道。她说"传达消息"，真是好奇怪，我还以为"消息"和"新闻"②是一个意思，所以应该是"做消息"而不是"传达消息"。

爸爸又咳了一声："对，我开车去西部医院，发现他们俩在候诊室里等着。我一到那里……梅丽莎就知道怎么回事。"我想起爸爸出现在医院时脸上的表情，妈妈开始叫，打他，呕吐。我喉咙痛了起来，很痛很痛。

"扎克，你还记得当时的情况吗？爸爸来到医院，说了哥哥的情况时，具体是怎样的？"现在她跟我说话的语气很友好了，跟刚才不一样。

"记得。"我声音很轻。喉咙还是很痛，说不出话。红果汁又洒了我一脖子一脸，整个人都热了起来。屋里的人都要看见了，电视里一放视频，别人也要看见了。德克斯特做了个嘴型，没出声，好像说的是"没事"，但我不确定。

"扎克，当时情况是怎样的？"旺达小姐又问了一遍。我看着腿，想遮住红脸蛋。

我想等到红果汁都流走。

"我不想说。"我声音低得好像在说悄悄话。

① 拉比：犹太教神职人员。
② 英文中"消息"和"新闻"是同一个词，均为 news。

"宝贝，我没听清，你说什么？"

我一直看着腿，但肚子里生气的心情开始上涌。我想让她不要再问我这些很蠢的问题了。我就是不想说话。

妈妈用手肘碰了碰我。"扎克？"她说。

然后，我也不知道是怎么回事，生气的心情好像绿巨人一样，变大了。"我不想说！我不想说！"我喊了好多遍。

"好吧好吧，那你就别说……"妈妈在我身边说道，手臂环过我身体，想抱抱我。我却推开了她。晚了，绿巨人生气了，就拉不回来了。屋里所有人都瞪着我看，就连德克斯特也是，讨厌的眼泪又回来了。

"别看我了！"我吼道。吼起来，感觉真好。我看着周围，大家还在看我，然后我看见了镜头。这下，我要这样生气着吼着上电视了。我起身走到旺达小姐旁边，踢翻了摄影机。讲话声音很大的叔叔想接住，但动作太慢了，摄影机掉落地面，一声巨响，跌出无数碎片，这么说是摔坏了。

突然，有人抱住了我，紧紧抱住。我不能动弹，这才发现是爸爸。我吼着："放开我！放开我！"但爸爸就是不放，他抱着我离开大客厅，走上楼，我全程都在吼，想踢爸爸。

爸爸将我放在床垫上，手臂仍紧紧搂着我。我不叫了，也不踢了，开始大哭。哭起来，生气就被冲走了。

28
不给糖，就捣蛋

"不给糖，我就捣蛋；快跪下，我要吃饭！"

我坐在楼梯上，黑暗里，外面传来一阵笑叫。万圣节是我最喜欢的节日——嗯，可能圣诞节才是最最喜欢的，但第二喜欢的一定就是万圣节了。我喜欢去要糖吃，每年都能玩新变装，一整年我都在想下个万圣节要穿什么，但妈妈会在日子快要到时才去买变装，要不我老会改主意。

今年我们不过万圣节。没有新变装，也没有糖给别人吃。爸爸说可以出去玩一会儿，可我不想连着两年扮钢铁侠，再说了，钢铁侠的衣服裤子上撕了个大口子。今年我要扮卢克·天行者①，我想好了，这就是最终决定。

小孩们来我家好几次了，每次都按门铃。我家门口灯都是暗的，他

---

① 卢克·天行者（Luke Skywalker）：《星球大战》系列电影的重要角色之一。

们应该知道这就说明没糖吃了啊。今年我们都没搞万圣节装饰，他们居然还不懂。

旁边楼梯上有一大碗万圣节糖果，是外婆买的。"不给糖就捣蛋！"刚开始时，我跟爸爸一起坐在楼梯上。门铃第一次响时，我们开了门。

"万圣节快乐——"几个小孩站在我面前，叫得可真响，各人的妈都站在后面，笑得很欢。我肚子里的生气又回来了，因为今年万圣节一点也不快乐，我也不想看他们这么开心的样子。

"给，只能拿一块！"我跟小孩子说话的语气很凶，碗也是搡给他们的，他们的妈那很欢的笑都不见了。人走了，爸爸才跟我说："咱们不用这样的啊。"于是我们决定把屋里的灯也关了。爸爸陪我在楼梯上坐了一会儿，然后就回书房了。

"不给糖，就捣蛋！"有人站在我家门口喊道。我走上楼，回到藏身处，坐在睡袋上，打开巴斯手电筒，光圈晃着我和安迪的照片。

"破万圣节快乐。"我对安迪说。

去年万圣节快过去时，我们家又吵架了。爸爸要加班，没回家来带我们出去要糖。眼看着再不走就天黑了，妈妈只好带着我和安迪出了门。她戴着每年万圣节都会戴的那顶紫帽子，安迪戴了个很吓人的面具，扮的是僵尸。

刚从第二家要糖出来，我们碰到了詹姆斯和几个同学。他们自己出来要糖，没有大人跟着，而且还要一路走到埃里克森路，去那边要糖。安迪求妈妈让他跟他们一起去。里奇和里奇妈妈也碰见了我们，里奇也想要像安迪一样跟那帮男生一起去玩。妈妈不让安迪去，说应该一家人在一起，可是里奇妈妈说里奇可以去，还说他们都是大孩子了，不用妈妈跟着。一听这话，妈妈也让安迪去了。那之后，妈妈就好像很生气的样子。

安迪天黑后才回家，妈妈正要出去找他。"快看我都要到什么了！"他是跑进门的，没注意到妈妈在生气。她直接转了个身，去厨房做晚饭了。

我俩把袋子里的东西都倒在大客厅的地毯上，准备清点战利品。"你那堆倒那边，别混到我的里面。"安迪说。他那袋糖倒得远远的，好大一堆，差不多是我的两倍，因为他要糖的时间比我长好多，而且他每次都拿不止一块，这是不对的。

"厉害啊，我拿到好几大袋M&M's豆！一袋，两袋，三袋……好像有十袋呢，还有好几个小袋！"M&M's是他的最爱。我就不许吃，因为有的有花生。安迪在旁边堆了好多小堆，各种不同的分开——M&M's、图西软糖、彩虹糖、奇巧……一边堆一边吃上面写着"奇趣款"的小包装糖块，好小好小那种，两口就能吃掉。他把吃完的包装纸都放兜里，这样妈妈就不会发现了。

我把我要来的糖也分类堆，"这个给我好不好？"我举起一枚圆球，上面是个眼球，但没写里面是哪种糖。"我不知道这个是什么糖，不许吃。"他说着把眼球丢在自己那堆上，"这个你不能吃。这个你也不能吃，这个你也不能吃……"安迪开始抢我的糖，抢走了好多不同种类的糖。

"别抢！"我叫了起来，"这都是我的。别把我的都抢走了！"

"安迪！"有人在后面叫我们。是爸爸，我们都没听见他下班回家，听见声音吓了一跳。"把他的糖给他！"爸爸走了过来，抓住安迪的胳膊，狠狠拽了他一下。安迪手里攥着的糖都掉地上了。

"你干什么呢这是？你看你这堆这么多，你弟那么少。你还偷他的？"

"我没偷他的……"安迪顶起嘴来，然后爸爸就生气了，让安迪不要撒谎，拉着他胳膊往外走。

妈妈一瞬间闪现在大客厅里，"吉姆，你快松手。你干吗呢？"她说着拉起了安迪的另一只胳膊。两人站在那里，安迪在中间，就好像在拔河。"我要把他关屋里去。这孩子早就欠关了！"

"这样管孩子不对。"妈妈说，越过安迪脑瓜顶跟爸爸互瞪。

"行了你，别教我怎么管孩子，梅丽莎，你看你管得多好啊！"爸爸放开了安迪的胳膊，"我辛辛苦苦跑回家来跟家人一起过万圣节，可真够高兴的！"他走下门廊，甩上了门。一分钟后，我听见他开着奥迪车打弯，扬长而去。

"我那是帮你忙，真是好心没好报，你个爱告状的。"安迪搡了我一把。

妈妈说："行了安迪，别闹了。"然后她就带他上楼去冷静了。

我弯下腰去，捡起安迪丢下的糖。都是锐滋巧克力和花生酱夹心，都是里面有花生的糖。

我回忆着去年万圣节时吵的架，看着现在照片里安迪悲伤的脸。我想跟他说，害他被罚，是我错了。他真的是想帮我挑走花生糖的。可我没说出声来，那些话只留在我的脑海里。

29
雪与奶昔

　　万圣节后第二天早晨，令人很惊喜地下雪了——居然是雪，不是雨。雪花旋转而下，天空都是白色的，空气也是白色的，雨灰色荡然无存。拿枪的人刚来时，后来那么多天、那么多礼拜都在下雨，下雨，下雨。现在呢，转眼之间，尽管还没到冬天，雨就走了，下起了雪。那是十一月的第一天。

　　妈妈又没在床上。这段日子里，她好像气到没法躺下睡觉。以前是成天都在睡，现在是成天都不睡。爸爸在床上，我想告诉他下雪了，可他翻了个身，"让我再睡会儿吧儿子。"他睡眼惺忪地说，于是我只好去楼下找妈妈。妈妈在大客厅里，整理沙发上的装饰靠垫，让靠垫们一个个站成直线，站成一排。

　　"妈妈，下雪了！"

我走到大客厅窗边看雪花飘落，落在地上一簇簇的叶子上面。

"我看见了。"她说，"终于不下雨了。不过别高兴太早，雪马上就化了。"

"好吧，但如果没全化的话，咱们能去滑雪橇吗？"

"都会化的，你别抱太大希望。而且我今天特别忙。"妈妈说着就走了，"扎克啊，"她在厨房里叫我，"赶紧吃早饭，然后换衣服。一会儿就有人来了，所以家里都得整齐点。"

"什么人啊？"我问道。

"我要谈事的人。"

我刚换好衣服下楼，门铃就响了。我应了门，站在外面的是里奇妈妈，这次她穿了件大衣，但好像还是很冷，脸色很白。她鼻子和脸颊上都有好多红褐色的点点，落了雪花的头发也是红褐色的，只有头顶生出的发丝不红，好像是灰。上次她来我们家时，爸爸说过的，她不能再来我家了。可她还是来了。我想，不知爸爸会不会生她的气。

妈妈绕过我走上前来，在门廊里拥抱了里奇妈妈。她抱了很久，我看着她们耳鬓相接，里奇妈妈的红褐发，妈妈的亮褐发。我看向楼梯顶上。刚下楼时爸爸正在洗澡，说不定他暂时还不会下来，不会看见里奇妈妈。

"南茜，快进来。咱们去客厅说。"妈妈说道。她们俩一起坐在沙发上，坐得很近。

我坐在她们对面的椅子上，还没两秒钟，走廊里就响起了爸爸的声音。"扎克啊，你想不想……"他走进大客厅，一眼就看见里奇妈妈跟妈妈一起坐在沙发上，刹住了脚步，剩下的半句，半天才说了出来，"……跟我一起去商店？"可他都没看我，他看的是里奇妈妈，活像见了鬼。里奇妈妈回看他，下巴剧烈起伏。

"这怎么回事？"爸爸问道。

"我天，吉姆你可真够有礼貌的。你还记得南茜·布鲁克斯吧？"妈妈话音刚落，门铃就又响了。"别人也来了。"妈妈站起身，走出客厅去开门。

爸爸朝里奇妈妈走了几步，然后顿足看了看我，"来这儿干什么呢？"他压低声音问里奇妈妈。

"呃……梅丽莎给我打的电话，"里奇妈妈好像快要喘不过气了，好像刚疾速冲刺回来一样，"她让我过来，还找了好几个别的……受害者父母。说要开会。"门口有人在说话。

"开会？"爸爸说，"开什么会？然后你就答应她了？答应来我家？"

爸爸这个语气，估计里奇妈妈要生气。她再回答爸爸时，语气就不再像那么喘不过气的感觉了。"对，吉姆，我答应了。她想商量一下……解决办法，看我们能不能让查尔斯他们家……负起责任来。我觉得她说得很对。跟别的事都没关系……"

"大家都进来吧，都坐下。"妈妈走回大客厅，爸爸退了几步。妈妈身后跟着三个阿姨和一个叔叔，都坐在了沙发和椅子上。"大家都互相认识的吧？"

有人说认识，有人说不认识，于是妈妈挨个介绍了一遍："里奇妈妈南茜·布鲁克斯，茉莉亚爸妈詹尼斯·伊顿和戴夫·伊顿，尼克妈妈法拉·桑切兹，杰西卡妈妈劳拉·拉孔蒂。"茉莉亚、尼克、杰西卡都是安迪班的学生，都被拿枪人打死了。我在电视新闻里看见过他们的照片。

"这是我先生吉姆，还有我另一个儿子扎克。"妈妈指着我和爸爸。爸爸什么也没说，也没去握手。

"你们想喝什么吗？"妈妈边问边走进厨房，有人说，水就好了。

她这一走，屋里就很安静。我看见里奇妈妈凝视着爸爸，神色悲伤。妈妈回来时端着托盘，里面有好几杯水。她把托盘放在咖啡桌上。"好了，咱们开始吧。"她说，"吉姆，你能不能……"她朝我努了努嘴。

爸爸看了妈妈一秒钟后说道："走吧扎克，咱们走。"

我想留下来，听妈妈跟其他叔叔阿姨开会要说什么，可爸爸又催我："赶紧的。扎克，走吧。"语气不容抗拒。我站起身，跟着爸爸离开大客厅。"我上楼穿个毛衣，外面冷了。"爸爸朝楼上走去，"你把鞋穿上。"

"……咱们先过一下现在知道的消息……也要过一下哪些消息现在还不知道。更重要的可能是，"我听见妈妈说，"我得先确定一件事——咱们的心得是齐的。现在屋里所有人都想……动手。对不对？"

别人纷纷回答："对。""嗯，我觉得应该。"

"那就好。我就觉得咱们应该先碰一下头，商量一下现在的情况，以及要怎么对付他们，拉纳雷兹他们家。我觉得首先要向公众发声，我刚跟旺达·杰克逊做了个采访，咱们还得接受更多采访。然后就要开始想具体方法，要怎么动手，要合法的……"

"扎克，不许进去！"爸爸突然出现在我旁边，抓到我在偷听。

爸爸很快开出车道，奥迪加速驶出马路时发出了很大的声响。转过街角，他才慢了下来，看着后视镜里的我，"要去两个地方——干洗店，然后是隔壁酒水店。"他说，"快到午饭时间了，买完东西去下馆子怎么样？"

车子停进餐厅停车场时，空气中还飘着几抹雪花。我想把雪花抓在手里，但雪一碰到我手就化了。我们走进餐厅，找了一个卡座坐下。是我最喜欢的位子，因为可以看见街对面的加油站。这个加油站还能修车，还能在那里看他们把小车抬起来，好钻到底下去修。

餐厅老板马科斯来到我们桌边，我们以前周末老来吃早饭，所以他都认识我们了。不过，我们已经很久不来了。

"吉姆啊！"马科斯跟爸爸打了招呼（他念爸爸名字时听起来很像"街姆"，好好笑），又跟我打了招呼，"鲍勃你好。"我不叫鲍勃，他知道的，但还是每次都开一样的玩笑，然后自己笑话自己的玩笑，笑得很响。不过，这次他只笑了一小下，而且是苦笑。

"街姆啊，你儿子的事，我很难过。真的特别难过。咱们店里所有人都很难过。"他挥手示意整个餐厅，结果好多人对我们行注目礼，"今天午饭我请客好不好，街姆？"马科斯拍了拍爸爸后背。

"好……你真……谢谢，真谢谢。"爸爸好像有点尴尬，我也尴尬了，大家都盯着我们看呢。

我跟爸爸点的东西是一样的：芝士汉堡、炸薯条还有巧克力奶昔。要是妈妈一起来，就不能点这些。可爸爸说："哎，她不是没来吗？第一场雪，肯定要喝奶昔的。"

我们等着上菜时，一直在看加油站的工人，看雪花四处飞舞。我们没怎么说话，就这样坐着，还挺开心的。菜来了，我先拿了根薯条，在奶昔里蘸了一下。爸爸笑了。

"爸爸？"

"嗯？"

"妈妈为什么在家开会？要说查理的事？"

爸爸捧着芝士汉堡正要咬下去，听了我的问题就给放下了。他用餐巾擦了擦手："就……嗯，安迪的事，你妈很伤心。大家都很伤心，她，我，你……"

"嗯。"我接话。

"唉，你妈就……她就觉得如果……查尔斯……查尔斯就是凶手，查理的儿子……如果查尔斯不是那样，说不定就不会做出那样的事。"

"不是哪样？"我问道。

"这个，有点儿复杂啊，扎克。"爸爸回答。

我看着爸爸，等他说下去。

"那好吧。就是，这个凶手，查尔斯，他有病。他有……行为……障碍。你懂吗？"爸爸说道。

"他得了什么病？就像安迪那种病？"

"哦天，那不是。他的病是会很抑郁……会一直都特别难过。而且我觉得他不知道什么是现实，不知道什么是真的，也不知道什么是对的，什么是错的。不过我不太确定。"

"那他为什么要杀安迪和别人呢？因为他不知道杀人是错的？"我问道。

"不知道啊儿子。有人觉得，他家人应该知道他……很危险，可能会伤害别人。他家人应该带他去看该看的医生，说不定那样就不会出这事了。"爸爸说道。

"你觉得查理知道吗？知道他儿子要动手吗？"我拿过番茄酱罐子，给自己和爸爸都挤了点。

"谢谢。"爸爸拿根薯条蘸了一下，"不，我不觉得他知道查尔斯要做这种事。但我是觉得，他跟他老婆没给儿子应该有的照顾。我觉得他们就是在否认现实，你懂我的意思吗？""我不懂什么叫'否认现实'。"我答道。

"意思就是说，他们……他们可能知道儿子不太对劲，但就不想承认，或者不知道要怎么面对。"爸爸解释道。

"所以他们不好。"

"嗯，他们不好。"

"所以妈妈才会生他们的气，对吧？"

"对。"

"然后想让他们也受受罪？警察会把查理关到监狱里去吗？"我问道。

"不，那倒……我觉得不会的儿子。"爸爸回答。

"那就好，要不然就太不公平了我觉得。"我对爸爸说。

"不公平吗？"

"不公平。"我说道，"对了，我赢了哦。"我举起盘子里最长的那根薯条。我跟安迪去别处点菜有薯条的时候，就老玩这游戏——看谁的薯条最长。

"啊？不会吧！好吧，这根确实比较长，"爸爸说道，开始搜自己这盘，"不过我这根更长。"他举起一根薯条，我马上就发现他作弊，把两根接在一起，变成了特别长的一根。以前安迪也这么玩。爸爸和我都笑了起来。一抬头发现餐厅里好多人在看我们，我们就觉得以后好像不该再这么笑了。

30

绿巨人

　　绿巨人的问题就在于他很讨厌生气。我有本讲复仇者联盟的书，绿巨人就是复仇者联盟的。我可喜欢复仇者联盟了，是我最喜欢的超级英雄，惩恶扬善，救助他人。绿巨人是人类时，真名叫布鲁斯·班纳。他是个科学家，做了个炸弹，炸弹不小心爆炸了，他就给炸着了，然后就变成了绿巨人。

　　变成绿巨人以后，就好像有两个性格相反的人困在了同一个身体里。作为人类科学家，他安静而善良，但生气后就变成又大又吵的绿巨人——他也不想的，但没法控制。然后他就会吼："绿巨人扁人啦！"到处犯神经。

　　我现在就是这样。前一分钟，我还是正常的扎克·泰勒，然后发生点什么事，我就变成了另一个扎克·泰勒，很生气很凶的扎克·泰勒。

我以前也生过气，比如说不想做什么事，或者安迪欺负我，但现在的生气完全不一样。

每次来时都出乎意料，好像生气偷偷跟在我后面，然后突然跳到我身上。它不跳上来，我都不知道它在跟着我。知道了，就已经晚了。因为我会变一个人。先是眼泪涌出眼眶，但都不是普通的眼泪，是很烫的眼泪，又烫又生气的眼泪。然后，我整个人都烫了起来，那种又烫又紧绷的感觉一上来，我就会喊，会犯错误。

今天，到目前为止，扎克·泰勒绿巨人已经来了两次。第一次是早晨，我下楼找爸爸去学校，妈妈说爸爸有事走了，所以今天不去学校了。妈妈说："有什么区别啊，反正你也不进去。"这是事实，可我还是生气了。我冲妈妈大吼，躺在地上乱踢。妈妈就站在那里，看着我。刚开始很惊讶，后来就变成了伤心。

我神经病一样发了半天脾气，又哭又叫，头都疼了。妈妈好几次想跟我讲话，我光顾着叫唤，都听不见她说什么。我根本就不想听见她说什么。妈妈想抱我起来，我不让她抱。然后，妈妈只好坐在楼梯上，双手抱膝，头埋进胳膊里。我想，就是因为我这副样子，她才哭了。以前安迪发脾气时，她也这样哭了好几次。

那是第一次。第二次变成绿巨人，是外婆来我家的时候。外婆说："宝贝，快看我给你带什么来了。"她手里举着的是我的书包，"你一直想看书袋里的书对不对？书都拿来啦！拉塞尔小姐还让我带了点作业给你在家做。咱们一起去坐下做作业好不好呀？"外婆冲着我微笑。然后，我就生气了。我再也不想看书袋里的书了，我只要看《神奇树屋》。

"不好！"我吼道，"我才不想做什么破作业！"生气的泪很烫，我全身都绷了起来，然后，仿佛砰的一声，扎克·泰勒绿巨人就又来了。外婆把书包放在走廊地上，我抬脚给踢走。拖鞋飞了一只，砸到了外婆的腿。外婆的表情好像很痛，可我都没说对不起，就跑回了楼上。

我狠狠甩上卧室门，想越大声越好，结果偏偏声音不大，而且门撞上门框又弹开了，我就更生气，又甩了一次，这次倒是甩上了，但这一甩门，床头板顶上我当一日班长时学校里贴的海报给震掉了一半。这破海报本来也不怎么样，我索性全部撕掉，揉成一团，向屋那边扔去。

卡车放得乱七八糟，突然之间，我就不能忍了，于是跳下床，全都踢走。一踢东西，那种紧绷感就稍微松了一点。于是我踢啊，踢啊。

"扎克，宝贝，我能进来吗？"外婆在门外问道。

我站在房间正中央，看着这遍地狼藉，到处都是卡车。"不能！"我冲门吼道。

"那好吧。"外婆说，"就……宝贝啊，别摔东西啊，知道了没有？听外婆话，别弄伤自己。"

我什么也没回答，就那样听着外婆走开，走下楼梯。

我穿过卫生间，来到安迪的卧室里，躲进了藏身处。我拧开巴斯手电筒时，光已经不亮了。下次我要记得拿新电池来放上，老电池都快用光了。我以为自己是想看书，可还生着气，手抖得不行。于是我就用巴斯手电筒的光圈晃着墙上的心情画纸，我想，所有画纸都一样大，但这样不对，因为并不是所有心情都一样大。

现在，生气就特别特别大，比别的心情都大多了。应该用一张好大好大的纸，甚至是整面墙，整面墙都是绿色。然后所有其他心情应该在另一面墙上。

只有难过要跟生气在同一面墙上。

"我现在大概知道照片里的你为什么很难过了。"我对安迪说，"我觉得是因为每次生了气，发完火，就会难过。对不对？每次都这样。发火，难过，发火，难过。"

我把巴斯手电筒放回睡袋上，于是衣柜间里漆黑一片。我把所有心情画纸都取了下来，都挂在旁边那面墙上，只留下生气和难过，绿色和灰色。这两种心情，放在我和安迪的照片底下。然后我又拾起巴斯手电筒，瞧着那两种心情、一张照片。

"今天我犯错误了，惹得妈妈不开心了，外婆也不开心了。"我对安迪说。

我突然发现，这三个词是押韵的：发火、难过、犯错。我用光圈指着绿色画纸说："发火。"然后又指着灰色画纸，"难过。"最后是，"犯错。"刚开始看着照片里的安迪，后来也看我自己，"犯错。"

"我当时没看到，沙滩上的你好像很难过。我都没注意到。"说着这话，想着安迪难过的脸，我喉咙里好像肿了一块。说不定，那时的他和现在的我一样，难过着，却没人知道。现在他是不在了，可他在时，所有人都只注意到他会发火，却不知道他也会难过。

巴斯手电筒的光一时亮，一时暗，这就说明电池马上就要用完了。我抓起巴斯手电筒，走出藏身处，下楼找新电池。下到楼梯底时，我听见妈妈和外婆在讲话。妈妈好像很不开心，于是我坐在楼梯上，听她们说话。

"他现在很需要安慰，"妈妈说，"尿床，耍气……他这么难受，我却不知道要怎么拉他回来。跟以前的安迪一模一样。"她说的是我，说我怎么犯错的，就像安迪一样。说我变得像他一样了。或者说，像他跟我加起来。

"我就没法……管他。我真是没法管他了，妈。我也想管，但真不知道要怎么办。我自己都没法……接受这件事，又如何能安慰他呢？"妈妈泣不成声，"我不知道该怎么办啊。"

"我觉得，你能做的就是尽可能振作起来。实话说，看见他终于有点情绪，我倒放心了。他以前那样……安迪……出了这种事，他哭都不哭一下，我倒很害怕。"外婆说。

"可问题就在这里，我不想再尽可能振作了。你知道吗，我也想要像扎克那样耍气，我也想踢东西，想尖叫，我也想生全世界的气。可我必须冷静，现在就靠我一个人了，从来都是只靠我一个人。吉姆能走，他能玩消失，他能该干吗干吗去。他才不关心要怎么解决拉纳雷兹那帮人，我就让他解决一件事，就一件，让扎克回去上学。他就连这个都做不到……"妈妈说到后面声音越来越大。

"我知道的宝贝，这件事对我们所有人来说都艰难到难以置信。"外婆说，"我是觉得，你应该考虑一下史丹利先生说的心理咨询。要不给伯恩医生打个电话。最重要的就是要给扎克专业治疗，或者最起码让他能排解出来，最好是有外人参与。你一个人是应付不来的，你不能老让自己这么累，而且你自己也需要接受专业治疗。这事没什么可丢人的，就承认……"

妈妈打断了外婆的话，好像很生气："我不需要专业治疗。我需要的是离开这个鬼地方好吗？我再也不想待下去了，在这个家里我好像根本没法呼吸。我就是想给家人、给我儿子讨个公道，结果大家都在对我指手画脚。别这样，要那样……我受够了，真够了。"吧台椅被推开，与地面摩擦出尖厉的声响。

"你陪他一会儿行吗？"妈妈问道，"我要是不走开一下就真要疯了。"

"好，"外婆说，"但你觉得自己现在这个状态出去好吗？最起码告诉我你要去哪里吧？我好能找到你。"

"我也不知道啊妈。"妈妈快步走出厨房，看见我坐在楼梯上时，顿住了脚步。她哭得那么厉害，脸都红了。

　　"扎克，我……我很快就回来好吗？"她说着这话，抓起桌上的车钥匙，后退着离开了我。她打开屋里去车库的门，消失不见了。我听见车库外门开启，妈妈发动车子，驶出车库。车库外门又关了，妈妈走了。好安静啊，妈妈好像是离家出走了。

31

分享空间

我把新电池塞进巴斯手电筒里，打开了开关。巴斯又开出了一朵大光圈，我在书堆里找着《神奇树屋》第 39 册——《暗日深海》。封底上写着为了拯救梅林，杰克和安妮要去寻找幸福的第三个秘密，可是后来神奇树屋降落在大洋的一个小岛上。我想知道他们到了小岛上以后怎么样了，要怎么回到岸上，还想知道幸福的第三个秘密是什么。于是我开始读书。

读到第 30 页时，藏身处的门从外面打开了一条缝，透进少许光亮。我毫无防备，惊跳起来。

"扎克？"是爸爸。好意外，我都不知道爸爸回家了。好像都还没到晚饭时间吧。"我进来跟你待会儿行吗？"

我晃着巴斯手电筒的光圈，四下查看。藏身处里的东西，爸爸都要看见了——心情画纸，安迪和我的照片，还有所有这一大堆别的。说不定上次我做噩梦梦见用箭射死安迪时，他来找我的时候就已经看见了。也说不定没看见呢。而且上次以后我们就没说起过藏身处，所以他大概都忘了。

让爸爸看到藏身处里的样子，我觉得有点丢脸。但也说不定，如果这地方不再是秘密，也会不错。

"好。"我答道。门全开了，爸爸走了进来，掩上了门。他个子太高，没办法像我那样走进来，所以就手膝着地爬了进来，一直爬到我面前。

"我的妈，这里头也太窄了。"他坐在睡袋上，四下瞧着，眼神定在我和安迪的照片上，深深地叹了口气。他探身去看那照片，我用巴斯手电筒照着，好让他能看清。他盯着照片许久，然后看向照片底下的心情画纸。他指了指问道："这些是什么？"

"心情画纸。"我看着爸爸的脸，不知道他会不会笑话我。他没笑话我。他的脸好严肃，好像在思考这是什么东西。

"心情画纸，"他说，"心情画纸是什么？"

"就是把我心里的各种心情都画下来。这样我就能把心情一张一张分开，然后就简单了，就不会都混在一起了。"

"是吗？所以你现在的心情都是混在一起的？"

"对，"我答道，"可复杂了。"

"是啊，我感同身受。"爸爸说，"你是怎么决定什么心情是什么颜色的？"

"我也不知道，就凭感觉来的。想到什么心情，就很自然地想到颜色。"

"是吗？这我可不懂。"爸爸指着绿色和灰色，"这两个是什么心情？"

"生气和难过。"

爸爸摇头表示赞许，然后又指着另一面墙上的画纸："那些也都是心情？红色是什么心情？"

"丢脸。"

"丢脸？为什么丢脸？"

"因为尿尿。"我脸颊发烫。

"黑色呢？"

"害怕。"

"黄色呢？"爸爸简直好像在考我一样。

"快乐。"我又看了看爸爸，不知他会不会生气，安迪都死了，我还画快乐的纸。再一想，我都觉得不该把画纸都挂出来了。

"中间有洞的是什么心情？"爸爸又问。

"孤独。"我解释道，"孤独就是透明色。因为没有透明色，所以我剪了个洞。"

"孤独？因为安迪吗？"爸爸清了清喉咙。

"那个，在藏身处里我不觉得孤独。"我答道。

"不孤独吗？为什么呢？"爸爸问。

不知道要不要告诉爸爸，我会在这里跟安迪说话，念书给安迪听。他大概会觉得我不正常。"我……因为我会假装，在这里说的话安迪能听见。"我不想跟爸爸对看，所以让手电筒的光圈对着衣柜间角落。

"你会跟他说话？"爸爸静声问道。

"嗯。"我回答，"还会大声念书。"

真没想到，我这个藏身处爸爸是要打破砂锅问到底了。"就是说，我知道不是真的，因为安迪已经死了，死人听不见说话的，"我说，"所以是挺傻的。"

爸爸握住了我攥着巴斯手电筒的手，把手电筒放在我俩之间，这样我们就不是在漆黑一片里讲话了。不过这样他就能看见我的红脸蛋了，我有点难受。

"我不觉得傻。"爸爸说。

"我跟他说话会觉得很开心，就这么简单。"我耸了耸肩。

"那为什么还画一张'孤独'的纸？"爸爸问道。

"那个画的是藏身处外面的孤独心情。"

"在藏身处外面，你会觉得孤独？"

我又耸了耸肩膀："有时会。"

有那么片刻，我们都安静了。就在藏身处里坐着，相对无言。这感觉挺好的。

"爸爸？"片刻后我又开口。

"儿子？"

"我觉得应该加一张——抱歉。"

"加一张什么？"

"心情画纸。"

"'抱歉'的心情画纸？为什么呢？"

"因为我犯错误了，惹妈妈不开心了。她离家出走，是我的错。我真的知错了。我想要妈妈回家，好跟妈妈认错。"我眼眶里噙满泪水。

爸爸看着我，轻轻地捏了捏我胳膊："扎克啊，你听爸说，"他喉头似乎哽咽，"妈妈不开心，不是你的错。你听见了没有？"泪珠滚下我脸颊。

"妈妈没离家出走，妈妈就是……得稍微冷静一下。妈妈会回家的，知道了吗？"爸爸额头抵着我的额头，长叹一口气。呼吸洒在我脸上，我不介意，"这些事儿，都不是你的错。"

"好吧。可是爸爸呀……"

"嗯?"

"我偶尔还是会抱歉,因为安迪。我感觉要跟安迪说对不起。"

"为什么要跟安迪对不起呢,儿子?"爸爸抬起额头看我。我一哭就停不住,边哭边抹,巴斯手电筒的光圈在光影间穿梭。

"因为拿枪人来学校的时候,我压根儿就没想起过他。"我对爸爸说,"我们躲在储物间里时,我听见外面砰砰响,然后警察就来了,然后我们就给带到走廊里,然后我看见走廊有血,然后就去教堂了……从头到尾,我就没想起过安迪。"我抽噎得厉害,话都说不清了,可我就是想说给爸爸听,"妈妈找到我,问我他在哪里时,我才想起他。"

"天啊,扎克,"爸爸揽着我胳肢窝底下,把我抱到他腿上,"你不用对不起啊。你当时吓坏了,你就是个小孩,你才六岁啊!"

"我还没说完呢,为什么很对不起安迪。"我又说,"还有一件事,特别坏。"

"说吧。"爸爸的声音从我头顶尖儿上传来。

"拿枪人杀了安迪以后,最开始那段时间,我有时会觉得开心。不是说特别开心那种,就是我会想起他以前做的坏事,我就想家里没他更好。我就想你们再也不会吵架了,安迪再也不能欺负我了。我就是这么想的,所以我才觉得,他不在了我还挺开心的。"

我等着爸爸回答,但他什么也没说。我能感觉到他胸口的起伏,洒在我头顶的温热呼吸。

"我太坏了,对不对?"我问爸爸。

"不坏,"爸爸轻声说,"你现在还会开心吗?"

"不会了。因为根本就没有不吵架,家里也没更好。而且……他并不是只做坏事的。现在我也想起他以前的好了,我不想安迪永远消失的。"

　　过了一会儿，爸爸开始动来动去，"这里头还挺热的是吧？"

　　"嗯。"我答道，"但很舒服，我喜欢。"

　　"我也喜欢。"爸爸说，"我知道这儿是你的专属秘密空间。不过，我能偶尔来看看你吗？"

　　"能。"我答道。

32
横冲直撞

　　上床睡觉时，妈妈还没回来。我躺在床垫上，自言自语："明天不许发火，明天要乖乖的。"我说了好多遍，这样睡觉也不会忘，第二天醒来也不会忘。

　　第二天，我果然还记得。一直到吃晚饭，我表现都很好，可吃完晚饭就忘了。因为妈妈说她明天又要走，于是我就忘了，她才刚离家出走回来啊。生气的心情又卷土重来，妈妈说她要去市区，接受更多采访，一大早就开始，所以明天我还没起床她就要走。她要在市区的酒店里过夜，因为一整天都要接受各种采访，第二天一大早又要继续采访。

　　我们都坐在厨房吧台旁边，现在家里都坐吧台旁边吃晚饭了。不像安迪死以前在餐桌上吃，也不布置餐桌了。妈妈就在吧台上放几张盘子、几把叉子、一把刀子，然后就完了。我们吃的是玛丽伯母昨天带来的肉糕，倒是挺好吃的，可只有我吃，妈妈没吃，盘子还是满的。

"你为什么要去做那些破采访啊？"妈妈说她要去市区时，我这样问道。我重重推开盘子，撞到了杯子，牛奶洒出来一点。

"我……要让大家知道咱们家的事，这是很重要的。"妈妈说话很慢很慢，而且很轻很轻，就好像在跟傻子说话一样。我能听出来的，于是更生气。

"为什么啊？"我声音很大，基本是在吼了。

"为什么？因为你哥那么惨。我们都这么惨。我们做错什么了？都是……别人的错。这个话是要说出来的，是很重要的，你懂不懂？"

滚烫的泪滚下脸庞，我不想回答。"是查理儿子的错。"过了好一会儿，我才说。我又生起查理儿子的气来。

"对，可他也是个孩子。就……就很复杂，懂吗？"妈妈抬头看了看微波炉上显示的时间，站起身，将还满着的盘子放进了水槽里。

"他为什么要那样对安迪，对其他人？他为什么要杀人？"我问道。

"他不……正常。他脑袋有问题，"妈妈说，"所以也不是他的错。就是……是他们没照顾好他。"

"所以那次查理和他老婆来时你才那么生气，对他们那么凶。"我说。

"我没凶……"妈妈想说什么，然而只耸了下肩又落下，转头洗碗。

"可我想要妈妈在家里！"我说着，滚烫的泪止不住地流，"妈妈去了市区，爸爸要上班，谁照顾我呢？"

"扎克，我就去两晚好不好？外婆会陪着你啊，上次给你拿的作业，可以跟外婆一起做，然后可以玩，可以……看书。外婆可以跟你一起看书，多开心啊，对不对？"

"不对，我睡觉时要妈妈，要妈妈帮我铺床，必须要给我唱咱们那首歌。你都好久没给我唱歌了，不唱歌就睡觉对身体不好。"我说。

"那歌外婆也会唱，或者你们可以睡前给我打电话，咱们电话里唱，你看怎么样？"妈妈问道。

"不怎么样！我要你在家里待着！"我吼了起来，跳下吧台椅。动作太快，椅子咣的一声倒了。

妈妈几乎是瞬移到了我面前，我吓了一大跳。她抓住我两条胳膊，狠狠地拽了起来，指甲都抠进了我肉里，好疼好疼。妈妈脸贴得很近，咬紧牙关直接对着我耳朵说话，好像生气极了。"听着扎克，我没时间跟你闹。我都说了为什么必须得去，不会再说一遍。你听明白了没有？"她说着又把我胳膊拽得更高。我肚子里一片沸腾，妈妈从没这样对我说过话。

"听明白了。"我声音很尖。"明白就好。"她甩开了我胳膊，"好了，那我要去收拾东西了。明天一早车就来接我。"她没再咬着牙说话了，但好像还在生气，"我给你打开电视，你爸马上就要回来了。"

我跟在妈妈身后走进小客厅，她打开了电视，把遥控器递给我，又盯着我看了几眼，好像还要说什么。可她什么也没说，转了个身，上楼去了。我坐在沙发上，看着自己的胳膊。妈妈指甲抠过的地方，有红紫的印子。手臂后面有四道，前面有一道，是大拇指抠的。还是好疼好疼。我起身去厨房，从冰箱里拿了一个钢铁侠冰袋。一边拿，一边哭个不停，一边用不疼的那只手擦掉眼泪。

吧台椅还躺在地上，于是我过去把它扶了起来，推进吧台底下。我把盘子放进水槽，盘子还很满，可我不想吃了。我擦掉了吧台上洒的牛奶，肚子里终于翻腾得没那么厉害了，眼泪也不流了。我回到小客厅里，换到点播台，点了《汪汪队立大功》①。这片子是给小孩子看的，但我最近又喜欢上了。

① 《汪汪队立大功》（*PAW Patrol*）：美国热门动画片，适合学龄前儿童观看。

过了好半天，第一部都快看完了，爸爸走了进来："我回来了儿子。"亲了我头顶一下，"你妈呢？"

"在楼上收拾行李。"我答道。

"这是怎么弄的？"爸爸指着我胳膊。

我不想爸爸知道我又惹妈妈生气了，于是说："我自己抓的。"

爸爸皱起眉头。

"我再看一集好吗？"

"哦，好，看吧。我去楼上看妈妈好吧？"

"嗯。"我说，"可是，爸……"

爸爸在厨房门口顿住脚步："怎么了儿子？""有的时候，你会不会希望死的是我？就是说，不是安迪，而是我？你会不会希望现在坐在家里的是安迪而不是我？"眼泪好像又冒出来了。

爸爸看了我一会儿，张了好几次嘴，但什么也说不出来，就好像他说话之前还要先排练一下似的。他慢慢走回我身边，拉我站在沙发上，我俩几乎一样高。

"不会的，扎克。"这话好像塞在喉咙里，出来得很困难，"不会，"他又说了一遍，"你怎么……怎么会这样说呢？我绝对……不会希望你死。"

"那妈妈呢？你觉得妈妈会不会希望是安迪在？"一想起刚才在厨房里妈妈对我说话的样子，我就难过得满脸都是眼泪。

"不会，妈妈也不会这样想。"爸爸回答道。他托起我的下巴，擦干我的泪水，"你听见了没有？我说的话，都听见了没有？"

我摇头说是。

"好。"爸爸说着抱了我一下。我坐回沙发，爸爸就站在我后面，站了半天。他伸手揉我头发，揉了好几回，然后就上楼去了。

　　我打开《汪汪队立大功》，这集叫《新来的狗狗》，我很喜欢这集。这集里莱德开回来一辆雪地巡逻车，是个好酷好酷的大车，底下有轮子，可以盯梢。狗狗们都很惊喜。还有个新来的狗狗，叫爱芙莱斯特，也成了巡逻队的队员。我整集都看完了，准备再看一集，可机顶盒上显示的时间是 8 点 30，很晚了。我想，不知道爸爸和妈妈在干吗，怎么没来喊我睡觉。

　　我刚走上楼梯就听见了他们的声音，妈妈和爸爸都在讲话，而且一听就知道，他们又吵架了。他们卧室门关着，但隔着门都能听见吵架的声音。我蹑手蹑脚地走到门前，地板也没出声音。我就坐在门前，后背靠在墙上。

　　"我就是说，这是咱们家的私事，不应该一直嚷嚷满世界来看！咱们就不能稍微冷静一段时间吗？"这是爸爸的声音。

　　妈妈笑了，但是是很坏的那种笑："不能，咱们就是不能冷静一段时间。问题就在这里——我不想让这事就是个私事，咱们都不应该当它是私事。你妈爱同意不同意，我根本就不在乎。"

　　"这跟我妈没关系，"爸爸说，"她只是想告诉我，别人都是怎么说咱们家的。"

　　"别人？什么别人？吉姆，再过几个礼拜，谁也不会关心这事了。他们该干什么干什么去，就剩咱们自己在这里，悲悲惨惨地活着，别人根本不在乎。你就不明白吗？到那时候再说就太晚了！"妈妈语速很快，"我知道你是在乎'名声'，"妈妈说最后两个字时语气都变了，咬得死死的，"你就觉得我出去抛头露面丢人现眼，是不是？实话跟你说，吉姆，我他妈就不在乎了，我真他妈不在乎。"

　　"你别瞎想，我根本就没这么想。"爸爸说。

　　"你就是这么想的！老这么演戏，我受够了！我他妈的真的过够了，爱谁谁！你就不懂吗？"

"天啊，梅丽莎，咱们家现在已经快到崩溃边缘了。咱们得考虑扎克啊，上回采访扎克那样，你都看见了。让他去参加采访本来就不对，我都跟你说了。"爸爸声音越来越低，妈妈继续大声。

"你觉得特别丢脸是吧？儿子当着所有人的面耍脾气，你可丢脸了，简直是翻版安迪，而且还是当着镜头耍脾气。后来不是没播那段吗？你还有什么好担心的？"

"你这样说太不公平了，"爸爸说，"我担心的根本就不是这个。儿子很难受，我以前从没见他这样过，一直做噩梦，又尿床……"

"那是因为他哥没了啊！我拜托你好不好！"妈妈喊道，"你当然是没见过他这样啊！咱们都在努力地调整，尽最大努力。"

"我知道，但你知道他刚才在楼下问我什么吗？问我，妈妈是不是希望死的不是安迪而是他。"听见爸爸说这句话，我眼泪又流了出来。

妈妈许久没有出声，半天才开口："我……我们刚才在楼下闹了点别扭。他老是发脾气，我现在就连自己都顾不过来了。我也很难受啊，怎么好像你们全都不记得。"

"梅丽莎，我知道你难受，我希望你能去接受点专业治疗。你昨天就那么走了……扎克觉得是因为他的错，是他犯错误了，你才走。"

"我，就，那，么，走，了？"妈妈每个字之间都留了空白，好像很生气。她那口吻，我后背上都起了鸡皮疙瘩。"你认真的？我就那么走了？挺好，真挺好。你才是一有机会就马上跑去上班，你现在还跟以前一样，从来不在。我没那么走了，我一直在这里。所有事都是我在处理，多难的事都是我在处理。安迪……以前全是我在管。你倒有胆子跟我说'就那么走了'！"妈妈最后几个字喊得特别响。

"是你自己想这样！是你自己的选择，"爸爸也喊了回来，"家里根本就没有我的位置！"

"这说的都是屁话，你少装傻了。你给他吃药就是为了咱们不用管他。"

"我从没这么说过。我从来没这么说过，根本就不是我的主意，是医生说的，而且不是你一直说咱们应该带他去看医生？是你让他去看这个医生的啊。然后他说了应该这么着，你又不同意了。反正什么都得听你的，你决定怎样就怎样。什么都是你决定的，我从来就没有参与的机会！"

妈妈冷哼一声："你居然还觉得自己挺对，真够可悲的。你想参与，我不让你参与？那你出去到处乱搞也是我的错咯？"爸爸想插话，然而妈妈打断了他，"行了你，吉姆你以为我傻？我知道你外面有事儿，你就不用狡辩了。"

妈妈话音一落，卧室里安静了片刻。

然后，妈妈又开了口："你不想管……这些事。你不想管安迪那些破事，你从来没想过儿子会得对抗症，所以你就让我一个人应付。我能不在家里待着吗？结果现在……现在……我还是一个人管所有事——扎克……我知道他很苦。你以为我不知道吗？我很努力了……"妈妈不再讲话，我知道她哭了。我听见了她的哭声。

"梅丽莎，我能不能……"爸爸声音很轻很轻。

"不能！你别。真的……什么也别说了。"妈妈边哭边挤出这些字句，"我不知道怎么过下去了，吉姆。都这样了还怎么继续？我一定要行动，我要主持公正。"

"我们怎么主持公正？"爸爸问道。他现在说话的声音，好像回到了衣柜间里。我做噩梦梦到安迪，他拍着我的背安慰我让我冷静下来那次。

可妈妈没有冷静。她声音又响了起来，哭声也越发响亮："这是为了安迪。我就是不能坐视不管，让他们逍遥法外。我要是不这样做，就不知道要怎么活下去了。"

"你这样横冲直撞地去复仇，他也不会活过来……"爸爸想劝妈妈，可妈妈又打断了他。

"横冲直撞地去复仇？横冲直撞地复仇？你他妈有病？"她尖叫道。

我想捂住耳朵——听到这么多尖叫和脏字，耳朵都疼了。整颗心都疼了。

"对不起，我不是那个意思。"爸爸说。

"你就是那个意思！"妈妈怒吼，"就你！一直那么淡定是吗？不要表露感情，或者就干脆没有任何感情是吗？你怎么做到的？我就没见你哭过。怎么可能？你怎么可能都不哭？你就不正常！"

妈妈的难过如此响亮，好像从门缝底下传导到我的心里。可我也能听见爸爸的难过。爸爸的难过不那么响亮，而是很安静。妈妈没有听见，大概是因为她一直在大声喊。那次我们把妈妈留在医院后回家时，车里的那个爸爸妈妈没有看到。那天，难过似乎啃噬着爸爸的整个身体。他的哭泣没有声音。

"你知道吗吉姆？"妈妈说道，"你想有个参与的机会？行啊，那你就来试一把？我现在没法……管扎克。我没那个精力去管他。我不知道怎么管。我就没办法……再付出了。我就是不行。"妈妈现在不怒吼了，听上去很疲倦。过了好一会儿，她又说："我要收拾行李了。"

我听见脚步声越来越近，迅速起身飞奔下楼。我还记得吵架的最后，妈妈说的那句话。"我现在没法管扎克。"回到厨房里，我狠狠地踢了吧台椅一脚。

33
无法继续的一生

第二天早晨，床上妈妈那边根本没睡过，爸爸也不在。我回到自己的卧室，看向窗外。爸爸的奥迪不在车道里，这么说他已经去上班了。

自从爸爸跟我在餐馆喝奶昔那天以后，就再没下过雪，但也没再下过雨，就一直那么冷着。我能看到车顶、草坪顶上因为冷而结的白霜。我用手触碰窗户，玻璃很凉，我全身打了个寒战。

下楼时，我听见小客厅里电视开着，紧接着看见外婆坐在沙发上。"妈妈上电视了吗？"我问道。外婆迅速转头，我把她吓了一跳。

"还没有呢宝贝。早上好啊。"外婆拿起遥控器，关掉了电视。

"我跟外婆一起看好吗？"我坐在沙发上，外婆身边。

"哦，呃……还是别了吧宝贝。我觉得不是太……"外婆依然盯着已经关掉的电视看。

"可我想看妈妈，"我肚子里的生气感又在酝酿，冲外婆喊了起来，"我要看电视上的妈妈！"

"扎克，宝贝，别不高兴。我……我不知道你妈妈会不会想让你看……"外婆说道。

我打断了外婆的话，撒了个谎："妈妈说了，我可以看的。她都说了，外婆就不能违背。"

"她这么说的？我倒没跟她提过这事，那……那好吧，我觉得她差不多要……"外婆再次拿起遥控器，重新打开了电视。

一个黑头发油光水滑的叔叔坐在红沙发中间，左右两边各有一个阿姨。他说："令人发指的麦金利枪击案只过去了一个多月的时间。我们与整个国家一样，仍在寻求这场大规模惨剧背后的成因，与此同时，我们也要沉痛悼念 19 个受害家庭，他们所承受的损失无人可以想象。"沙发上，两个阿姨都做出了沉痛的表情，"其中特别有 15 个家庭，正在试图消解这以最残酷方式失去孩子所带来的损失。"

叔叔转向一边，对沙发上的一个阿姨说："詹妮弗，少有家庭站出来，为自身所蒙受的损失发声，但近几周中你采访了好几家受害者家属。今天早晨早些时候，你还跟一位受害者的母亲进行了一场面对面的交谈——梅丽莎·泰勒，她在麦金利枪击案中失去了十岁的儿子安迪。"

"是的，鲁伯特，"詹妮弗阿姨回答道，"直击这些家庭现在所承受的苦难，实在是令我心痛。一日日，一夜夜，他们仍在寻求消解损失的方式，他们希望能在对于孩子的回忆中找到慰藉。尤其是现在，佳节将至，他们还要如常过节……为了家里仍存留的孩子，也就是受害者的兄弟姐妹。"

鲁伯特叔叔与另一个阿姨都摇头称是。

"鲁伯特，正如你所说，泰勒一家就正在经历这种痛苦。维克花园那腥风血雨的一日里，他们失去了儿子安迪。安迪当时十岁，正上五年级。枪手进入校园时，他正在礼堂里参加大会。学校礼堂是枪手开火的第一个地点，也是受害者最多的现场。很荣幸，安迪的母亲梅丽莎·泰勒同意今天早晨接受我的采访，倾诉了她对于自己与家庭所遭受惨案的感想，令人动容，而且大家可以想见的是，她仍十分悲痛。请大家看下面这段视频。"

电视屏幕上的沙发和叔叔阿姨，突然变成了妈妈。妈妈好像变样了，头发不太对劲，好像给吹胀在脑袋顶上。还画了好多妆，所以脸也变样了。她穿的是一件红外套、一条红裙子，我从没见过的衣服。她坐在一把很大的褐色椅子里，人显得很瘦小。她就好像《三只熊》①里讲的那样，与椅子格格不入，好像椅子是熊爸爸或熊妈妈的椅子，她坐着太大了。在电视上看见妈妈好奇怪啊，我在这里，在家里，坐在沙发上，妈妈却在电视机里，好像不是真实生活里真实的人一样。

詹妮弗阿姨也坐在一把褐色大椅子里，离妈妈稍微有段距离。两人之间有张桌子，上面有纸巾，还有两只杯子。

"泰勒太太，维克花园惨剧当天，您儿子是 15 名不幸罹难的受害者之一。很感谢您愿意今天来到这里，与我们分享您家庭的故事，以及您关于安迪的回忆。"

电视上的妈妈和詹妮弗又变成了一张安迪的照片，是运动会那天他表情很傻的那张，好像要从屏幕后面跳出来一样。然而，我却听见妈妈这样说："安迪不用教，聪明得难以置信，而且特别有活力。你知道吗？简直就是个大活力球。"妈妈好像哭了。

"他……死之前几周，刚刚过了十岁生日。我本来想跟以前那样，在家里开个 party。可他不愿意，他说他已经长大了，不用开……"妈妈

---

① 《三只熊》（*The Three Bears*）：著名童话故事，故事中一个女孩来到森林里三只熊住的房子里，熊爸爸、熊妈妈、小熊分别有适合它们各自体型的床和椅子。

声调升高，有点尖，然后画面又换成了她，屏幕上是一个好大的她的脸。我看见眼泪从她眼睛里滚落，脸上的妆泅黑了一块。

妈妈用纸巾擦了擦泪水，接着说道："安迪说他已经长大了，不用开 party 了。说他现在是'两位数'了，他就爱这么说。所以他就想请几个朋友，做点不一样的事。我们就依着他的意，一起去看了卡丁车比赛，他高兴得都快炸了。可我现在就想……要是给他开了个大 party 就好了……最后一次的……"

身边传来一阵声响，是外婆哭了。她盯住电视，整张脸挤满了皱纹。

"您与您的家庭，您先生，是如何接受这损失的？而且，我知道您还有一个儿子，叫扎克，今年六岁。"詹妮弗阿姨问道。她说到我的名字时，我脸烫了起来。

"我想，唯一的办法就是一天一天地过下去。"妈妈答道，她略微前倾了身体，双手一起攥住纸巾，"因为……只能这样，也没有别的选择。"她面颊上泪水止不住地滑落，却没拿纸巾擦，就那样让泪珠掉落。

"就是说，每天早晨我就想，没勇气去过这一天。我就想，今天肯定是熬不过去了。然后不知怎么回事，就过去了，因为还有个孩子呢，他还需要我啊。然后第二天再继续，第三天再继续。过去的每一天，都是我没有抱过儿子的一天，没有看见儿子的一天，没有看见他好看的音容笑貌的一天。我与他最后共度的回忆与此情此景之间的鸿沟日益拉大，我却无法阻止。我想让时间暂停，想停在与他最近的那一刻。因为现在这……这……"妈妈顿住，搁在腿上的手不住地颤抖，"这就是我能回到儿子身边，最近的所在了。我没法忍受早晨醒来，感觉那鸿沟又拉大了一寸。我没法忍受，我的儿子离开我，又远了一分。"

妈妈拿起纸巾，擤了擤鼻子。"没有儿子，我的人生就是无法继续的一生。但我还是要继续，每一天，都要继续。"妈妈最后几个字成了大声的抽噎，詹妮弗阿姨探身向前，抽出一张纸巾递给妈妈，轻拍妈妈的手。

妈妈"啊"的一声，双手掩面。

电视画面变成了妈妈的另一个画面，但距离拉远了，而且妈妈也不哭了。好奇怪啊，一眨眼，她就不哭了。

詹妮弗阿姨说道："泰勒太太，您以及几个其他遇难者家庭团结起来，要走上台前，一同为这惨剧所带来的愤怒而发声，您认为这场惨剧完全可以避免。您能具体说说吗？"

"对，没错，"妈妈答道，"我……我们……不相信生活可以继续下去，除非……能让我们认为应该负责的人负责。"妈妈语速很快，我看见她双手狠狠地捏着那纸巾，好像捏的是一团培乐多彩泥。

"您说'我们认为应该负责的人'，您指的是……"詹妮弗问道。

"枪手家属。他父母。"妈妈答道。她现在又要讲查理和他老婆了，而且要在电视上讲。大家都要听到了，可能就连查理现在也在电视上看到了。

"所以，您认为查尔斯·拉纳雷兹的父母应该为其所作所为负责？您认为他们也有责任？"詹妮弗问道。

"哦，我觉得他们不止'也'有责任。"妈妈答道。突然之间，她提高了音量。外婆闭了双眼，呼吸长而平缓。我也想闭眼，虽然不知道为什么，但我不喜欢妈妈的口吻，而且有点不想看下去了。

"他们家儿子已经病了那么多年，而且早已有各种迹象，都能说明他走在……走在罪恶的道路上。然而，就我们所知，过去几年里他都没接受过医学观察或者医疗干预。没有人会突然就毫无理由地崩溃，都是长期影响造成的。如果……如果当初的处理不一样，我儿子……我儿子就有可能还活着。"

外婆站了起来，按着遥控器，将电视音量降到最低。"好了扎克，我觉得你还是别看了。"她说。

我还在看着电视，我看见妈妈还在讲话，詹妮弗阿姨也说了好几回话，但后来电视又变成叔叔和詹妮弗阿姨以及另一个阿姨坐在沙发上的画面。他们仨都在讲话，我看见他们嘴唇在动，而且老在摇头，又说是又说不是。

"宝贝啊，咱们先吃早饭好不好？"外婆关掉了电视。我跟在她身后走进厨房，看着她煎鸡蛋，肚子里一直有种疼痛的感觉，很坏很坏。后来我发现，其实是丢脸的感觉。但不是因为我自己而丢脸，而是因为妈妈而丢脸。

34

感同身受

门开了，我知道是爸爸。我从一堆笔挺的衬衫和外套堆里望出去，看见一只手从门缝里伸了进来，摇晃着一袋饼干。然后，饼干开始对我讲话："你好啊年轻人，我来看看，你有没有兴趣吃掉我。"其实是爸爸，故意用很搞笑的声音说话。于是我也用很搞笑的声音回答："嗯，我很有兴趣吃掉你，谢谢！"我探身向前，夺走了爸爸手中的饼干袋。

衣柜间房门大开，爸爸微笑着说道："想不想一起待会儿？坐一起吃饼干？"我说好，于是他爬了进来。

"下次爸爸要自己带睡袋哦，或者毯子什么的。这个睡袋太小了，坐不下两个人。"我对爸爸说。

"遵命长官。"爸爸敬了个军礼。他像我一样盘腿坐下，撕开了饼干包装袋，放在我们俩中间。我们各自拿了一块饼干。

"你干什么呢？"爸爸问道。

"念书。"

"给安迪念书？"爸爸看着墙上的照片。

"嗯。"

"我能一起听吗？你念的是什么书？"

我给他看《暗日深海》的封面，"我已经念到第 78 页了，所以爸爸都不知道前面的情节。"我对爸爸说。

"难道你不能给我讲讲之前发生的情节吗？"

"好吧。是这样的，杰克和安妮跟神奇树屋一起落在了一个小小的岛上，然后一艘叫'英国皇家海军舰艇挑战者'号的大船就开过来啦，上面都是下大洋的人，还有科学家。他们让杰克和安妮一起上船，然后船员就告诉他俩说，他们在找海怪，海怪长得就像漂在水上的蛇窝。""我的妈！"爸爸说道。

"是啊，"我继续说，"然后发生了一场大暴雨，杰克和安妮就被大浪给冲跑了，但有一个大章鱼救了他俩。大章鱼就是船员们找的海怪，但它其实不是妖怪，而且还救了他俩的命，要不然他俩就淹死了。但船员也不知道啊，所以就想抓住章鱼，把它给杀了。所以现在杰克和安妮就要想办法救章鱼。我就念到这里了，只剩两章就结局了。"

"悬念丛生啊真是，快念吧！"爸爸又抓了一块饼干，后背贴墙，闭上了眼。我也吃了块饼干，然后开始大声朗读。

杰克和安妮最后用了魔法棒，可以让章鱼开口说话，然后船员们就明白啦，章鱼不是妖怪，就把它放走了。最后，杰克和安妮帮梅林找到了幸福的第三个秘密，就是要对众生灵皆感同身受。我也不知道"感同身受"是什么意思，但杰克是这么给安妮讲的："意思就是说，要有同情心，要去爱护他人。"

"'感同身受'是什么意思？"我问爸爸。这个词看着说着都很难——感、同、身、受。

爸爸睁开眼睛："这个嘛，就是说你要在意别人的想法，要努力去理解别人的感受，感受别人的感受。解释起来比较难。"

"所以就是说，要跟别人一起去感受？"

"嗯，我觉得书里差不多就是这么个意思，对不对？"爸爸答道。

"感同身受了，然后怎么幸福呢？刚开始的时候我还在想，咱们可以去试一下杰克和安妮找到的幸福秘密，但这个秘密是关于'众生灵'的，那不就是大自然和动物什么的吗？那就不能用这个方法来找幸福了。"

"嗯……这就是幸福的第三个秘密吗？那前两个是什么呢？对了，找这秘密是要干什么呢？"爸爸很好奇。

"杰克和安妮想要找出幸福的四个秘密，这样就能帮助梅林。梅林是个魔术师，但很不快乐。他总是很难过，要找到四个秘密才能快乐一点。第一个是要注意身边自然中的微小事物，第二个是要保持好奇心。可我都试过了，根本没有用。"

爸爸想了一会儿，给了我一个答案："这个吧，人也是生灵啊。我觉得他们说得是有道理的，不要只想到自己，也要想到别人，关心别人，这样就会快乐一些。如果你能努力去与别人感同身受，去同情别人，那么你就会明白为什么别人会做出某些举动。也就是说，你看到的不只是他们做的事，还会理解他们做这个事的原因。你觉得呢？"

我想了想爸爸的话，我们俩又都拿了块饼干，袋子里只剩几块了。"我觉得，安迪的事我也应该这样来着。"我说道。

"哪样？"

"我只看见安迪一直很坏，一直欺负我。好几次，因为这个我就不喜欢他，可我都没去努力跟他感同身受。"我说道，"说不定，如果安迪知道咱们也想跟他感同身受，他就不会老那么坏了。"我边说边一下下地耸着肩膀。

爸爸放下饼干，凝视着我。他张开嘴，好像想说什么，但却说不出来。

"爸爸觉得他为什么会那样呢？"我问道。

"哪样？"爸爸声音好像变了。

"就一直那样，"我说，"不乖。"

爸爸清了清喉咙，低头看着自己的手，揪指甲旁边的死皮："我也不确定，儿子。"

"我觉得可能是因为绿巨人。"我说道。

"绿巨人？"爸爸不看指甲了，抬头看我。他额头上多了好几条线。

"对，绿巨人会很生气，然后就很神经，但是他心里其实不想的，只是没法控制。然后，当他变成正常人，变回布鲁斯·班纳，他又觉得很愧疚。我觉得安迪也是这样，现在我也是这样。"

"你觉得为什么会这样？"爸爸问道。

"不知道。生气的感觉好像一下子就蹿到我身上，我没法控制。"

"那生气蹿到你身上之前呢？发生了什么事？"爸爸问道。

我思考了一下，"第一次是在采访时，我不愿意说话。"

"嗯，你当时是变得很生气。"

"嗯，然后现在我一直都想跟你和妈妈在一起，可就是不行，然后我就生气了。"我说。

"我……你说得对。"爸爸答道。然后，我们都安静了片刻。

"爸爸？"

"儿子？"

"安迪还活着时，你和妈妈会跟他感同身受吗？"我看着照片里安迪伤心的脸，我想，如果家里都没人在努力去感受他的感受，然后他就死了，有多悲伤。

"这个，"爸爸又咳嗽了一声，"我觉得，是有的。我觉得，我们……有努力。但是……不太容易，我觉得……我们可能还是不够努力吧。或者说，是我还不够努力。我应该更努力一些的。"爸爸说着这话，表情很难过，我喉头也塞了起来。

"你觉得现在再说这些话，会不会太晚了呢？安迪都死了，也不会知道了。还是说，你觉得现在的他还是能感觉到的？"我问道。

"我觉得不晚。我觉得，你现在会想这些都真的……特别好。扎克，你是个很特别的孩子。"爸爸说道。

"我觉得我应该画一张画纸来表示'感同身受'。"我说道。

"这主意不错。"爸爸回答。

"你觉得感同身受应该是什么颜色呢？"

"哦，这个有点儿难。"爸爸说道，"这是个挺好的心情，对吧？那我觉得应该用浅色……白色怎么样？白色就很……"

"很干净什么的？"

"对，干净。纯净。是种很纯净的心情。"爸爸说。

"'纯净'是什么意思？"我问道。

"啊，就是……干净……诚实，不自私？大概吧。"

"好的，白色。这个简单，我拿一张纸就行了，这就去拿。"我跑出藏身处，从我房间里拿了一张纸回去。我找出胶带，将感同身受的画纸挂在墙上。我们一起背靠着墙，看着对面墙上的新画纸，还有别的心情画纸。

"好多好多心情啊。"我说。

"嗯。你说得对，这样把各种心情分开看，感觉是会好很多。你可真聪明。"爸爸说道。我笑了，爸爸这样说时，我就感觉好了一些。于是我想，幸福的第三个秘密管用了，我现在的确有点快乐了。

35
返校

　　妈妈从纽约市区回来了，但整个人都好像成了不同的版本。旧版本的她，是查理和他老婆来我家时生气的她，是学校里被棍子戳了一下的那条蛇。但现在的她，完全是新版本，旧版本的一切都不见了。她踩着高跟鞋在家里走来走去，从来不脱，而且一直在讲电话。她又接受了好多电话采访，而且会跟其他那些她称作"幸存者"的人讲话。每次她才刚放下，电话就又响了。

　　刚开始我想偷听她在电话里都说了什么，不是真偷听，因为她电话打得一点也不避讳，讲话声音很响，要么就在厨房里，要么就在家里别处。她看见我在听，也没说我不能听。所以，理论上来讲我没在偷听，只不过这样听的感觉并不好，而且她讲话的内容很快就会变成我再也不想听的东西。妈妈说的全是查理和他老婆，说这事全是他们的错。她老说同样的话，一遍又一遍。我听得都烦了，这种话也渐渐成了我的怒点。

第二天早晨，我正在走廊里等爸爸下楼，一起开车去学校，就听见厨房里的妈妈打完了电话。她走进门廊里说道："好了，这是今天早晨最后一个。"然后对我笑了笑。我没笑。

"妈妈不太会感同身受哦。"我对妈妈说。

妈妈的笑容消失了，看着我的脸变得冷硬，眼睛也眯了起来。爸爸下楼，来到我身后。"你这话什么意思？"妈妈的声音跟脸一样冷硬。

"意思就是说，你没试着跟查理还有她老婆感同身受，你没努力去感受他们的感受。"我解释道。

"废话，我当然不去感受。"妈妈说道。

"好了梅丽莎。"爸爸插话。

"我就不'好'，"妈妈生气地看着我们俩，"你们俩现在一队了是吧？我怎么没感受他们的感受了，扎克？"妈妈语气好像是在嘲笑我。

我不看妈妈，也没回答她。我假装在系鞋带，虽然鞋带已经系好了。

"呵，有一件事你倒是说对了，扎克。我压根儿就不在乎他们的感受。"妈妈回厨房去了，我依然盯着鞋看。鞋都模糊了。妈妈那样说我，我哭出好多眼泪；妈妈那样说我，好像她再也不爱我了。

"咱们还是走吧。"爸爸说。于是，我们出了门。

一路开到学校，我们都没说话。但爸爸把车停在学校门口没熄火时，我说："我不该跟妈妈说感同身受的。我想让她好受一点，快乐起来，但妈妈却难受了、不快乐了、生气了。那破秘密根本就不管用。"

我看向车窗外面，学校前门那里有几个学生。透过车窗，我听见了他们的声音——喊着，笑着，叫着。他们只不过是要度过学校的寻常一日而已，就那样走进去，他们毫不费力。

"要进去吗？"爸爸果然又问。

"今天不去。"我果然又答。

"好的。"爸爸开车离开学校。有那么片刻，车里一片寂静。爸爸说："你知道吗，我觉得，得是人想快乐的时候，秘密才能管用。时机必须要对。"

"那妈妈现在还没到正确时机？"我问道。

"我觉得还没到。"爸爸答道。

"爸爸？"

"儿子？"

"我好想妈妈，正常版本的妈妈。"

"我也是。"快到家时，爸爸这样回答。

爸爸领着我走进家门，妈妈瞬间就出现在门前，看上去还是很生气。

"不是吧！"她声音很大很大，"你够了扎克，你必须去上学了。你都六周没上学了。上车，这次我送你。"

"梅丽莎，咱们能去厨房里说句话吗？拜托！"爸爸问道。我听出他也生起气来了，可妈妈没在乎。

"不能，我没什么好说的了。走吧扎克！"妈妈揪住我手臂，用力拉着我朝车库门走。我转头看爸爸，可他就站在那里，没来救我。

重返学校的路上，妈妈开得很快，刹车时也很急。我晕车了，可以前妈妈开车我从不晕车的。愤怒的泪溢满我的脸颊。爸爸应该救我的，他保证过的，我如果不想去上学就可以不去的，可现在妈妈送我了，爸爸食言了。

妈妈停在学校门前，就是一小会儿前爸爸开车带我过来的位置。她走下车，打开了我这边的门："出来吧，扎克，赶紧的。"她说。

"我不想上学。"我说。

"我理解。"妈妈好像很努力地想说得好声好气，"但现在该是上学的时候了，我送你进去。"

"你就是想甩掉我！"我冲妈妈喊道，"你就想打那个破电话，你再也不关心我了。"

学校前有人驻足观看，我转过头去，不想他们看见我的脸。妈妈声音压得很低："扎克，我说最后一次，你给我下来。"我突然发现，她是不会罢休的。她就是要让我走到学校里面，才会罢休。我下了车，这一路过来，还在晕车。我注意到路人还在看我，于是低了头，看着脚。妈妈抬脚向前，我跟在她后面。

走到前门时，门外有个保安等着。是个保安阿姨，名牌上写着"玛丽安娜·尼尔森"。她个子很矮，但身材很宽，好像个正方形。她脸好圆，像个球。

"您好。您有事吗？"她问妈妈。

"有，这是扎克·泰勒。今天是他第一天来上学，自从……麦金利那事以后的第一天。"妈妈告诉她。

"我懂了。"保安说道，"欢迎你啊扎克。宝贝，你老师是谁？"

我没有回答，因为不知道怎么回答，而且也不想说话。

"他在麦金利的老师是拉塞尔小姐。"妈妈回答道，我抬头看了看她。我都不知道来这里上学老师还是拉塞尔小姐，至少这个还挺好的。

"好的，我同事戴夫就在里面。他会带你去综合处签到，然后带你去拉塞尔小姐的教室。"保安阿姨冲着我笑了笑。

我拉着妈妈手臂："你说过要跟我一起进去的。"

"我能不能……他还是……他还是很紧张。我能跟他一起进去吗？"妈妈问道。

"恐怕不行。除了送孩子上学和接孩子放学的时间以外，家长是不允许进学校的。"保安答道，"这新规矩就是……出了那件事以后定的。"

"你都保证了！"我抓着妈妈手臂的手更紧了一些。

"别担心，"保安阿姨说，"学校会好好照顾你的哟。"她按了一下门边的铃，门吱一声开了，"戴夫？"她冲里头喊道。

"啊？"出来一个保安叔叔，体型跟保安阿姨正好相反，又高又瘦。

"戴夫，麻烦你带这位名叫扎克的小朋友去签到，然后去拉塞尔小姐的教室好吗？今天是他第一天上学。"保安阿姨说。

"没问题啊，走吧小伙儿。"戴夫保安对我说道。但我没有动。

"走啊，扎克，"妈妈说，"你给我勇敢点好吗？放学时我来接你行不行？行不行啊儿子？"

我没答话，只是一遍又一遍地摇头表示不要、不要。妈妈拥抱了我一下，但我没回抱她。

"有时候就是得快准狠，就这个意思，"保安阿姨对妈妈说道，"就两分钟，小孩马上跟以前一样快活。"

"嗯……"妈妈答道。保安阿姨用力把我推了进去，门一下关上，她和妈妈都在外面，我跟戴夫在里面。我好想转过身，把门推开喊妈妈。可走廊里好多学生盯着我，所以我没去推门。

"这边走吧小伙儿。"戴夫保安抬起脚穿过走廊，我发现这走廊几乎跟麦金利一样，闻起来也是同一个味道。戴夫保安走进了走廊右边的综合处，也几乎跟麦金利一样。"克劳迪娅。"他对一个灰头发老奶奶说道。老奶奶抬起头，冲我们笑了笑。戴夫保安按了按我肩膀，"这位就是扎克——你姓什么啊小伙儿？"他问我。"泰勒。"我声音很小很小。

"扎克·泰勒，要跟拉塞尔小姐的班。"

老奶奶走到柜子旁边，抽出一个红色文件夹，看了看里头的文件。

"啊对，"她说道，"扎克·泰勒，懂了。我们等你好久了哦，扎克。"她又冲我笑了笑。

　　"好嘞，那咱们去教室吧。"保安戴夫又走回走廊，向右转弯。一起走过走廊时，他一直在跟我说话，但我根本不接话。我有种很害怕的感觉，就好像身后走廊里有什么跟着我。这种感觉越来越强烈。

　　我不敢回头看是什么东西，突然之间，我想象出了身后遍地的死人和鲜血。我加快脚步，整个身体又烫了起来。我看见走廊尽头有一扇门，好想跑过去，然后，害怕的心情就更强烈了。戴夫保安停住了脚步，我撞在了他身上。他说："哇，你可慢点儿小伙儿。咱们到啦，这就是拉塞尔小姐的教室。"

36
雷雨交加

"扎克，你好啊！没想到今天会看见你！"戴夫保安打开门时，拉塞尔小姐说道。她从教室后面走来，看见我好像很开心，弯腰给了我一个拥抱。以前我班里的好朋友们都还在，都在跟我说"你好"，还说我回来他们很开心什么的。我不喜欢大家都看着我，拉塞尔小姐领我上座位，还跟以前那样，同桌是尼古拉斯。就好像我们还在麦金利时一样，什么也没变。

"好啦，同学们，咱们继续做题。"拉塞尔小姐说道。大家的作业本都在桌上，听了这话拿起铅笔，不出声地做题。"扎克，你过来跟我待会儿吧？"拉塞尔小姐叫我过去，于是我来到讲台前，坐在她旁边。

"我给你的吊坠，还在不在？"拉塞尔小姐声音很轻，只让我听见。

"嗯。"我回答，"就在我……我放在很安全的地方了，而且经常去看。"

拉塞尔小姐笑了，"那就好。每当我……为什么事难过时，这吊坠总能安慰到我。你知道吗，有了吊坠，我才能想象奶奶就在天上，在看着我。"我摇头说是。"我是真心相信着的，"拉塞尔小姐说道，"你哥也是的哦。他没走，他也在天上看着你呢。"拉塞尔小姐抬起头，抚了抚我脸颊，我喉头肿起了一大块。

"你有没有做作业呢？咱们要不要一起来看一下？"拉塞尔小姐不再抚摸我脸颊了，她从讲台上拿出一个文件夹，让我看了我没来学校时同学们做的作业，就是外婆带回家让我做的那些。我做了一点儿，没全做。

我很喜欢跟拉塞尔小姐一起坐着。教室里很安静，大家都在各自做题。然而，有人突然干了什么，好像是伊万杰琳，我没看见她干了什么，但拉塞尔小姐叫她别闹。她一开口，温热的气就喷进了我嘴里，好像咖啡的味道。就这样，刚才走廊里那强烈而可怕的感觉又回来了，我想起了储物间里拉塞尔小姐的口气，心脏又跳得飞快，又有种想吐的感觉，好像刚才妈妈送我过来路上时晕车的感觉。

我知道自己要吐了，于是使劲、使劲地呼吸，我最讨厌呕吐了。

"你没事吧宝贝？"尽管就坐在我旁边，拉塞尔小姐的声音却好像来自很远很远的地方。她问了我这一句，我又闻到了她咖啡味的口气，于是"唔"的一声就吐出来了。吐得满讲台都是，满衬衫都是。我站了起来，又是呕的一声，一大坨东西吐了出来，全掉在我鞋上。

"恶——心——""恶——心——死——了——"我的好朋友们都这样说着。

"没事的宝贝，没事的。别担心，这很正常的。"拉塞尔小姐虽然这样说着，但脸上也是"恶心"的表情。

又"唔"了几声，又吐了几口。大部分都吐在地板上了，然后才算吐完。

"好点了没有？"拉塞尔小姐拍着我的背。

我没法说话，喉咙里还塞着呕吐物，鼻子里也都是臭味。鼻子喉咙都好像烧着火，我好想哭。

"尼古拉斯，麻烦你带扎克去护士处。"拉塞尔小姐说道，"我把这里清理干净。扎克，没事的啊，你别担心。"

尼古拉斯看我的眼神，好像我的样子特别恶心，不过还是送我去护士那里了。护士帮我擦干净身体，然后打电话给妈妈。我吐得到处都是，大家都在看我，我一点也不开心。但妈妈要来接我了，我很开心。尼古拉斯回教室去了，我坐在护士的床上，等着妈妈。我衣服上还是一股呕吐味，又有点恶心了。

以前我认识的一个麦金利五年级学生走了进来，一看见我，就用胳膊捂住了嘴："我的天，这里也太难闻了吧。"他声音很大。

"行了迈克尔，别说了。"护士对他说道，"你来这儿干什么？"

但这个叫迈克尔的男生没答护士的话，还在大声对我讲话："恶心死了，你衬衫上那是吐的吗？"有几个男生走进护士办公室，想看他这么大声是在说什么。他们一齐盯着我，都用胳膊捂住了鼻子。

"哎，你不是安迪他弟吗？"又一个五年级男生问我。

我什么也没回答。

"行了你们，不是来看医生的就赶紧出去。"戴夫保安出现在这几个男生身后，好几个男生走了，但迈克尔还有另外几个没走。

"哎，现在老上电视那个是不是就是安迪他妈？"迈克尔问他旁边的男生。

"对，我妈说她那样讲查理是不对的。"旁边的男生说。我肚子里又升腾起一股怒火，我想让迈克尔和那男生别说妈妈，可就是张不开嘴，我又很贬地害怕了。

"她就是想红还是怎么的。"迈克尔说道。说了这话，他看看我，举起了双手，"你别往心里去啊小孩儿。"

我生气了，整个人都紧绷起来。迈克尔与同伴还在跟我讲妈妈，但我什么也听不见了，两只耳朵里全是心跳声，我只能听见心在怦怦地跳。眼泪涌出脸颊，迈克尔那表情就好像在说"哦——他哭了"。就在那时，我失去了控制。

接下来发生的事，我记得不是很清楚。我只记得自己在喊："不许说我妈妈！"还记得我压在迈克尔身上，然后有人把我拽走。我低头看时，迈克尔躺在地上，捂着嘴，指缝里有血溢出。

有人在背后拉着我，我腿还在踢，想踢到迈克尔。我想揍他，他块头比我大很多，但我生气以后力气特别大。只不过拉着我的人力气更大。我转过头去看，这人我不认识。他在跟我说话，但我耳朵里依然响彻着洪亮的心跳声，除此之外什么也听不见。

然后爸爸就来了。他跟紧拉着我的人说了句什么，于是我就被交给了爸爸，他坐在地板上，将我拉到腿上。

"好了，好了。可以了，冷静一下。"爸爸直接对着我耳朵讲话，我终于听清了一点。

"放开我！"我冲爸爸吼道，"放开我，放开我！"

"好，我放开，但你不许再打人踢人了啊，行不行？"

护士站在迈克尔旁边，扶他起来，让他坐在床上。迈克尔捂着嘴哭，手上血更多了。

爸爸站起身，去跟刚才拉着我的人讲话。

"我很抱歉，这位……"爸爸开了口。那位叔叔伸出手，跟爸爸握了握手。

"马丁内兹，卢卡斯·马丁内兹，我是瓦尔登小学的副校长。"

"我叫吉姆·泰勒。"爸爸说道，"我儿子这样子，真是对不住您了。"

我起身走出了护士处，走向前门，推开了门，朝外面走去。

"扎克！"我听见爸爸在后面喊我，"扎克等等我！"可我没有停步。我看见爸爸的车停在校门前面，于是朝那边走去。爸爸从后面过来，拉开车门，扶我上了车。我很冷，衣服上还有吐的东西，而且刚才护士擦的时候用的是湿毛巾，所以衣服是湿的。我冷得打着寒战。

爸爸坐进前排，坐在那里好一会儿没动。

"哎，可真够操蛋的。"他说着，启动了车子。

我们走进家门时，妈妈和外婆正在等我，看见我时大惊小怪得厉害。妈妈带我上楼洗澡，我站在热水喷头底下，依然在发抖。我依然在生气。生迈克尔和那个男生的气，也生妈妈和爸爸的气。我在喷头底下冲了很久，许久过后，才不发抖了，也不生气了。我假装是洗澡水冲走了生气，假装冲进下水道里消失掉的都是生气。

午后，史丹利先生来我家，要来谈谈我在新学校的表现。他跟妈妈爸爸说着我的事，就好像我没坐在旁边一样，可我明明也在屋里坐着。

"我建议咱们再给他点时间。"史丹利先生说道。

"那是肯定的。"爸爸回答。

"他功课还都能跟上，而且也快到感恩节了。我觉得推到……比如说圣诞节以后吧，应该没什么不好。"史丹利先生说道。

"那样他得缺不少课吧？"妈妈答道，"我觉得这样对他不好……"

爸爸打断了妈妈的话："我的天，他才上一年级啊，又不是马上就要考大学了。没事的！"

妈妈看向爸爸的眼神极其愤怒。史丹利先生看看妈妈，又看看爸爸，眼神来回好几番，好像不知道该说什么。"嗯，那好，我就是想让您二位知道，学校这边不用急。只要他继续做作业，别落下，就不用担心留级或者别的什么。但我还是要说一下，这种情况下心理咨询是非常必要的。我就……真的很重要。那就……就这样吧。"史丹利先生说着起身，准备告辞。

"谢谢您，史丹利先生。"妈妈说道，"我们会商量一下，决定了再告诉您。"她送史丹利先生到门口，然后走回大客厅，不想坐下。她走到椅子边的窗前，凝视窗外。她揉我的头发，揉了好几次。我听见她深深地吸气，又呼气。

"你就让我打给伯恩医生来看看扎克吧。"爸爸低声道。

妈妈很慢地摇头说是："我……好吧，这样应该是最好。"她不再揉我头发了，但手还搁在我脑瓜顶上。

伯恩医生就是给安迪看对抗症的医生，就是他，让安迪去冷静，现在爸爸妈妈想让我也去看他，因为我在学校表现不好。

"我不想去看伯恩医生，"我声音显得很娇气，"今天在学校表现不好，是我错了。我错了，妈妈。我再也不这样了，我保证。"泪水涌出眼眶，我又浑身烫了起来。我拉住妈妈的手，想让她不要再看窗外，看看我，"我错了妈妈，我错了好不好？"

"唉，宝贝，"妈妈抚着我脸颊，"别再不高兴了。爸爸妈妈还没决定呢，别担心。"

"不，现在就要决定了，儿子。这并不是在惩罚你，而是要帮你好起来。你能理解吗？"爸爸问我。

"爸爸妈妈还会再商量的。"妈妈说着看向爸爸。他们许久没有出声，只怒瞪着对方。

"扎克，帮爸爸个忙，你先上楼去好不好？"爸爸问我的时候，并没看着我，他依然看着妈妈，而且我知道他为什么要我上楼。这种感觉，就好像你知道一场大暴雨要来了——现在还宁静至极，然而你能看见天际乌云渐行渐近，你能听见远远那几声雷响。于是你就这样等着，等着雷电笼罩你的头顶。

我并没在原地等着雷电笼罩，我逃出了大客厅，跑上楼，跑进我的藏身处里。趁雷霆闪电还没开始，我关了门。

妈妈和爸爸一起，呼唤来了世界上最大的暴风雨。这场暴风雨持续了好几天，倒不是每分钟都在上演，大多数是在妈妈爸爸在一起时才会发生。只有爸爸去上班时，暴风雨才会稍停片刻。爸爸又开始天天上班了，家里回到了从前他总在工作时的样子。所以，他再也不会来藏身处了。

每次妈妈跟爸爸共处一室，我马上就能感觉到，暴雨云越积越厚，好像就在天花板上变黑、变重。我知道暴风雨会发生是因为暖气流上行，冷空气下行，两者撞击，生成大大的云朵，然后云朵就变成了雨、闪电和雷霆。所以呢，在我们家，妈妈就是冷空气，爸爸就是暖气流，只要两人一碰撞，就生成了一场互骂的吼声和哭声的暴风雨。

我现在很熟练了，能马上就注意到暴风雨要来的前兆，能及时逃离。

跑上楼，进藏身处，关上门！有时暴风雨太响，我就是待在藏身处里都能听见，但大多数时候，衣柜间的门就能把暴雨挡在外面。

感恩节前的一周，外婆带了晚饭过来。外婆、妈妈和我坐在吧台边吃了晚饭，是香肠烤辣椒，我最爱吃的菜之一。爸爸还在上班，所以没下大暴雨。

"你有想过感恩节怎么办吗？"外婆问妈妈，"就剩一个礼拜了，你要是想搞什么活动，咱们差不多该开始组织了。"

妈妈低头盯着盘子，用叉子拨弄食物。她叉了一块香肠，在酱汁和米饭里来回蘸了半天，简直好像在玩障碍行车。"我……真希望节日不要现在来。"妈妈声音很低，口吻好像小女孩一样。

"我知道宝贝，知道，"外婆答道，"你什么也不想做。但我就想，为了扎克……"

"我知道。"妈妈抬头看我，眼睛里噙满泪水。

我们总是在家里过感恩节，会开个大 party，请亲戚朋友过来参加。妈妈会很激动，在厨房壁橱上粘好多清单，有准备弄的菜、要买的东西什么的。她布置的餐桌也会很特别，用特别的餐具垫，还有各种装饰。我们会在餐厅的餐桌旁边再多放一张桌子，搭成一个特别长的桌子，要铺三张桌布才能盖满，爸爸还要去地下室里多拿几把椅子，这样客人才坐得下。

去年我也帮着一起搞装饰来着，我们一起做了好多名牌摆在桌子上。妈妈和我去家附近的湖边散步，捡了好多松球，捡了好久好久，因为有十八个人要来吃晚饭，而且松球不能太大也不能太小。我们捡了一大袋，然后才回了家。妈妈用褐色、红色和橙色的纸剪成树叶形，我把大家的名字一个个写在上面。妈妈还想让安迪也来帮忙，但安迪说剪纸手工什么的都是女孩才做的事，还说我写字那么难看，谁也看不出该坐哪里。

他说得根本就不对，我写的是最好看的字，妈妈都说好看了。

安迪只写了一张名牌，就是他自己的名牌，这样至少他会知道要坐哪里。写完，他就去玩 Xbox 了。所以我自己写完了剩下的所有名牌。我们把树叶绑在松球上，然后妈妈给了我一张表格，里面写着每个人的位子，我按照表格把名牌松球放在碟子上面。

去年感恩节，妈妈起了个大早，要把馅料放进火鸡里，再把火鸡腿绑在一起，放进烤箱里。烤熟火鸡，要好久好久。然后我们就一起在电视上看了一会儿梅西百货大游行，因为爸爸和安迪都还在睡觉，所以只有我们两个，好安静。

晚饭时，我们围坐在桌边。餐桌上有我和妈妈的装饰，美丽极了。大家都说，特别喜欢我写的名牌，于是我给了安迪一个"你看吧"的眼神，他回了我一个"呵呵"的眼神。

刚开始吃饭时，气氛有点悲伤，因为这是齐普大伯离开后的第一个感恩节。一桌人轮流说感恩什么时，奶奶和玛丽伯母都哭了。

这是我唯一不喜欢感恩节的地方，不喜欢说感恩什么，不喜欢大家眼睛都盯着我看。不过至少我有心理准备，这样红果汁泼过来时也不会太难受。"我要感谢妈妈爸爸。"我说道。大家都在说感谢什么人，所以我选了妈妈和爸爸。"谢谢你哦，大傻子！"安迪从桌子对面喊了过来，然后爸爸就生气了，餐桌上的气氛就不太好了。可我就是不想感谢安迪，所以没说他的名字。

轮到安迪时，他说的是："我要感谢我的 Xbox。"什么破东西啊，感恩节居然感谢它。

我一想到去年的感恩节，就觉得今年就算办也不会开心的。这一次，我不确定想感谢的是什么。唯一一个值得感谢的东西，就是藏身处，而且我也不会当着大家的面说，因为这是秘密。

"前门！"警报器里的机器人阿姨说道。话音刚落，爸爸就走进了厨房，妈妈继续低头看盘子。

又一辆香肠车在障碍赛道里穿行起来。

"你好啊。"爸爸朝我微笑了一下。

妈妈没说话，外婆打了个招呼："吉姆，回来了。"她的声音跟刚才同妈妈说话时不一样了，感觉很硬，完全不像外婆的风格。

"罗伯塔？"爸爸跟外婆打招呼时，好像结尾带着问号。

外婆起身，递给爸爸一个盘子。爸爸拿着盘子去了餐厅。他要一个人吃饭，我有点愧疚，于是我滑下吧台椅，端着盘子去跟他一起坐。我知道，妈妈抬了头，眼睁睁地看着我走了出去。她的眼睛眯成了两条缝。

然后妈妈又转头看回外婆："我是想，可以请几个遇害者家属过来。我……今年这个情况，只有这样比较合理……如果硬要办什么的话。""哦……行啊，也不错。"外婆答着。

"请他们来干什么？"爸爸问道。外婆和妈妈望了过来，那样子，好像他打断了她们的私密谈话。

"过感恩节啊。"妈妈回答。

爸爸正举着叉子要吃进嘴里，听见这话，手就那么止在空中，停在嘴前："你要请……陌生人？来过感恩节？"爸爸将叉着食物的叉子放回盘中。

"他们不是陌生人。"妈妈回答。就这样，暴雨云再次开始聚集，积在天花板上，越积越厚，"这些人……跟咱们经历了同样的事情，咱们是一条船上的人。这种节日，我们都需要有人支持才能熬过。"妈妈说道。

"那家人呢？"爸爸问道，"我妈，玛丽……你不觉得咱们自己家人的支持才是最需要的吗？"

妈妈的表情似乎凝结，挤出一丝微笑，然而似笑非笑。就好像她紧紧地咬着牙，狠狠地说着话："今年我就不想伺候谁了。"她说。

"我是觉得，身边有几个情况相同的人也挺好的……"外婆插话道。

"谢谢，罗伯塔。"爸爸依然看着妈妈，"你不介意的话，这事我想跟我老婆解决。"

妈妈深吸了一口气，看向外婆："简直不可理喻。"她站起身，外婆也站起身，两人一起走出了厨房。

她们的盘子还在吧台上放着，我不知道为什么正吃着饭呢，她们就这样走了。房间里安静了片刻，爸爸和我重拾刀叉。紧接着，警报器就又叫了一声："前门！"

妈妈又出现在厨房里，面色不悦，我肚子里又有了一种很难受的感觉。"我今天把话放这儿了，如果你再敢这么跟我妈说话，吉姆……"她声音压得很低。

爸爸闭上了双眼，闭了好一会儿。我看见他呼吸很慢很慢。暴雨云就要爆发了，我心跳得很快。我不想在暴风雨里待着，但好像现在要走也晚了。

"咱们感恩节不能这么庆祝。"爸爸声音也很低。他睁开眼，瞪着妈妈。然后，砰！雷霆闪电又来咯。

"庆祝？我才不庆祝呢！"妈妈喊了起来。

我下巴抵着胸口，双手捂住耳朵。

"我不庆祝，我也不伺候！"她说道，"我要请的人，是帮我熬过这一天的人，说不定我也能帮他们熬过这一天。因为这一天就得靠熬！不过吉姆，你就去庆祝好了，你去跟你家人玩去，你们一起庆祝去吧！"

爸爸也吼了回来，声音真像打雷一样："不能都以你为中心吧，啊？不是你一个人熬吧？你就不能帮我们也熬过去吗？"他用食指指着自己，还有我。

妈妈盯着爸爸看了片刻，然后转过头，第二次走出了厨房。

"不好意思，儿子，"爸爸倾身，掀开了我耳朵上的手，"对不起……真的是……咱们先把饭吃完好不好？"可是，我们就那样坐在那里，什么也没吃。

我好希望，去年餐桌旁我说了安迪的名字。因为那是他的最后一个感恩节。现在，我再也没机会说了。

38
低调

感恩节来了，没有装饰品，也没有多放几张桌子椅子。

"扎克，咱们今年就低调点，好不好啊？"妈妈问我。游行结束了，她才把火鸡放进烤炉，因为今年的火鸡好小好小，不用烤多久。

外婆来了，奶奶和玛丽伯母也来了，然后就没别人了。爸爸在小客厅里看球赛，我跟他一起看了一小会儿，虽然看足球大部分时间很无聊，我还是跟他一起看了。

厨房的电话响了，我听见妈妈接起："您好？"片刻之后，我听见她发出了响亮的"呜——"声。

爸爸跟我面面相觑，他眉毛挑得很高。我起身走进厨房，想看看妈妈为什么要"呜"。妈妈伏在吧台上，一手捂着嘴，另一手攥着电话贴在耳朵上。

"谢谢，真的很感谢。"妈妈说道。然后，她很慢很慢地垂下了攥着电话的手，但另一只手依然捂在嘴上。

外婆、奶奶和玛丽伯母手里分别拿着不同的东西，毛巾，土豆，土豆锉，现在好像都僵住了——而且，全都盯着妈妈。"南茜·布鲁克斯死了。"话语从妈妈手指缝里游出，泪水从她眼角滚落。她一直捂着嘴，好像想把哭声捂回去。

爸爸走进厨房，看向妈妈："怎么了？怎么回事？"他问道。

"南茜死了。"妈妈又说了一遍。

爸爸盯着她的样子，好像没听懂她在说什么。

"她昨晚自杀了。"妈妈说道。

爸爸向后踉跄几步，好像要仰面摔倒。他抓住吧台，紧紧抓住。

"里奇妈妈死了？"我问道。

没人回答我。

"你怎么……"爸爸说出的字句仿佛带着尖刺。

"格雷太太打给我的。她今天早晨出去散步，路过南茜家时，闻到……车库有味道，然后就报警了。是她车里的味。就在车库里……她车一直没熄火。"妈妈说。

"我的老天爷。"外婆朝妈妈走来，将她揽入怀中。

爸爸瞪着妈妈和外婆，一言不发。我看见他用手拼命抓着吧台，指关节都发白了。他吞咽了好几次，好像嘴里口水多了很多。然后，他极其缓慢地转过身，小心翼翼地放开了吧台，好像下一步就要摔倒。他一步一步地朝门口挪去。

他走到厨房门口时，妈妈说道："是因为她今天要一个人过，"呜咽几声，"她谁也没有了。里奇死后……就只剩她自己了。咱们今天应该请她来的……"

"宝贝啊，不是你的错。"外婆揉着妈妈后背。

"我知道……"妈妈放开外婆，退开一步，看向爸爸。他站在门口，没有转头。妈妈指着他的后背，"是他的错。"

奶奶和玛丽伯母对看一眼，奶奶的眉毛也像爸爸刚才听见妈妈"呜——"时那样，挑得老高。爸爸缓缓转身，脸上毫无血色，下唇颤抖。

"我该请她过来的。我不该听你的话。"妈妈不住地说，好像根本没看见爸爸的表情，或者看见了也不在乎，"她要独自一人面对今天，她受不了。"妈妈哭了，然而声音却满含怒意，"就因为你不想请……陌生人……"

爸爸盯着妈妈看了许久，面色苍白，嘴唇颤抖。妈妈也回盯他，两人仿佛在比赛。然而，妈妈先低了头，输了比赛。爸爸转过头，走进走廊，从前面走了。整个过程中，他一个字都没说过。厨房里所有人都看着爸爸一分钟前站过的地方，头顶空气仿佛加重，好像站在我头顶、双肩、我整个人的身上。

"不好意思。"妈妈小声说道，谁也没看，也离开了厨房，走上楼梯。

好一会儿，谁也没说话。玛丽伯母最先开口："小猴子啊，帮我一起做甘蓝球好不好？"她帮我把椅子拽到水槽边，我把甘蓝球外面的所有菜叶都剥掉，好多好多菜叶。这样忙活着，我好开心。

外婆、奶奶和玛丽伯母做好了晚饭，我们一起布置了餐桌。外婆和奶奶什么也不说，于是玛丽伯母就一直在说，说了好多好多话，大概因为如果她不说话的话，空气就是一片死寂，越发凝重。

"扎克，咱们要摆一个、两个、三个、四个、五个大叉子，然后再给你摆一个小叉子。再要五把刀。你说咱们用哪个餐巾纸呢？啊，这个呀，我喜欢。咱们就这样叠起来……"我们要做的事，玛丽伯母都用很雀跃的口吻讲了出来。我想，她是想逗我开心，因为妈妈爸爸又吵架了，然后虽然今天是感恩节，爸爸还是走了。这样一来，就不可能好好过节了。

"我给他打电话。"过了许久，奶奶说道。她拿起厨房电话，拨了爸爸的号码。电话响了很久，奶奶按了挂机键，"没人接。"

"哎，火鸡都熟好久了。这会儿大概都干了吧。"外婆说道，"我上楼去叫梅丽莎，咱们还是吃饭吧。"片刻后，外婆带着妈妈回来了，我们一同落座在餐桌边。

我们没轮流说感谢什么，就这样开饭了，席间唯一的声音就是刀叉碰撞碗碟的声音，叮，叮。"火鸡倒没怎么干。"叮，叮。"甘蓝不错啊，玛丽。""是因为有培根，我的秘密武器。"叮，叮。

我看着爸爸的空椅子，眼泪噙满眼眶。门铃响了，有那么一会儿，我以为爸爸回家了。可他有钥匙的啊，为什么要按门铃呢？妈妈起身去应门，我跟在她后面。

门口站着的是个警察。"泰勒太太？"他问道。

"是。"妈妈回答。

"我能进来一下吗？"

妈妈打开了门，警察走了进来。

"你好啊小朋友。"警察对我说，伸出手来击掌。于是我跟他击了个掌。

外婆、奶奶和玛丽伯母都从餐厅出来了。奶奶的吸气声，好像是在大口大口地吃气。"是我儿子？吉姆·泰勒，他出事了？"奶奶问道。我肚子疼了起来，很疼很疼。

"这个，我是想跟泰勒先生讲话。他不在家吗？"警察问道。

"不……不在，他没在家。"妈妈回答。

"您怎么会觉得他出事了？"警察问道。

　　"不，就是，他……走了……走了一会儿了。您刚才一进门，我第一反应就是他出事了。"奶奶答道。

　　"据我所知，他没出事。"警察说，"我有几个问题，关于……"他看着我，停顿了一下，"咱们能借一步说话吗？"他问妈妈，妈妈说好的，去客厅吧。然后他们就一起走了，奶奶和玛丽伯母也跟着去了。他们不让我过去听，外婆领我回了餐厅。

　　警察没待多久，我听见他在走廊里跟妈妈说再见。"您先生回家时，麻烦让他给我打个电话。很抱歉打扰您吃饭了。那我就告辞了，祝您感恩节快乐。"

　　"再见。"妈妈轻声答道。她走回餐厅，坐回椅子中时，如慢动作一般。她脸色跟爸爸刚才一样煞白。

　　"妈妈，爸爸没事吧？"我问道。肚子疼得更厉害了。

　　妈妈没回答我，只看向外婆，对她说道："她给他留了张字条。是她啊，妈。是南茜，他那个女人就是……"她讲了一半就停了，大笑起来，好意外。先是轻笑了一声，然后笑声越来越响。我不知道什么东西这么好笑。妈妈笑到一半，说了一句，"我真是个白痴！"

39
特别惊喜

感恩节那晚，我去玛丽伯母家过了夜。我们动身前，爸爸还没回家。齐普大伯在时，他跟玛丽伯母一起住在新泽西的小房子里，齐普大伯死后，她就自己搬到了一间公寓房里，离我家更近。我之前就去过几次。公寓房很小，厨房丁点儿小，一进门就是。有个吧台，还有三个吧台椅，跟我家的一样，然后没有餐桌。客厅只有一个，然后就是玛丽伯母的卧室，还有另一间卧室，里头摆满了盒子，没有床。家里的味道怪怪的。

"恶心死了，什么东西这么臭？"之前来这里做客时，安迪说了这么一句。

玛丽伯母用开玩笑的口吻回答："这么说你可不是吃咖喱的小行家啊，安迪。楼下那家人可喜欢了。早饭吃咖喱，午饭吃咖喱，晚饭还吃咖喱。没事，你会习惯的。"这次走进家门时，我还能闻到咖喱的味道，但没觉得怎样。

"我们看个电影吧？再弄点爆米花……哦等等，我不确定还有没有爆米花。"玛丽伯母说道，在丁点儿小的厨房的壁橱里翻找起来，"哎，我错了小宝，没爆米花了。但椒盐饼还有，你爱吃的对吧？"

我在公寓里走着，到处打量。玛丽伯母堆得到处都是东西，都是她跟齐普大伯满世界旅行买回来的东西——很搞笑的面具啦，画啦，杯子啦，花瓶啦，全是这种东西。以前在他们的旧家里时，齐普大伯总会让我看这些，讲都是哪里来的，为什么很特别。

沙发旁边的茶几上有好多玛丽伯母和齐普大伯的照片，都用不一样的相框包着，也有我家的照片和玛丽伯母一个人的照片。有一个相框四边是各种各样的太阳眼镜，里面的照片跟上次她跟奶奶挑照片时给我看的那张一模一样——我们都在游轮上，头戴宽檐帽。好几个相框后面，有一张爸爸妈妈的照片。我伸过手去，拿起来看，小心翼翼地不打翻前面的相框。

这张照片，我看见过好几次。妈妈爸爸卧室的相框里也有。是他们婚礼的照片，他们俩都在游泳池里——而且身上还穿着婚纱和西服。妈妈好美好美，白裙子的裙摆漂在四周水面上。爸爸偏头对着妈妈的脸，很近很近，好像要吻她。

突然之间，玛丽伯母将手放在我肩膀上，我都没听见她走过来，吓了一跳。

"我可喜欢他们这张照片了。"玛丽伯母说道。她拿走我手中的照片，仔细端详，笑了起来。

"我现在还不敢相信，他们居然真的跳进去了。那么美的裙子啊！""他们跳进去是因为爷爷，对不对？"我问道。

"这个吧，是因为那天他们都挺累的，然后我们又——爷爷那天发病了。"玛丽伯母说道。

"嗯。对，心脏病犯了。"我说。

"对，就很……大家都很难过，而且那天很热，我们还一天都在医院里待着……爷爷脱离危险后，你爸妈就决定，还是把婚礼办完……我的个天，我们继续办婚礼的节奏那叫一个连滚带爬。"玛丽伯母说，"这么说吧，我当时简直是披头散发，可你妈，居然还是美得让人气都喘不过来。你可别问她是怎么做到的。"

"伯母，你也跳进游泳池了吗？"我问道。

"跳了哦！差不多所有来宾都跳了，那场婚礼很奇葩，这个结尾方式也很奇葩。不过，依然是我参加过的最美的婚礼。可能是因为那天那些跌宕起伏吧。不过，你爸妈依然是一对高颜值夫妻，而且，那么相爱。"玛丽伯母说道。她冲我笑了笑，将相框放回原处。

"你看见那张了吗？"玛丽伯母问道。她伸手拿起后面的一张，也是爸爸妈妈的合照，他们一起躺在医院床上，中间有个婴儿。他们同时吻着婴儿的头顶。

"这是我还是安迪？"我问道。

"这个是你啊，那么多毛，看不出来吗？"玛丽伯母笑了起来，"所以我才老叫你小猴子啊，因为你刚出生时好多毛，像只小猴子一样。""安迪在哪里呢？"我又问。

"他跟我们在一起，你大伯还有我。为了你爸妈能只跟你在一起，我们照顾了他几天。"玛丽伯母回答。

"有了我，他们开心吗？"

"你开玩笑吗？他们开心得都快上天了。你是他们的特别惊喜。"玛丽伯母答道。

"因为他们以为只会有安迪。"我说。这个故事，妈妈给我讲了好几遍了，第一个生的是安迪，然后医生说，因为妈妈身体出了个什么状况，安迪可能会是他们唯一的孩子。然后他们就又有了我，好大的惊喜。

"有了你，家庭才完整。"玛丽伯母说着，在我头顶吻了一下。

我们一起看了《博物馆奇妙夜》第三部，是我最爱的电影之一。玛丽伯母以前没看过，笑得好大声。看着她笑，就很好笑。我喉咙里的肿块终于没那么难受了。玛丽伯母拿了一大把椒盐饼，都塞进自己嘴里。每次到搞笑镜头，比如坏人的鼻子融化了，挂在他脸上荡啊荡的，他都不知道，她就会大笑起来，笑到满嘴喷椒盐饼渣渣，那对长耳环也上下翻飞。

看完电影，玛丽伯母拆下了沙发上的靠垫，要给我铺床。

"玛丽伯母？"我说。

"小宝？"

"我一个人睡在沙发上会害怕的。"

玛丽伯母于是不再拆靠垫了，盯着我看："哦，对哦。"

"我好像想回家了。"我说。

玛丽伯母走了过来，跪在我面前，将我揽入怀中。她很香，好像是饼干的香味还是什么的。"我知道，小猴子。可是……今晚不能回家好不好？今晚你还是跟我在一起待着比较好，好吧？你怎样才能不怕呢？"

"跟你一起睡床好不好？"

"哦，当然好呀！我都自己一个人睡了这么长时间了。"玛丽伯母给我拿了一个枕头，一条毯子，都放在床上她自己的枕头和毯子旁边。她的床没爸爸妈妈的床那么大，很小，但看着还挺舒服的。

"玛丽伯母？"

"嗯？"

"我……有时我……半夜会做噩梦。会梦见拿枪的人什么的。然后……有时会出点意外。"说着这话，我整张脸都烫了起来。

"哦，"玛丽伯母答道，"哎呀，咱们好多人都会有意外的对不对？跟你说，我有个主意。你千万别担心。"她从衣柜间里取出一块大毛巾，放在了床单底下，"好啦，没什么大不了的。"

我换上了睡衣，脱裤子时拉塞尔小姐的天使翅膀吊坠从口袋里掉了出来。刚才警察刚走，妈妈笑个不停，我准备要来这边睡一晚时，我飞快跑进藏身处，拿了克兰西和吊坠，想带着它们一起来玛丽伯母家。我捡起了掉在地板上的吊坠，放了玛丽伯母床边的小桌子上。

"那是什么呀？"玛丽伯母问道。

"是个吊坠，我老师拉塞尔小姐给我的。"我告诉她。

"我能瞧瞧吗？"玛丽伯母问道。于是我拿给她瞧。

"好美啊。"玛丽伯母说。

"这个吊坠象征着爱与庇佑，"我解释道，"是老师的奶奶给她的。她伤心的时候，有这个就好多了，因为会想起就算奶奶死了，也会一直照顾着她。"

"安迪死后，她就给你了？"玛丽伯母问道，我摇头说是。"哇，她可真好。我很喜欢。"玛丽伯母说着，将吊坠递还给我。

玛丽伯母跟我一起睡觉，刚开始我觉得很怪——这么小的床，我离她这么近。街灯照了进来，所以不是很黑。玛丽伯母给我讲了齐普大伯几个好玩的故事，我俩都忍不住笑了半天。

"你大伯就是个疯子。"玛丽伯母说。

"伯母你有没有很想他？"我问道。

"扎克啊，我都说不出有多想那个神经病。每天都想。可我知道，他在天上讲笑话呢，鸡同鸭讲呢。"她的声音，好像很难过，又好像在微笑。

"还在照顾安迪呢。"我说。

"嗯，还在照顾安迪呢。"

"伯母会唱我们的晚安歌吗？"我问道。

"你外婆编的那首？"玛丽伯母问道。

"嗯。"我答道。

"当然啦，我可喜欢那歌了！你妈是怎么唱的来着？"

我教了她怎么唱，然后我俩一起唱了几遍，把我的名字和她的名字都唱了进去。

40
搬走

在玛丽伯母家睡了两晚，爸爸来了。他坐在玛丽伯母家的沙发上，好像变了个人，整个人都筋疲力尽。他衣服是乱的，头发也乱，胡子好像再也没刮过。

他完全变了个人，我在他旁边甚至会尴尬。我就站在咖啡桌旁，盯着自己的脚，我不想看爸爸的新样子。

"过来坐我这儿啊。"爸爸声音很哑。他拍着沙发旁边，我走过去坐下。爸爸的味道有点难闻。我保持了一点距离，爸爸看着我挪开的距离，然后看着我的脸。

"你跟玛丽伯母过得开心吗？"爸爸问道。

我看向玛丽伯母，她站在丁点儿小的厨房里，冲我笑了一小下。

"开心。"我说。

"我就让你俩单独待会儿吧。"玛丽伯母说着，回自己卧室里去了。我不想她走，我想她陪着。

"儿子啊，我……我要跟你商量件事。"爸爸右腿膝盖飞快地上上下下，抖了足有一百万次。

我知道，他要商量的肯定不是好事。肯定是坏事。我肚子疼了起来。

"就是……你回家的时候，你不再跟玛丽伯母一起睡的时候，可能就明天吧。你回家的时候，我不会在了。"爸爸语速很快，字句都仿佛在跟跄。

"你要去哪里呢？上班吗？"我问道。我不知道这种事他有什么要过来跟我商量的，他一直都要去上班的啊。

"不，我意思是说，对，白天我是要上班，但下班后，也不会回家了。有一段时间，我……不会在家里了。"爸爸膝盖还在上下抖动，我看着都快晕了，好难受，我想让他不要再抖腿了。

"为什么呢？"我问道。

"你妈……妈妈跟我商量好了，如果……如果我暂时不跟你一起住，会比较好。"说着这话，他没有看我，就盯着自己那条不安分的腿。我想，不知道他是不是也想停住不动，只不过不知道要怎么停。

"你不会再跟我们一起住了？"我问道。我肚子疼得厉害，眼睛里眼泪越来越多。

"嗯。至少暂时，不一起住了。"爸爸答道。

"好疼。"我双手捂住肚子，拼命想揉走那疼痛感。

"对不起，儿子。我知道你现在肯定不知道是怎么回事。"爸爸看着我捂肚子，挪近了点，手臂绕过我身体。

"不要！"我声音有点大，生气感又扑到了我身上，我跳下沙发，"为什么你不跟我和妈妈一起住在家里了？为什么这样会比较好？根本就不会比较好！"

爸爸想攥住我的手，我却狠狠将手抽走。生气之下，我整个身体都在颤抖，全身又滚烫紧绷起来。

"我知道你不开心。"爸爸开口。

"是因为暴风雨，对不对？"我喊道。

"暴风雨？我不太……暴风雨是什么意思？"爸爸问道。

"你跟妈妈吵的那么多架，你们下的那么多暴风雨。"

爸爸看着我，回答的声音很小很小："嗯，对，就是因为暴风雨。"

"那你们干吗要一直吵架呢？就不能不吵架吗？"我吼道，满脸都是泪水。

"并不是……那么简单。"爸爸说道。

"因为妈妈就像那条蛇一样，被棍子戳了，"我说，"然后现在还去接受那些破采访，而且她脾气都变差了，我恨妈妈！我恨她，我也恨你！"恨妈妈，恨爸爸，我说了好多遍，都是喊出来的——喊出来，就会舒服一点。爸爸的表情很伤心，看见他伤心，我也会舒服一点。

我从没对任何人说过"我恨你"。安迪以前一直跟妈妈说，偶尔也会跟爸爸说。我能看出，这句话很伤他们的感情，尤其是妈妈。安迪说这种话，我会生他的气。现在我也说了，我才知道为什么安迪要这么说。是因为这感觉很好。

爸爸又想握住我的手，想把我拉到他身边。他还在沙发上坐着，而我站着，这样我们就差不多一样高。爸爸两只手一起，擦掉我脸上的泪。擦掉了泪，又有泪流出来，他就再擦。就这样，擦了好一会儿。

"不只是采访那些事，"爸爸说，"只是……妈妈和我需要想清楚一些事，住在一起，就没法想清。我不会走很远的，你还会一直看见我的，我保证。"

我的生气感稍有缓解，紧接而来的，自然就是难过感。一向都是这样。"我想跟你一起走。我不要在家里跟妈妈单独待着，我想要你！"

爸爸长叹一口气，洒在我脸上，不怎么好闻。他连呼吸都是苍老的气息。我后退一步，转头呼吸新鲜空气。

"那是不行的，儿子。"爸爸说。

"为什么不行？"我问道。

"我还要上班，而且……妈妈……我们说好了，现在这样安排对大家都好。"爸爸的字句又在跟跄。

"你不要我了。我跟你分享空间，分享我的藏身处。我让你进来跟我一起待着，现在你却要走。你根本就不想跟我在一起！"我喊着。

"不是这样的，"爸爸说道，"我很爱，很爱你，我……真的、真的对不起。"爸爸想抱我，胡楂把我脸都扎疼了。

我想挣脱，但爸爸抱得很紧，勒得我后背疼。我大声说："放开我！"

"我的天啊，我都说了对不起！"爸爸也喊了起来，推开了我。我重重地跌坐在咖啡桌上，爸爸站了起来。现在换我坐着，他站着，我们再也不一样高了。

玛丽伯母一下就从卧室里出来了。她生气地看着爸爸："行了，我看可以了。"她说。我以前从没见过玛丽伯母生气地说什么话。她跟爸爸互相瞪着，爸爸退了一步，坐回沙发上。

"我要走了，扎克。"他声音没那么大了，语气很累，也很慢，"你看着我好吗？"可我没法看他，"让你这么……难过，我很抱歉。我很快就再来找你，好不好？"我没有答话，我们就那样安静了一会儿。

"那好，那我就走了……"爸爸起身向门口走去。我的眼睛想看他，但我不许眼睛去看他。我听见门开了，"再见，扎克。"爸爸说道。我还是什么也不说，还是不看他，好难啊。然后，我听到门关上的咔嗒一声。我坐在那里不动，很久很久。突然之间，我又不想爸爸走了，于是跳起来跑到门边，大声喊道："等等，爸爸，等等！"然而走廊里空无一人，爸爸已经走了。

41
破汤

玛丽伯母开车送我回家，车停在我家门前时，我有种感觉，好像再也不想回家了。我不想回家跟妈妈独处，我也不想爸爸下班后不会回家。

"我还想在伯母家住，跟伯母一起睡。"玛丽伯母下车时，我对她说道。

玛丽伯母车门没关，转过身来看我："我知道的，小猴子。可以跟我住啊，很快就可以了。但今天还不行，好不好？妈妈在里面等着你呢，咱们进去好不好啊？"我还是不想进去，但玛丽伯母已经下了车，绕到我这边来开门。她伸着手，我只好握住了。她一路领着我走到前门，没有放手。

我们还没按下门铃，门就开了，妈妈走了出来。她样子很疲倦，跟昨天爸爸来玛丽伯母公寓时一模一样。她看向我时，苦笑了一下。她张开双臂，想抱我。于是我上前一步让她抱住了我，但依然拉着玛丽伯母的手，不想放开。

"谢谢你，玛丽。"妈妈说道。然后，玛丽伯母就放开了我的手。

"嗯，不用客气。"玛丽伯母答道。她抬脚走下门廊台阶，经过走道，回到车子旁边。然而，她又转过了头，"那个，扎克啊，你可以给我打电话的好吧？如果你想打……就打给我，好不好？"她进车启动，车开走了。我喉咙痛了起来，泪水充盈满眼。

"好了宝贝，你回家来，妈妈真高兴。你不在，妈妈很寂寞。"妈妈说道，"我给你做晚饭了，上顿剩的火鸡面汤。去年你很爱吃来着，还记得吗？"我喉咙还在痛，没有答话，"咱们进去吧，这里快冻死了。"妈妈说。

我们一起坐在厨房里，对着饭碗。汤闻着很香，但我没喝。妈妈揉着我后背："好啦，扎克，赶紧喝汤。很好喝的哟。"

我拿起勺子，搅着汤里的火鸡块，然而还是一口都没动。

"儿子啊，我知道现在你很糊涂。现在的情况很……复杂，好吗？"妈妈问道，手底还一直揉着我后背。这感觉很好，眼泪重回眼眶，"听妈妈说，妈妈要跟你商量点事。还记得上次咱们说到伯恩医生，说让你去跟他聊聊应该不错吗？"妈妈问道。

听见这话，我挺直了身体，"可你说过咱们不用现在就决定的，而且我都承认错误了。"我声音很尖，大概是因为喉咙疼得太厉害。

"宝贝，你别太激动。你承受了很多……很多事。我就想……伯恩医生真的能帮你，就聊聊你现在的心情……其实挺好的呀。"妈妈说道。

"不好！"我提高了声音，现在不尖了，"我不想去他那里！我想……爸爸什么时候回家呢？"

"他不……暂时不回家了。他跟你解释过了呀，对不对？"妈妈朝我笑着，但笑得有点假。她声音与往常不同，好像在假装好声好气一样。

"是解释过了。"我答道。

"嗯，那就好。你还是能跟他见面的，他……周五来接你，带你出去玩……或者干点别的，好不好？"

根本就不好，我也不想等到周五才见到爸爸，周五还有五天呢。我不想只跟妈妈在家里一起待五天。

"我想去跟爸爸一起住。"我对妈妈说，她的假笑一下子就消失了，"我想去跟爸爸住，然后你周五来接我。"

妈妈盯着我，眼睛眯成了两条缝："扎克，我知道你现在很难过。我也很难过，但这不是我的……我也不想这样的，但我是在安慰你啊，我是在……我要带你去看伯恩医生是为了你好，行不行？拜托你现在能喝点汤吗？""我才不要喝什么破汤！"我吼道。

妈妈倏地起身，将我的碗和她的碗一把抽走，丢进水槽。一声碎裂，好像碗都摔碎了。妈妈转过身来，背靠在水槽上，闭了双眼。我看着她，不知道她为什么要那样，闭着眼站在那里。然而，她又睁开了眼，看向我。

"好，好啊，那就别喝汤了。"她低声说，"听着扎克，你这么伤心，我也很抱歉，我真的很抱歉。但咱们现在就得这样过，你跟我过。你老这样冲我发脾气，我没法忍，你明白吗？而且我已经在伯恩医生那里给你约了时间，就是明天。他人很好，你看见他就知道了。你会喜欢他的，好不好？"

"我能上楼去吗？"我问道。妈妈没有回答，只上下耸着肩，面容枯槁。于是我走上楼梯，径直走进我的藏身处里，打开了巴斯手电筒。然后我想起我把拉塞尔小姐的吊坠和克兰西一起落在楼下了，就在我从玛丽伯母家带回来的包里。可我不想下楼去拿，不想再看见妈妈。没有克兰西的耳朵可以嚼，我就开始嚼安迪睡袋的角。我咬得很用力，牙齿都格格作响。我咬得这么使劲，是为了不再哭。

42

终于只剩下我啦

四人躺在小床上，
一个小人开口唱：
"翻身翻身快翻身！"
四人一起翻了身，一人咕咚掉下床。

三人躺在小床上，
一个小人开口唱：
"翻身翻身快翻身！"
三人一起翻了身，一人咕咚掉下床。

两人躺在小床上，

一个小人开口唱：

"翻身翻身快翻身！"

两人一起翻了身，一人咕咚掉下床。

一人躺在小床上，

这个小人开口唱：

"终于只剩下我啦！"

　　《十人躺在小床上》是我上学前班时在科太太班里学会的歌。第二天早晨，我坐在厨房里时，这首歌突然就冒了出来。我又在厨房里看着日历，然后这歌就在我脑海里一遍又一遍地回放，好烦好烦啊。日历还挂在墙上，我想，刚开始我家是有四个人的——日历上有四个人。日历还是一样有四排，没人去改。

　　然后就少了一个人，因为安迪死了；然后就又少了一个人，因为爸爸把我丢给了妈妈。我取出抽屉里的马克笔，画了几条线，划掉了安迪那排和爸爸那排。剩下的，就只有我那排和妈妈那排了。我本想把马克笔放回抽屉，却又走到日历前面，把妈妈那排也划掉了。因为妈妈好像也不见了，现在的妈妈很凶，也不再像是家里的一分子了。

　　我的朋友尼古拉斯有只小狗，名字叫"终结者"，他们就亲昵地称它"小者"。这名字挺有意思的，都叫"终结者"了，那肯定得是条又大又吓人的狗啊，可这狗特别小，吠声也尖尖的，根本就不吓人，只会很搞笑。但先不管名字啦，总之他家院子里有个隐形护栏，终结者戴着条特殊的狗链。每次它要是离护栏太近，狗链就会电击它一下，这样它就不会跑掉了。尼古拉斯说，大多数狗狗被电击个一两次就学乖了，不会再靠近护栏，但终结者大概不太聪明，还在一直被电击，然后就尖吠几声，跑走了。

我想起终结者和隐形护栏，是因为妈妈和我之间好像也有种护栏挡着。我一走近妈妈，就会被她的凶给电击到，我试了好几次。但后来我就学聪明了，比终结者聪明，我就不再去试了。而且，我本来也不是很想跨越护栏，去妈妈那边。

所以，这也是妈妈不见了的另一个原因。这样，我就是四个人里的最后一个。日历上我那一排，是唯一没被划掉的一排。我倒不需要这东西，因为现在每周每天里并没有什么要记住去做的事。我根本就什么也不做了，就待在家里，现在每周一要去伯恩医生那里。今天早晨，妈妈带我去了第一次。她没跟我一起进医生办公室，就在外面候诊室里坐等。好怪啊，候诊室里有台机器，发出的巨大声响好像在下雨。

刚开始时，我不想自己去伯恩医生办公室里，但他其实很好，而且他的办公室也不像个医生的办公室，倒更像是游戏室。他有一大堆玩具，堆得到处都是，还有好多不同颜色的大垫子，可以坐在地上。他自己就坐在一个好大的橙色垫子上，还问我想不想玩乐高积木。他这里的乐高是大孩子款的，跟我在家玩的不一样。不过我还是跟他一起玩了，我们就各自用乐高拼高塔，看谁的塔先倒。他说我不用叫他"伯恩医生"，叫他"保罗"就好。玩一会儿积木，他就说，可以回家啦，还问我下周想不想再来，于是我说："好。"

所以还不错，要是保罗只想玩玩乐高的话，那我每周去看看他也无妨。我都不知道，这样就能帮我调节心情。这样的话，我也不需要写在日历上才能记住去看他。于是我又用马克笔把整张日历都涂花了。

歌里的"小人"就是我啊。因为我就是家里最小的一个，也是床上的最后一个。只不过，歌里的小人是故意的，故意要独自一人，所以歌词最后一句才是："终于只剩下我啦！"我不想这样的，但就是这样了。

于是，现在的我就好像躺在这张巨型大床上，又大又空，身边是一堆堆的空白，了无一物。

紧接着发生的坏事是，藏身处也不管用了。我把日历整个涂花后就去了藏身处，我想，在藏身处里会开心的吧，因为只有一点点空间，而且有我和我的心情画纸、安迪和我的合照、我的书和拉塞尔小姐的吊坠以及克兰西和巴斯手电筒，挤得满满的。而且还有安迪。因为在那里，我会假装安迪还在，所以，在藏身处里就好像床上还有两个人。

我走进藏身处，像往常那样关上了门。像往常那样，拧开巴斯手电筒，坐在安迪的睡袋上。我做的事都像往常一样，周遭的样子也都像往常一样。可我却没像往常一样，渐渐平复。藏身处外面那害怕的感觉、那孤独的感觉都跟着我进来了，没有走脱。我闭上双眼，努力去想脑袋里的保险箱，想把不好的心情都推进去，也不管用。我重又睁开眼，突然之间，我知道是怎么回事了。

安迪不在了。他走了。我再也感觉不到他了。

"安迪？"我这样叫着他，却知道他不在了。我大声抽噎，"拜托你回来吧，安迪，求你了求你了求你了。"我拾起天使翅膀吊坠，在指间揉捏。我等了一千遍，求安迪回来一千遍，但无济于事。

于是我把吊坠放在裤兜里，摘下了墙上安迪和我的合影，搂在怀里。我站起身，走出衣柜间，关上了门。

43

悼念的气球

今天是 12 月 6 日，也就是说，离圣诞节只剩不到三周的时间了。整整两个月前，拿枪人来到学校，杀死了安迪。麦金利今天搞了个特别悼念仪式，妈妈、爸爸和我要一起去。这是爸爸离家后，我们三个第一次共处一室。

爸爸早晨来接我们，走进家门时，几乎像是客人。妈妈说他迟到了，然后，一路开到麦金利，谁也没说话。到处都停满了车，爸爸只好把车停到离学校很远的地方。

"咱们应该半小时前到的。"妈妈说着就抬脚向学校走去，步子快且大。她一只手扶着帽子，呼吸在她周身变成白汽。爸爸和我跟在她身后，我一路小跑，因为妈妈走得太快了。我们绕过有大水塔和篮球柏油地的转角，然后就到了麦金利。学校看起来一如往常，但感觉却不如往常，像是个我从未来过的陌生地。

看见麦金利时，我不再小跑了，脚步放得很缓慢。妈妈没注意到，还是走得很快，我与她之间的距离越拉越大，但爸爸转了身。

"快来啊，扎克。"他说。

我停下脚步，看着麦金利。突然，窗户仿佛都成了眼睛一样的东西，好像都盯着我看，简直太瘆人了。"我不想进去。"我说。

"你们俩能不能快点走？咱们已经迟到了。"妈妈朝我们喊道。爸爸朝妈妈举起一只手，好像在说："停。"妈妈满脸不满，转过身去继续向前。

爸爸回到我站立的地方，手臂环过我肩膀："咱们好像不用进教学楼里面，"他说，"仪式要在外面开，而且不会很久的，好不好？"我们跟在妈妈后面，我努力不去看麦金利，不去看那瘆人的窗户眼。

校门前面到处都是人，有人站在草坪上、环形车道上，还有很多人站在幼儿园操场旁边的沥青道上。我看见有人拿着好几个大塑料袋，袋子都飘在空中，里面有一大堆白气球，宛如一朵朵大片白云。马路另一边有一大堆新闻车，新闻车前面都是拿着麦克风的新闻叔叔阿姨，有些正在采访别人。我看见了旺达小姐，她靠在那辆侧面写着"地方4台"的新闻车上，但没在采访，而是在读着什么东西。想起上次在我家发生的事，我很开心她没抬头，没看见我。我用目光搜寻着德克斯特，但到处都看不见他。

妈妈正站在沥青道上，在拥抱别人，跟他们讲话。我看见了奶奶和玛丽伯母，站在沥青道的一边。玛丽伯母笑着挥手，爸爸和我朝她们走了过去，玛丽伯母抱了抱我："你好啊，小猴子。"她耳语道。然后我们就站在那里，看着妈妈，谁也不说话。我到处张望，想找拉塞尔小姐，但没找着。

"你好啊扎克宝宝。"身边有人对我说。我转过头去看，是史黛拉太太，综合处的老师。她冲我微笑，然而是那种苦笑，"最近怎么样？这位一定是你爸爸吧？"史黛拉太太问道。爸爸回答："是的。"史黛拉太太又说："请您节哀顺变，泰勒先生。"然后跟爸爸握了握手。

我不知道为什么大家还在跟我们说这四个字，安迪已经死去两个月了，大家还在跟我们说"很遗憾""节哀顺变"。简直像过新年时一样，有时新年当天没看见什么人，然后过几天、过好几天看见，他们还会跟你说："新年快乐！"可新年都已经过去好久了啊。

"谢谢您，"爸爸答道，"这是我母亲，我嫂子。"

奶奶和玛丽伯母也跟史黛拉太太握了手。

"给，你们拿了'希望与支持'胸针了没？"史黛拉太太说着给了我们每人一枚白色胸针，胸针闪着光，看上去像条丝带，但其实是金属做的。爸爸帮我戴在了外套上，我摸着丝带——又凉又滑。

"仪式结束时一定要去拿个气球哦。我们要一起把气球放走，来悼念……你哥，还有别人。多好啊是不是？"史黛拉太太问我。

玛丽伯母朝我使了个眼色，好像在说"好个头"。我差点失笑，于是赶快低头看地。

我四处搜寻着妈妈的身影，终于在沥青道的另一边发现了她，她正跟幸存者那群人里的茉莉亚妈妈说话。她们身后就是操场的护栏，护栏上有几张很大的照片。我注意到，都是拿枪人杀害的死者的照片。照片前面摆了白花，正中间搭了个台子，上面有个麦克风。透过其他人的身影，我想找到安迪的照片，但大概被好多人挡住了，没找着。不过，我看见了里奇的照片，就在麦克风旁边。里奇照片旁边还有张小点的照片，是里奇妈妈，因为现在她也死了。

史丹利先生走到麦克风后面："大家早上好。"他说。麦克风发出刺耳声响，刺痛了我的耳朵。史丹利先生拧了拧麦克风旁边音箱上的几个圆钮，"好点没有？"他问道。好点了。

"咱们准备开始了。大家都靠过来，一起站在这边好吗？"他朝还站在草坪和车道上的人招着手，大家走了过来，做新闻的人也走了过来。大家都在朝前挤，现场变得很挤很挤。站在我前面的大人太高，我都看不见史丹利先生和妈妈了。

"各位都知道，今天是麦金利致 19 人丧生惨案的两个月纪念日。死者都是我们的家人、朋友与同事。"史丹利先生对着麦克风说道，"今天的悼念仪式，就让我们先为诸位死者默哀一分钟。"然后就安静起来，身边大家都低下了头，闭上了双眼。我不知道这是在干什么，我看向爸爸，他朝我眨了眨眼。

然后是史丹利先生讲话，讲的是拿枪人杀害的所有人，一一说出姓名。说到安迪的名字时，爸爸捏了捏我戴着手套的手。我穿着鞋的脚开始发冷。念过每个人的名字后，史丹利先生说他现在要请鲁迪·穆里市长上台，市长也有几句话要讲。然后，一个语速很慢的人就开始讲话。市长就是市里的老大，我想看看他长什么样子的。

"爸爸，你把我抱起来好不好？"爸爸搂着我胳肢窝，抱我离地。市长穿着黑西服，打着红领带，头顶上头发不太多，就后脑勺那里有一点。他个子很高，比史丹利先生还高，所以也要弯腰才能对着麦克风讲话。于是我就看见他脑瓜顶上亮亮的，他样子好像个普通人，根本不像一座城市的老大。

我看向妈妈站立的地方，我看见外婆现在就站在她旁边。妈妈根本没看市长讲话，看的是我们这边，我们背后。我转头看她在瞧什么。于是看见，站在草坪上的，是查理的老婆，跟其他人保持着一点距离。就在这时，爸爸放我下了地。

我拉拉爸爸袖子，他低下头来，我朝他耳语："查理的老婆也来了。"

爸爸直起身子，看向我们身后，又看看妈妈那边。他闭了眼："完了！"

市长还在对着麦克风讲话，然而我注意到，很多人在转头，窃窃私语。还有人走到一边，我们这里本来就挤，这下更挤了。

然后，我就听见了妈妈的声音："玛丽！"她叫得很大声。又有人走开，我再听见妈妈声音时，那声音并非来自刚才她站的地方，而是来自人群后面，查理老婆刚才站的地方。"玛丽！"妈妈又叫了一声，"你还敢来！"

"我的天啊。"奶奶在我身后说道。

市长还在讲话，但声音越来越小，后来就索性停下了。所有人都转过了头，看向我们身后。我还是什么也看不见，于是想挤过人群，挤到后面，我刚听见妈妈声音的方位。

我看见妈妈和查理的老婆都站在草地上，两人之间有些距离，对视着，好像要在草坪中央来一场决斗，在场各位都将目睹。

搞新闻的人也转了过来，然后我看见了德克斯特。他站在草坪边上，举着个摄影机，对准妈妈和查理的老婆。他居然会这样，我生起气来。旺达小姐就站在他旁边，满脸激动。很高兴的那种激动。

"你今天还敢来！"妈妈朝查理的老婆吼道，好像下一秒就要扑上去。

"别说了！"查理的老婆说道。她没像妈妈那样用喊的，但声音也很大，大家都听得见，"你别再说了。"她说。她向前一步，朝妈妈伸出双手，"求你了，你为什么要这样对我们？"

"我为什么要这样对'你们'？"妈妈大笑一声，那声音很难听，好像巫婆一样。妈妈转过身，看着沥青道上的所有人。她朝我们喊道："她想让'我'别再这样对他们！"

"我的天啊。"我身后的爸爸低声道。我转头，看见外婆站在爸爸身边。她双手捂嘴，眼泪不住涌出。我身边有人在说："太过分了。"

我不想妈妈说那些话，像巫婆一样笑。摄影机全都对准了她，这样看电视的人也会看见她做的事了。

"我想求你，放过我们。我们……我家也在受苦。你放过我们吧。"查理老婆说道。她双手攥在胸前，好像在祈祷。

"太好了！简直太好了！"妈妈喊道，"他们也在受苦。各位，你们听见了没有？他们也在受苦，而且是因为我这样对他们，他们才受苦。"妈妈又发出一声巫婆笑，声音都不像她自己的了。

"你看见这里在干什么了吗？"她比了个手势，指着在场所有人，"所有这些，都是因为你们，是你们害我们这样的！都是因为……你们养出的那个禽兽，因为你们没阻止他！"

身边人纷纷发出"天""天啊"的感叹，就在那时，查理老婆瘫软在地。她双膝着地，双手掩面。

"你给我走！"妈妈冲她吼道。

爸爸捏了捏我肩膀，然后朝妈妈走去。他低着头，好像希望没人看见他。他走到妈妈身边，低声跟她说着什么，想去牵她手臂。

"别！"妈妈声音很高，推了爸爸一把，"你别让我冷静！"爸爸想抓住她胳膊，看着她的眼神也充满了怒火，然而她抽走了胳膊，双眼圆睁，浑身颤抖。

一个阿姨走到查理老婆身边，扶她站起，一起朝停车的地方走去。爸爸离妈妈近了一些，又开始对她讲话，妈妈转过身走了。爸爸朝我挥手，让我过去。我走了过去，走过草地时，满脸满脖全身都好像被泼了红果汁，着了火。我知道，所有人都在看着我。

我看向德克斯特，他的摄影机依然对准我们——我和爸爸，跟在妈妈身后朝车那边走去。

　　我们在车里坐了很久，谁也没有说话。我不明白为什么不开走。我看向窗外，突然之间，我看见水塔后一片壮观，白云飘上天际。那是悼念的气球，我看着气球越飞越高，直达云霄。就好像气球一路飞到了天堂。

44

聚光灯一刻

悼念仪式后那天早晨，又来了几个新闻大车，停在我家门前，就像那次地方 4 台新闻车停在我家门前来采访时一样。我在窗户后面看了一会儿，但什么也没发生，也没人走下大车。车就那么停在那里。就这样，我还挺高兴的，我可再也不要接受采访了。我只是在想，他们来这里干什么呢？看着看着，我就无聊了。

我走下楼去找妈妈，想问她为什么门前有大车。妈妈在小客厅里看电视，我坐在沙发上她身边。好像妈妈红了，电视画面上就是她。是新闻，播的是那天的悼念仪式，妈妈跟查理老婆站在草坪上吵架那一幕。我不想再看一遍，不想再看咆哮的妈妈。"各位，你们听见了没有？他们也在受苦……"然后就发出个巫婆笑，然后又说查理老婆养了个禽兽，然后查理老婆就瘫倒在草地上。

然后，新闻就照到了我——我上电视了呢。电视上的我，跟在草坪上爸爸身后。电视画面好像放大了，我脸都红透了。是德克斯特的摄影机拍的，因为他当时就在对准我拍，而且就是他让摄影机这样放大我的脸的。看着新闻里自己的红脸，新闻外我的脸也滚烫起来。眼里都是泪水。德克斯特这样对我，我真的很恨他。

画面不再放我的脸了，现在放的是旺达小姐。她手里拿着个麦克风，在跟一个阿姨讲话。我认出来，是昨天走过去扶查理老婆起来的阿姨。

"我就觉得她太过分了，就这样。"阿姨对旺达小姐说道。就在那时，她话音刚落，悼念的气球就在他们身后飞上了天。所以那时我们刚离开悼念仪式，正在车里坐着。电视上的阿姨和旺达小姐转过身去看气球，绽放出悲痛的微笑。阿姨继续说道："失去了儿子，她跟她家人现在承受的痛苦，自然是我难以想象的。但我真的觉得，我也不知道她这样能有什么用，她儿子又不会复活。而且对方也很可怜啊，对不对？我觉得两方都很可怜，就是这样。"旺达小姐摇头说是，满面严肃。

外婆走进小客厅，我都不知道外婆过来了。"宝贝啊，你怎么还在看这个？他们就要一遍遍播同样的东西。"

妈妈眼睛不离电视："妈你能相信吗？我去他妈的米歇尔，就为了在聚光灯里待一分钟，什么都说得出口是不是？"妈妈看了我一眼，大概因为说了那个不好的词。

外婆长叹一口气："你退一步，冷静一下，说不定会好点的。你都累成这样了，宝贝。"妈妈低了头，许久不发一言，我看见她眼中有泪珠滑落，掉在她腿上。

"可我怎么能冷静呢？"妈妈问道。她擦掉眼泪，然而泪珠依然不断滚落，"我很累，我真的很累。可我能怎么办呢？就这样继续生活下去？接受他们家儿子的所作所为？"妈妈呜咽着，好像在忍住哭泣，但忍也忍不住。她整张脸都布满了红点。

"我不知道,宝贝,"外婆声音颤抖,"可我不想看你这样折磨自己啊,现在的状况已经……够难了。"

"他们……他们现在简直是在洗白成受害者,"妈妈指着电视说道,"看啊,他们只是在大肆渲染这一件事,这一个场景。就好像玛丽才是受害者。可这事是她儿子干的啊!我知道就算这样……安迪也不会回来。我知道的!可我不知道该怎么办……"妈妈起身,快步走进厨房。外婆看着我,形容悲伤。她揉了揉我头发,然后跟着妈妈一起走进了厨房。

我留在沙发上,继续看着电视,现在在放广告,广告放完,新闻就回来了。讲的不是妈妈和查理老婆了,画面上是夜晚的墓地——漆黑一片,什么也看不清,但好像是安迪葬礼时我们去过的墓地。我认出了墓地里面的路,安迪葬礼时大家都把车停在了那里,也是在那里,爸爸和外婆一边一个扶妈妈进车,因为她被那沉甸甸的悲伤毯子压着,难以站立。

现在,路上只剩一辆车了,一个大叔正朝车走去。镜头放大,我看出大叔就是查理。查理取出口袋里的车钥匙,要开车门,却将钥匙掉在了地上。

"查理,能跟你说句话吗?查理?"一个声音说。也可能是两个声音,第二个"查理"的声音好像不太一样。查理弯下腰去捡钥匙,一个叔叔走到他身边,手里举着麦克风。这么说,这个叔叔是做新闻的。一束光打在查理身上,他周身的黑暗都亮了起来。他站起身时,做新闻的叔叔将麦克风伸到他面前。光直射到查理眼中,他眨了眨眼。他的样子,比上次来我家时妈妈凶他时还要苍老。他面颊骨骼林立,眼眶尽是乌黑。

"查理,你能评论一下针对你和妻子的指控吗?某些受害者家属说的那些话?"新闻叔叔问道。查理什么也没说,只是很慢很慢地转过头,不再看光射来的方向，看向身边的叔叔，好像想搞明白是谁在跟自己说话。接着，他再次转头，打开车门，这次钥匙没掉。他坐进车里，关了车门。

查理开走时，车速很慢很慢。新闻叔叔对着麦克风说道："每天夜晚，麦金利枪击案凶手小查尔斯·拉纳雷兹的父亲查理·拉纳雷兹都会到访儿子的坟墓。没有一天，他不……"

"扎克？"厨房里的外婆喊我。我没接话，还要听这个新闻叔叔要说查理什么呢。可是，外婆走了过来，拾起妈妈留在沙发上的遥控器，关掉了电视，我想听的话刚说到一半。

"你爸来接你去吃早饭了。咱们准备一下出发吧？"外婆说道。我都忘了今天要跟爸爸去餐厅吃早饭了，现在每周日他都来接我，带我下馆子，吃早饭。这个传统很新也很旧，以前是我和安迪还有妈妈爸爸一起，全家人一起去，但现在只剩我和爸爸了。

"前门！"我听见厨房里的机器人阿姨说道，然后就是门重重关上的声音。"我的天。"外婆说着，我们一起走进了厨房。爸爸从门口走了进来，满面愤怒。

"你进来的时候也被他们骚扰了吧？"外婆问爸爸。

"整件事真太可笑了，"爸爸说，"完全不讲分寸了。"

爸爸压低声音问外婆："他出过门吗？"

"还没有呢。"外婆答道。

"天。好吧。"爸爸说道。

他走了过来，对我说道："扎克啊，咱们今天就不去餐厅了好不好？"

我不明白为什么爸爸突然就不想出去吃早饭了。除了悼念仪式，我整个礼拜都没见过他。如果他不想跟我去吃早饭，干吗还要来家里？愤怒又在我肚子里酝酿，泪水噙满我的眼眶。

"来，给你看点儿东西。"爸爸走到窗户前面，稍微拉开了窗帘。我看见还有几辆新闻车停在我家门前，有几个人站在那里，一个人扛着摄影机，一个人举着麦克风。他们都站在一辆新闻车旁边，看向我们家。我认出了拿麦克风的叔叔，就是刚才新闻里在墓地里跟查理说话的那个人。

爸爸松开窗帘，转身对我说："看见外面那些人了吗？他们都想让咱们跟他们说话，而且为达目的态度都比较蛮横。所以我才觉得，你今天还是待在家里比较好，明白吗？"爸爸问道。

"好吧。"我答道。我想着查理昨晚在墓地被光照射时眨眼的样子，想着他的脸孔——苍老、辛酸又恐惧。

45
行动起来

　　爸爸走了以后，我回到楼上。穿过走廊时，我听见安迪房间里有声音传来，是哭声，但好像来自很远的地方或者水底下。我停住脚步，听着这声响，不知道到底是什么。"呜——呜呜呜——"就好像鬼的声音一样，我浑身起了鸡皮疙瘩。

　　然后安静了一会儿，我走进安迪房门，向里面窥探。空无一人。我想，可能是我幻听了。然而我刚一这么想，声音就又起来了。我看向声音传来的方向，是安迪的上铺。

　　我看见了妈妈的头——她头发都散在安迪的枕头上。我蹑手蹑脚地走进卧室，走近安迪的床，想看看妈妈在那上面干什么，但看不太清，她在上面很高的地方。于是我爬上几级梯子，不出一点声音。

　　妈妈躺在安迪的毯子底下，整个人颤抖得厉害。她抱着安迪的枕头，脸贴在上面。她用枕头捂着嘴哭泣——所以刚才哭声才像是来自很远的地方。我看着妈妈，看她躺在那里哭，我喉咙堵塞得很厉害。

然后我爬到了梯子顶上，安迪的床上，躺在妈妈身边。妈妈松开了枕头，看着我。她满是泪水的脸红了起来，眼白也尽是红的。我伸出手，抚她的脸，全都是汗。她头发还湿着，被不知是汗水还是泪水的液体沾在脸上。

"妈妈，你还好吗？"我声音仿佛是在耳语。

妈妈脸上皱出很多皱纹，她掀起安迪的毯子，我钻了进去，躺在她旁边。妈妈一手环绕住我，将我拉近，我们额头相抵。

毯子底下很热，妈妈身体的热气向外散发，几乎可以触摸到。她双眼闭得很紧，呼吸急促，喷在我脸上，但我没有挪开。妈妈的眼泪一路下滑，她就任泪水横流过鼻，淌进安迪的枕头里。

"妈妈？"我低声耳语。

"嗯？"妈妈应着，眼睛仍是闭着的。

"你哭是因为那个新闻吗？"我问道，"因为旺达小姐还有那个阿姨那样说你？"

妈妈睁开双眼，苦笑一下："不是的宝贝，跟那些都没关系。我只是……你知道吗，我好想你哥。我好想、好想他。"她紧紧地抱着我，我们什么也没再说。我听着妈妈低低的呜咽，又想起新闻里的查理。

"你还要继续生查理的气吗？"我问。

妈妈从鼻子中长长地舒出一口气："哎，扎克，"她语气并不显愤怒，只是很疲劳，"我不想生气的……但都是他的错，安迪现在才不跟我们在一起。"

"可我觉得，他很抱歉呀。"我对妈妈说。

"可能吧。"妈妈答。

"真的，我知道的，而且他也很难过，像我们一样。"

"是吗？"妈妈说着，将头稍微枕回枕头上一点，于是我们就不再额头抵着额头了，"有多难过？"

"他是我朋友，我是他的好哥们儿。你也是他朋友啊，对不对？他都跟你一起套袋赛跑了。"我说。

"那都是好久好久以前的事了。"妈妈说道。

"咱们俩是他全学校最喜欢的学生呢。"我说。

"哎呀，扎克，他跟所有人都是这么说的。"妈妈说着又闭了眼。我觉得她说的不是真的，他才没跟所有人都这么说，只有我们俩。

妈妈呼吸平缓起来，我知道她快要睡着了。我在她身边躺着，动也不动。我喜欢躺在妈妈身边，自从妈妈被棍子戳了以后，我们就好久没躺在一起了。

过了一会儿，毯子底下太热了。我慢慢起身，不想吵醒妈妈。我爬下梯子，走下楼时，外婆正在厨房里做晚饭。晚饭是意大利面加红酱汁，外婆还让我跟着一起做沙拉——用沙拉甩水器甩生菜，然后切黄瓜。晚饭快做好时，妈妈下了楼，一边头发很乱，眼睛四周又红又肿。她坐在吧台椅上，双手搁在吧台上，下巴杵在上面。她看着我跟外婆一起做晚饭，一直苦笑。

我们坐在餐厅桌边，开始吃晚餐，没人说一句话。妈妈又什么也不吃，就用叉子搅搅意面。厨房电话响了，妈妈起身去接。几分钟后，她回到了餐厅里。

"伊顿家明天要跟律师一起过来。"妈妈在桌旁坐下。

外婆嘴唇抿成了一条细线："宝贝，我在想……你有考虑过咱们说的话吗？就是……换种角度来看这件事？不要再去针对查理和玛丽了。我跟你说过这个团体的——'妈妈要行动'，真能做成大事的呢。你去那个团体发发声，行动起来，预防……"

"我知道。我也想的，"妈妈说道，"但现在还不行，我现在还不想考虑那个。"

"谁要来？"我问道。

"哦，"妈妈答道，"伊顿家啊，还记得吗，茉莉亚家长。"

"记得。"我说。

妈妈看向外婆，外婆眉毛挑得很高。

"他们跟律师一起来要干什么？"我问道。

"这个嘛，宝贝，就是……我们要跟他商量一下，下一步要怎么对付……拉纳雷兹家，就是查理跟他老婆。要把开庭日期定下来。"妈妈说。

"你要上法庭告查理？"我这样问着，肚子不舒服起来。因为爸爸的工作，我知道"上法庭"是什么意思。意思就是，会有个法官来判定谁是对的，然后不对的人就要被惩罚，要进监狱。所以，妈妈就想这样——让查理进监狱。下雪的第一天，我跟爸爸一起去餐厅喝奶昔时，爸爸说过查理不用进监狱的，看来他说的不是真话。

我全身又烫了起来，倏地起身，双膝不住颤抖："可你都说了，你不想再生查理的气了！"我声音很大，也在颤抖，"刚才咱们躺在安迪床上时你都说过了，你说过了的！"

"扎克啊，宝贝，你冷静一下。我没……"妈妈开口。

"你就是说了！"我朝妈妈吼道，我们都瞪着对方。我们一起躺在安迪床上时，感觉很好，可我错了——才不会好起来，现在只会越来越难过。现在，妈妈要让查理进监狱，一切都只会更难过了。

"扎克啊，你过来好不好？我们只是……只是要商量一下可能的做法。"妈妈想牵我的手，我将手抽走。

"离我远点！"我吼着跑出餐厅，跑回楼上。我多希望能去藏身处里，跟安迪倾诉。可我现在都不去藏身处了。

我也不知道，为什么会觉得安迪已经不在那里。觉得他消失以后，好几次我去安迪房间里，看着那张空空如也的上铺。我想，我要再去藏身处里看一看。可后来又没去，因为我知道那里面已经变了，那种安迪已经走了的感觉，我再也不想去感受一遍。那感觉，就像有人一拳打上我肚子。

于是我就回了自己房间，关上了门。我坐在自己的椅子上，呼吸急促，肚子剧痛。一切都永远只会更难过，我真的好害怕好害怕。我好像要吐了，快步走进卫生间，坐在马桶前面。地板贴着我的腿，很冷很冷。我肚子很难受，但却什么也没吐出来，只有眼泪不停、不停、不停地流。

我听见有人敲我卧室门，于是快速起身，想把我房间和安迪房间的门都锁上。

"扎克？"是妈妈在我卧室里喊我。接着，她就敲了卫生间的门，"扎克，你在里面吗？我能进去吗？"妈妈说道。

我不想跟妈妈说话，于是隔着门回答："我在上厕所呢。"

"好的宝贝，我就是想……看看你有没有事。"妈妈说。

我只"嗯"了一声，然后就听见妈妈离开我房间，关上了门。

过了一会儿，我站起身，用凉水冲了冲脸，看着镜子。我眼睛都是红的，我盯着镜子里自己的红眼睛。人要是想哭的时候看镜子，就会哭得更厉害。

"别哭了。"我大声对自己说道。

"我说了，别哭了！"就好像是身体的一部分在跟另一部分讲话，"别哭了，别哭了，别哭了！"

我又冲了一遍脸，回到房间里，就那样站在房间中间，思考该怎么办。

"你一定要行动起来，"我对自己的另一部分说道，"要不然情况只会更糟。"

"好的，但要怎么行动呢？"我的另一部分这样回答，声音不大，只在我脑海里。我想了很久，没有走动，也没有坐下。我就站在房间的正中央，思考着该怎么办。

46

紧急任务

"又要执行任务了吗？"安妮问道。

"对呀。"凯瑟琳回答。

"而且现在很紧急了。"泰迪说道。

"梅林马上就要撑不住了。"凯瑟琳眨着眼睛，不让眼泪落下。

"不会吧！"安妮说道。

"摩根让你去找幸福最后的秘密，今天就去。"泰迪说道。

今天是杰克和安妮为梅林寻找第四个幸福秘密的日子。他们俩的朋友魔法师凯瑟琳和泰迪来到了神奇树屋，传达摩根的任务指令。摩根有点像他们老师——神奇树屋就是她的屋子。

今天也是我去执行任务的日子。整个早晨，我肚子里都好像在坐疯狂过山车，两条腿抽动个不停，要不停地挪来动去才行。我想把克兰西放在腿上，在床上静坐一会儿，静心读《神奇树屋》第 40 册——《企鹅皇帝的前夜》，这样我就能去想杰克和安妮的探险，就不用想我自己的探险了。

每次我一想到自己的任务就会害怕起来，于是我就又让身体的一部分跟另一部分讲话："别害怕了，要去执行任务了啊。勇敢才能执行任务，记得吗？"

还不到我执行任务的时间，但快到了。我集中精神看书，但老会走神，一直要回到这一页开头，重新读过。就算是这样，我还是不记得刚刚读过了什么。

我的计划很稳妥，物资很完备，但还没到行动的时间。最完美的时间是午饭以后，妈妈跟律师开会的时候。因为到那时，妈妈就不会注意到我在干什么，我就可以先发制人。

我的任务就是去安迪下葬以及查理儿子下葬的墓地。新闻叔叔说，每晚查理都会去看儿子，所以我也要去墓地，然后就在那里等着查理来。我一定要去墓地，因为不知道他家在哪里，也不知道他电话是多少。

我想跟他说说话，说妈妈那样讲他，我很抱歉。我想带他再来家里，这样我们就能一起跟妈妈谈谈，然后大家就再也不会吵架了，说不定爸爸也可以回家了。

准备执行任务是很辛苦的——我整个早晨都在筹备，一直在想还有哪些东西要带。对于杰克和安妮来说，这都很简单。他们只要点一点书，说："我们想去那里！"然后，砰的一声，他们就到了。此外，他们也不用担心要收拾行李，因为他们会魔法一样地变出所有所需装备，穿在身上。《企鹅皇帝的前夜》里，他们一起到了南极洲，已经装备好了雪地裤、手套还有护目镜。杰克的背包还变成了徒步者背包。

要是墓地也有这么本书就好了，我一说"我们想去那里"，就能自动过去，装备一应俱全。但那是不可能的，我只能自己做好计划，自己打点行囊，自己独自前往。

一想到最后一步，我肚子就在打鼓，腿也跳个不停——怎么在妈妈眼皮底下溜出去，自己一人到墓地。我认识路，因为就在我以前的学前班旁边，我都去过一千次了。可尽管离得很近，开车只有五分钟，我却从没走路去过。妈妈老说，我们其实应该不要开车，走过去，但从没真的走过，因为早晨总是很着急。

我决定把《神奇树屋》第40册《企鹅皇帝的前夜》放进背包里，反正也做不到静坐读书了，这么长时间我才看了大概三章，但可以带去在墓地时看。我取出放在床底的背包，背包很重，因为刚才我用行李带把安迪的睡袋绑在书包底下了。多放这一本书，书包就满了，什么也放不下了。

我又在脑海中过了一遍计划，就在那时想起了警报器。昨晚在想怎么溜出去时，我想到了警报器，想到妈妈开会、我出门时，机器人阿姨会说："前门！"然后妈妈就会知道我打开了前门。不过呢，我本来就没法从前门出去，因为新闻车和做新闻的叔叔阿姨们会看见我。于是我想出了一个特别厉害的计划，但差点就忘了最关键的一步。

我打探了一下，妈妈在她自己房间里待着，门关着。于是我飞快地从书桌上抓起一支铅笔，跑下楼去。我将车库门打开了一点点，登时听见厨房里叫了一声："车库门！"我用铅笔抵住门，这样门就不会关闭，但只有一点点，这样妈妈就不会发现。然后，我迅速地跑回了楼上。

门铃响了好几次，我听见妈妈走下楼去。楼下传来一阵声音，我站在房间里，心跳啊，跳啊，跳啊。差不多要到时间了，该行动了。我等着所有人的声音离门口渐行渐远，大家大概都去大客厅里坐着了。

我又上了一次厕所，然后穿上藏在床底背包旁边的鞋和外套。我刚要背上背包，就看见了那堆卡车，难以移开目光。上次我发火，踢了卡车一脚，现在它们还散得到处都是。我不想就这样走，于是走了过去，将卡车排成一条直线。这样就好多了，这样才能放心地走。

我在楼梯顶上等着，听着楼下的声音。这是最难的一步——下楼，出门。我踮脚走下楼梯，努力不让地板咯吱响出来，必须要一路只走在楼梯边上，这样才能不咯吱。还有个问题在于，大客厅里能看见最后一级楼梯，所以比较难。我在距底部还有几级台阶的地方停下脚步，心跳声那么大，大客厅里的人大概都听见了。然后我迅速走下最后几级楼梯，绕过扶手，跑到车库门前。我等着妈妈叫我："扎克，你去哪里啊？"但并没听见。大客厅里的人还在讲话，根本就没人发现我下了楼梯。

铅笔还在门里卡着，门还开着一条缝。我又把门拉开一些，挤了出去，然后关上。我穿过车库，打开边门，边门的锁里卡着一把钥匙，因为已经变形了所以拿不出来，但还是可以开门的。我走进后院，在那里站了一分钟。外面很冷，我鼻子都冻疼了。我一只手插进裤兜，摸了摸天使翅膀吊坠。我从安迪的书桌上拿了他的乐高手表，现在看看时间，是 2 点 13 分。

47

白车上的史酷比

　　背包前兜里有一张地图，是我昨晚画的，从我家到以前学前班，再从那里到墓地的路线。我突然想起每集朵拉①开始时，她跟布茨出发前都会说的那句话："不知怎么走，要问谁呢？地图！"然后地图就会从朵拉背包里跳出来，唱着歌："我就是地图，我就是地图，我就是地图，我就是地——图！"那声音还挺烦人的。地图会告诉朵拉和布茨往哪儿走，每次他们都要过三关——很恐怖的森林，风很大的沙漠，有鳄鱼的水池，诸如此类。我现在不看朵拉了，那都是给小孩看的。但上学前班的时候，我老在看，现在要去找学前班了，我又想起了这剧，还挺好玩的。

　　昨晚我已经在脑海里把路线彩排了好多遍，但还是画了个地图以防

———————————

① 《爱探险的朵拉》（*Dora the Explorer*）：美国热门动画片，主人公朵拉经常跟小伙伴猴子布茨一起到处探险。

万一。去学前班的路线是这个样子的——穿过我家后院，然后走到街角校车接中学学生的车站。不是那种黄皮校车，而是那种常见的公交车，黄皮校车不够用了，就用真的公交车代替。五年级以后，安迪就能去坐真的公交车去上中学了，他可期待了。

拐过中学校车站转角，爬上小山丘，抵达宽阔绿地，后面有个大学，然后再上转角有消防站的大马路，再爬一座山，右手边就是学前班啦，跟教堂在一起。学前班就在教堂的地下室里。安迪下葬的墓地就在学前班的马路对面。

这就是我要执行的任务——找到地方，不能让别人看见我独自行动。要不然他们就会想了：这小孩怎么一个人在外面走？然后就会问我在干吗，我整个任务就泡汤了。

地图告诉朵拉和布茨往哪儿走以后，他们出发前会一直念叨前方各种关卡，比如恐怖森林、大风沙漠、鳄鱼水池，每过一个关卡就打个对勾。穿过我家后院和莱莎家之间的马路时，我停下来看着曾经噩梦里安迪躺过的地方。噩梦里，他胸口扎着箭，血流得到处都是。

拐过中学校车站转角时，我停下来，掏出了地图。我掏出前口袋里的铅笔，在"中学校车站转角"旁边打了个对勾。然后把地图装进外套兜里，爬上小山丘，向地图上的下一站宽阔绿地进发。

爬山挺难的，腿很酸，主要是因为背包里装了太多物资，很重很重，压得我后背都疼了。安迪的睡袋一直晃来晃去，撞着我的腿。我决定休息一小下，卸下背包。接着我意识到，我停步的地方正是里奇家门前。门口有一大堆包着蓝塑料袋的报纸。现在里奇家没人住了，因为里奇被拿枪人打死了，现在他妈妈也死了。我看着车库门。妈妈说，她就是在那里自杀的。我想，不知道她是不是还在里面。这样想着，我害怕起来，将背包背回肩上，快步前行。

"现在要勇敢。"我默默鼓励自己。

说不定，里奇和他妈妈也是在那块墓地里下葬的，跟安迪和查理的儿子在一起。我到那边时要看一下。

爬到小山顶上，宽阔绿地就在眼前。绿地后面是大学，但大学学生都在外面，挺好的。我在地图的"大学"旁边打了个对勾。

自从出发以来，一切都很顺利。刚开始很安静，我一个人也没看见，然而，我刚要绕过消防站，左边右边就来了一堆车，这样车上的人就会看见我。看见消防站旁边有个门，我走了过去，转过了身，假装要开门。车子纷纷擦身而过，没有停下。我伸着脑袋想看还有没有车，一辆也没看到。

我快速绕过消防站，又绕过转角。沿马路再次上山前，我看见个停车场，停车场里有个长椅，于是决定坐一会儿。我在地图上的"消防站"旁边打了个对勾，又看了看安迪的手表：2 点 34 分。我打算掏点干粮出来。干粮和水壶就在背包中间的口袋里，我摸出一根燕麦条，正要撕开包装时，我看见一辆白车缓慢开下山丘。

我的心狂跳起来，燕麦条和地图都滑落在地。我抓起背包，迅速地四下张望，看见一个衣服回收箱。以前妈妈和我来过几次，有些旧衣服我们不穿了，但穷人可以穿，于是就把衣服拿来放在这里。我跑了过去，藏在箱子后面。

回收箱后面有道栅栏，空间很窄，而且有股呕吐物的恶臭。我呼吸急促，心跳飞速。"拜托别让坏人看见我。拜托别让坏人看见我。"我这样想着，紧紧将背包抱在胸前。

维克花园镇有一辆白车，里面有个大坏蛋。夏天时，坏蛋会载着个超大号的史酷比玩具到处晃，会骗小孩去车上看史酷比，然后就把小孩拐走。安迪以前跟我讲过，我可害怕了，就不敢再出去玩了。妈妈说，是真的，真的有个开白车的大坏蛋，她在 Facebook 上看见了。她说，我一直在家附近会比较好，而且绝对绝对不能上陌生人的车。"还说郊区比较安全呢。"妈妈说。

这会儿，我离家不近，还独自一人，坏蛋要来把我塞进大白车里拐走了。我用尽全力不动，不出声。说不定刚才我坐在长椅上时坏蛋没看见我，但好像马上又看见我了，我听见白车朝停车场驶来。我整个人都在颤抖，一哭就停不下来。我将脸埋进背包，这样声音就不会跑出去。我真希望没来执行任务，如果现在就待在家中我的房间里，坏蛋就不会来抓我了。

我听见车门关合的声音，然后，又一扇车门关合的声音，不敢呼吸。然后我又听见了别的声音，好像是一个阿姨在讲话，讲的是去梅西百货看圣诞老人要排多久的队。我知道的，圣诞节前我们家也会去市区的梅西百货看圣诞老人，队总会排得好长好长，要等差不多一个小时才能看上。不过，今年没去。

阿姨的声音越来越远，我心跳慢了下来，哭得也没那么厉害了，但还是不想动，怕白车还在外头。我看了看安迪的手表，2 点 39 分。我盯着手表看了半天，什么也没发生。于是，2 点 45 分时我决定看看回收箱那边的情况。白车已经不见了。

我真的很想回家去，因为还是很害怕很害怕，一点也不觉得自己勇敢。然而，紧接着我又想起要执行的任务，想起不想让查理进监狱，于是决定用"迪奇迪奇大钻石"来决定回家还是去墓地——"迪奇迪奇大钻石，快点走到里面来；迪奇迪奇大钻石，快点走到外面去。"于是"回家"这个选项出局了。

我从衣服回收箱后面走出来，朝山顶望去。爬到山顶，就是学前班和墓地。我背上书包，快步上山。

　　我左手边有几栋建筑，还有几个中学生年纪的人在那里玩。一个人冲我喊："小孩儿，你这是去夏令营吗？那书包都比你还大了！"同伴们都笑了起来，有几个还冲我吹口哨。我定住心神，不去看他们，眼睛只盯着人行道上正方形、长方形的石头，我决定一路爬到山顶，不踩长方形石头。

48
耳语的风

山顶上，右手边就是我以前上的学前班。但我要往马路另一边走，去墓地。我走了好久才到，手表显示：3 点 10 分。这么说，我离家还有三分钟就一小时了。我看见了右手边的学前班，好多车开进开出。也差不多了，三点是接孩子的时间。

我快步走完余下的路，朝左转弯，走进墓地的大黑门，不想学校那边的人看见我。大门左右两边各有一座石头塔一样的东西，一个黑金属做的半圆结构从一座塔通向另一座塔，然后还有个门牌，上面写着"圣体安置所"。半圆两端都有巨大的蜡烛状的灯。安迪下葬时，我们是从教堂那边开过来的，车停在墓地另一边的小路上，所以没看见大门。门那边就是墓地。这一区跟安迪下葬的另一区不太一样，这边可能是老区什么的。

我走进墓地，进了大门以后，一切都变得很安静。我身后是学前班的车、嘈杂的马路；我身前却只有一片寂静——大门似乎隔断了所有声响。

此处的墓地不像安迪下葬那边有过道，这里到处都是草，其间点缀着几块斑驳可怖的墓碑，有些已经站不直了，所有墓碑四周好像是个花园，到处都是灌木高树。我想认清古老墓碑上的名字，但看不清全名，差不多都已经磨没了。好多墓碑顶部有很酷的设计，各种不同样子的十字架。

我尽量走得很小心，不想踩在底下埋着死人的坟墓上头。就这样走着，想着脚底的地底下是真正的死人，真是太恐怖了。但这里的墓碑都很老了，所以说不定只有白骨存留，身体的其他部位都不见了，因为除了骨头以外，其他东西都会变成土。

风吹之下，灌木与高树摇曳不停，簌簌的响声好像人在交头接耳、叮嘱旁人噤声。我想着脚底下古老的死人，听着树的耳语和嘘声，肚子又难受起来。于是加快了脚步，找路去墓地另一区，好去找新近的死人。安迪下葬时，这地方还挺好看的，就算一直在下雨都好看。其他坟墓上到处都是花，树上掉下来的湿叶子将地面点缀得多姿多彩、闪闪发光，雨后一切都带着清新的气息。

我爬上一座小山丘，山的那边就是比较好看的那一区，看起来比下葬时大多了。而且我从没在这个方向看过这一区，所以不确定安迪的墓在哪里。风越刮越大，我脑门都给刮疼了，天气太冷，眼睛都冻出了眼泪。我取出书包大口袋里的帽子和手套，分别戴上，帽子一路拉到眼睛，这样额头才暖和了。我四处走动，想找到安迪，找到他的坟墓。

整座墓地空无一人，这倒不错，要是有人过来，肯定觉得一个小男孩自己待在墓地不行，然后就要问我在干吗，就会知道我是自己过来的。

我停下好几次，看墓碑上的字。其实我都不知道安迪的墓碑什么样子，因为他下葬时还没有墓碑，做一块墓碑要花很长时间的，所以下葬时还来不及做好，要之后才安上。

我瞧见了墓地另一端那条路，安迪葬礼时我们停车的地方。我走了过去，转了个身，这才觉得到了熟悉的墓地。我知道安迪的墓就在右面最里边，不是很远。

坟墓中间穿插着好多过道，墓碑都比较新，还很光滑。我能看清所有名字，还有数字。第一个数字是墓中人的出生年份，第二个是死亡年份，这样一算就能知道他们是多大年纪死的。妈妈跟我说过，齐普大伯的墓在新泽西，我们那次去给他墓前献花时，正好是他死去一周年，那天之后没几个星期，安迪就被拿枪人杀掉了。我挨个看墓碑，想找到安迪的名字。

赫曼·梅耶 1937—2010

罗伯特·大卫·鲁尔顿 1946—2006

谢拉·古德温 1991—2003

我从 1991 数到 2003，只数了 12 个数，也就是说，谢拉死时才十二岁。只比安迪死时大两岁呢。我想，不知道谢拉是怎么死的，才刚十二岁。我走啊，走啊，一路看名字，有时会停下看人死时多少岁。我走累了，书包变得很沉很沉，压着我后背。说不定，安迪的墓不在右边，在左边？现在我也不能确定了。

然后，我突然想起，安迪葬礼时他墓边有棵大树，满是橘色的、黄色的树叶，看起来像着了火一样。下周末就是冬天的第一天，树上都没有树叶了。我环顾四周，专门看比较高的树。我旁边很近就有一棵，我走了过去，看见了此行的目标，就在树旁边——安迪的墓。安迪的墓碑是黑灰色的，很光滑，顶上有一个心形。墓碑上的字母和数字是白色的，我读着字，喉咙痛了起来。尽管没人会听见，还是低低地读出了声："安德鲁①·詹姆斯·泰勒，2006—2016。"

风在我身边飕飕直刮，好像要把我的话卷走，耳语给我听，又带到很高的地方，散播得到处都是。现在我很喜欢这风声了，再也不会让我难受了。就好像安迪的名字环绕在我周围。现在，我觉得来这里很好，说不定我又能感知到安迪的存在了，又能像在藏身处里他还在时一样，跟他说话了。

我看了看安迪的手表，3点45分。新闻叔叔说查理每天晚上都会来，现在还不到晚上呢，所以还要再等他一会儿。肚子又饿了，我想起因为被白车里的坏蛋吓到，那根燕麦条我都没吃到，掉在停车场里了。我决定把所有东西都拿出来，找点吃的。这都还没到晚饭时间呢，晚饭一般是六七点左右，所以只能吃个零食。

我解开行李袋，把安迪的睡袋摊开在他墓碑旁边，盘腿坐了上去，就跟在藏身处一样。我掏出背包里所有东西，都摆在旁边——天黑时用的巴斯手电筒、书、装满水的水壶、四根燕麦条、三包金鱼饼干、两根芝士条、一块今天午饭后我做的打算等会儿晚饭吃的火腿芝士三明治、一个苹果。东西这样摊开来放，好像我在野餐一样。

最后一件从书包里拿出的东西，是我和安迪的照片，我夹在书里带来的。打开一包金鱼饼干，还得先把手套摘了。这一摘，手指马上就被风给刮疼了。

金鱼饼干都吃完了，我拿起书，把照片放在腿上，找到了在家里时读到的那页。

"安迪呀，"我说，"要不要我再给你念会儿书？"我看看照片，又看看写着安迪全名的墓碑。我等着那种感觉出现，好像安迪在听我说话一样，"好的，我先告诉你前面的情节，然后就开始读。安迪，好不好？"

---

① 安迪是安德鲁的昵称。

49
友好的鬼魂

"好的，这一册的杰克和安妮要去南极洲，帮梅林找到幸福的第四个秘密。他们找到了一个科研站，那里的研究人员来自好多不同国家。杰克和安妮戴着护目镜和面罩，跟几个研究员一起坐着直升机去旅行，到了一个火山上头。我觉得，接下来肯定是大家都发现他们其实是小孩，他们肯定要摊上大事了，你觉得呢？"

我等着，等着感觉发生变化，感觉安迪又在听我说话。然而什么也没有发生。

我大声念了两章，手指快要冻伤了，翻页变得越来越难。我抬头看时，惊喜突然现身。我满脑子都是念书，都忘记自己身在何处了，也没注意到，四周暮色已合。

我看了看安迪的手表，4 点 58 分。我四下张望，没看见查理，可能还太早。我又戴上手套，向手套里呵气，以前妈妈老这样帮我暖手。一想到妈妈，我就会有点难过，于是就继续念书，好不去想妈妈。但戴着手套根本就没法翻书。

我整个人都冷了起来，于是打开睡袋，将腿伸了进去。腿暖了，但身体其他部位还是很冷。

计划这项任务时，我没想过天黑会怎样。我带巴斯手电筒一起过来了，但没想过天黑了，我一个人在墓地时会怎样。我只想过，我会跟查理一起在这边，然后可以一起回我家。

但现在不是这个情况——天还没有全黑，我还能看见身边的所有墓碑，但树木之间又黑又阴森。我突然想，万一查理今天不来呢？我的心提到了嗓子眼儿里，朝安迪的墓碑边挪了挪，倚在那上面。我将背包拉紧，想摸出克兰西。

克兰西不在大兜里，我摸了摸中兜，还有小兜，到处都没有克兰西。我看着自己附近，说不定是刚才掏其他物资时掉出去了，可还是没有。我是忘记带了，还是弄丢了呢？不知道啊。克兰西不在，查理不在，妈妈不在，爸爸不在。只有我自己。

我好想哭，好像还想回家，但我害怕到不敢起身也不敢动。我想到了墓里的死人，一想就停不下来。我想着棺材里的白骨，想到说不定死人会在天黑后变成鬼魂。我想着开白车的大坏蛋，越来越害怕，越来越害怕。

我抽出夹在书里的我和安迪的合影，尽管一片漆黑，还是能看清一点点。"安迪，"我轻声说道，下巴打着战，上下牙撞得咯咯响，"安迪，你在吗？你来陪我好不好？求求你求求你，我真的需要你。"依然什么也没有发生。接着我又想起裤兜里的天使翅膀吊坠，摘掉一只手套，想伸手进去掏，但很难，因为手都冻硬了，没法动。我终于把手塞了进去，揉了天使翅膀半天。你哥没有走，他也在天上看着你呢。——这是拉塞尔小姐告诉我的。我也在脑海里对自己一遍又一遍地说着："安迪没有走，他在天上看着我呢。安迪没有走，他在天上看着我呢。"

另一只手里拿着我和安迪的合影，突然之间，强风来袭，照片没拿稳，被风夺走，吹落在地。照片在地上翻了几下，飞到墓碑上，卡在了那里。

"不要啊！"我大喊出声，跳出安迪的睡袋，跑到墓碑旁边去救照片，但风又把照片抢走，飞得更远。我拼命想盯住，要不黑暗里就看丢了。我追在照片后面跑着，撞到了人。

好意外啊，我刚才都没看见有人。说不定是鬼魂。鬼魂抓住我双臂，我又踢又叫："住手！放开我！"

"扎克，是你吗？"

我抬头看去，鬼魂居然说了我的名字，居然不是鬼魂，真是好意外。是查理，看他表情似乎很惊讶。

"扎克？"查理问道，"你……你在这儿干什么呢？"他抬头看我身后，"你干吗跑？出什么事了？"

我又跑又踢又叫，上气不接下气，说不出话。我想告诉查理我是在追照片："风……给吹走了。我的照片……""照片给吹走了？吹哪儿去了？"查理问道。

我指着树木之间，照片飘落的方向，又黑又吓人。

"好吧，咱们去找找。"查理说道。他扶着我肩膀，有他在，我就没那么害怕了。我们四处找寻照片，最后发现是卡在了一棵灌木里。

"我能瞧瞧吗？"查理问道。于是，我让他看了照片。查理看了片刻，露出苦笑，然后将照片交还给我。因为寒冷，我接过照片时手不住颤抖。

"扎克，"查理问道，"你来这儿干什么？来看你哥的吗？"

"嗯。"我说，"但我来，主要是因为你。"

"我？因为我？你怎么知道我会来的？"查理问道。

"新闻里说的啊，"我告诉他，"新闻里说你每天晚上都来这里。"

"这样啊。"查理指了指一块墓碑，我们走了过去。天几乎全黑了，我看见墓碑上写的是：

小查尔斯·拉纳雷兹

1997—2016

"我晚上会来跟他说晚安，"查理说道，"我儿子。"他的声音，是我听过的最悲伤的声音。

50
回家

我们站在查理儿子的墓碑前，我抬头看查理的脸："查理？"我说。

"嗯？"

"他为什么要那样做？为什么要来学校，杀掉安迪，杀掉那么多人？"我问道。

查理以手掩口，然后又以手抚额，上上下下，上上下下。他深吸了一口气，抬头看天。我也抬头，看见月亮就在我们头顶。好像是轮满月，但左边又好像缺了一块。查理长而缓慢地呼出了那口气。

"不知道。"他说。他的声音那么轻，几乎听不见。他依然看着天，肩膀一上一下。再开口时，他声音好像堵塞在了喉头，"不知道啊，扎克。我真的不知道。每一天，我都问自己同样的问题。"

"爸爸说是因为他不知道这样做是不对的，因为他得了病。"我说。

查理摇头说是，用手擦了好几次眼角。

我们安静地待了一会儿，查理说："扎克，你来找我干什么？"

现在到了告诉查理我任务的步骤。"我想跟你商量点事，"我说，"我又不知道你家在哪儿，所以就来这里了。"

"都快天黑了，你爸妈知道你在哪儿吗？"查理问道。

"我谁也没告诉。"我答道。

"你要跟我商量什么？"查理又问。

"我想带你回家，我们一起跟妈妈谈谈，这样就不用再吵架了。"我语速很快，因为查理满脸都是苦笑，没有说"行"，倒像在说"不行"。

"那你能来吗？求求你了。"我问道。

"唉，扎克！我希望能。我希望……但不行。就是……不行。"查理想搂我肩膀，我没让他搂。

突然之间，我不冷了。我整个身体都在发烫。

"为什么啊？"我怒吼道，眼泪噙满眼眶，"为什么不行？家里的一切……一切都很惨。我们一定要去跟妈妈谈谈，不然她就要让你上法庭了，然后你就要进监狱了。"我大声抽噎，寒冷之下牙齿打战。

查理不发一言，只再次搂住我肩膀，将我拉近他身体。这次，我没拒绝。查理紧紧抱着我，这感觉很好，我不冷了。我们就那样待着，很长时间，我的头抵着查理肚子，哭啊，哭啊，查理抚着我的头。过了好一会儿，我哭得没那么厉害了，但因为哭得头疼起来，整个人都哭累了。

查理刚把胳膊拿开，我马上就冷了。他双膝跪地，从大衣口袋里拿出块东西，不是纸巾，而是齐普大伯那种上面印着名字缩写 C.T. 的小手帕。查理擦干了我脸上的泪水，然后将手帕放回口袋。他轻声说："扎克，我的好哥们儿，我觉得你该回家了。你爸妈一定很担心。"

他帮我收好东西，我重新把照片夹回书里，把书放回书包里。我们一起朝他的车走去，车就停在墓地小路上。查理帮我开了后车门，打开车上空调，我牙齿就不再打战了。查理车速很慢很慢，从我走过来的路原路返回，到我家那条路时，才花了五分多钟。我看了看安迪的手表，我走路过来时可是走了整整一个小时。我们谁也没说话。查理将车停在中学校车站的转角，转过身来。

"我觉得把你放在这儿比较好。"查理说。

"你跟我一起来我家好不好吗？"我问道，"求你了。这是我的任务呢——任务就是，要带你回家，跟妈妈谈谈。然后，说不定她就不会再生你的气了。好不好吗？"

"对不起，扎克。这个我做不到。我跟你一起过去，太……太不合适了。"查理说道。

眼泪滚落，可我不想再哭了，于是双臂抱住肚子，看向窗外。我努力地不眨眼，这样眼泪就不会流出来。

"扎克啊，"查理叫我，但我没应他，喉咙里塞塞的，没法说话，"扎克，求你了，别生我气。我知道你是想帮忙，而且……你真的是个好孩子，知道不知道？听我说，扎克，"查理说道，"你看看我好吗？"

我收回窗外的视线，看向查理。我看见他眼中也含泪水，任泪水滚落脸颊。

"别担心我了，跟你没有……不用担心我的，一切都会好的，知道不？"查理说道。

我又看向了窗外。

"求你了，我的好哥们儿。"查理好像成了孩子，问着我这个问题。

"好吧。"我看向查理，两人一同让泪珠滑落。

"查理？"

"嗯？"

"我很抱歉……妈妈那样讲你。"我对他说。

"你妈妈……现在很痛苦。"查理说。车里很暖，我不想走，我想跟查理待在一起。

"查理？"

"嗯？"

"你能感觉到你儿子还在吗？你能……就好像，他还在你身边一样。"我问道。

"有时会，有时我会觉得他就在那儿，在我旁边。但有时呢……就会感觉他已经走了很久很久了。"查理答道。

然后他又说："去吧，该回家了。听话，我就在这儿看着你，好不好？我看着你走到家门口，走进屋里，我再走，好不好？"

我抓起背包，开了后车门。出去之前我与他告了别："再见，查理。"

"再见，扎克，我的好哥们儿。"查理答道。

我沿着马路往家走，看见两辆警车停在门前，新闻车也还在。我想，我可真是摊上大事了。我往家走着，又冷了起来，脚步很慢、很小。我转身，看见了身后来自查理车的灯光。我按下安迪手表上的按钮，表盘亮了起来，时间是 6 点 10 分。

我走近家门时，看见一个叔叔倚在一辆新闻车上。是德克斯特。他也看见了我，快步走了过来。

"我的天啊，扎克，你终于出现了小兄弟！大家都在找你呢。"他说。可我没回答。我给了他一个死亡凝视，径直绕过他，走到前门。按下门铃时，我的心在狂跳。

51
怎么老哭啊

门开了，一切却没像我想象中那样进行。我没摊上大事，连小事都没摊上。妈妈开门时，怀里正抱着克兰西，原来它在家啊——原来是我忘带了。妈妈一看见我就叫了出来："我的老天，他回来了！"她跪在地上，将我抱进怀中，左右摇晃着我，一遍又一遍。

"宝贝，宝贝，宝贝！"她说个不停。站在妈妈身后的是外婆、奶奶和玛丽伯母，还有两个警察，正走出大客厅。但爸爸不在。

妈妈终于松开了我，将我推远了一点，上下打量着我："你没事吧，扎克？"她问道。

"爸爸不在。"我静声道。

"哦天，"玛丽伯母掏出手机按了个按键，对着电话说，"吉姆，他在家呢。他回家了！"

"宝贝，他出去找你了。"妈妈说道，"他马上就回来，好不好？"我身体颤抖了一下，牙齿又开始打战。

"扎克啊，你都快冻僵了。"妈妈这样说着，大家都忙乱起来，"赶紧的，把鞋脱了。书包摘了。我摸摸你手。我的个天，都冻成冰了。你快饿死了吧？先给你做点儿吃的。"

警察说，他们要问我几个问题。然而外婆说："先让他安稳安稳吧。来，你们再喝杯咖啡。"于是大家都在厨房里坐了下来，就连警察都坐下了。

警报器阿姨说："前门！"紧接着，爸爸就出现在厨房里。他在门口站了一秒钟，什么也没说，就那样看着我。然后，他大踏步飞过整间厨房，来到我的面前。他将我从吧台椅上抱了下来，举在空中，紧紧地抱着我。我都快喘不过气了，就在那时，我听到了那个声音，我感知到了那个声音。

那声音仿佛来自爸爸腹部深处，一路升至他嗓子眼，从他嘴里传出，直捣我耳朵。那是一声低沉的抽噎。爸爸胸膛剧烈起伏着，我这才意识到他哭了。爸爸哭时，就是这个声音的。

他抽噎的哭声既低沉又响亮，就那样抱着我，抱了很久很久。我挣脱开，想看看爸爸哭时是什么样子的。他的脸看起来年轻了些，满脸都是湿湿的泪，下巴不断抽动，不像男人，倒像孩子。

"扎克啊，"他几乎将我的名字念成了一缕呼吸，"我还以为，我连你也失去了。"

"爸爸，我没事啊。"我好想他下巴不要再哆嗦。他这么难过，都是我的错，我很内疚。我将双手贴在爸爸脸颊上，都被他的泪水沾湿了，于是就用他胡子擦了擦手。

"我错了。"我说。爸爸笑了一小下。

"真是个乖孩子，"爸爸又将我紧紧抱住，"你什么也没做错，不用认错。"

他放我下地。我看见厨房里的其他人也哭了。妈妈在哭，外婆、奶奶和玛丽伯母也在哭。他们都哭着看我，又看爸爸，这大概也是她们第一次见爸爸哭。我倒不确定，不过估计是这样。

大家都哭完了，一个警察才站起身说："你们没事我就不再打扰了。就问这小伙儿几个问题就行，细节方面明天再来问吧。"他问了我几个问题，问我这么长时间是去哪里了，我说我去了墓地，他们又问我是怎么去的，诸如此类。

警察叔叔有个小本本，他边问边写了几笔。"还有没有别的你觉得需要告诉我的事？"警察问道。我点头说没有。红果汁又泼了过来，因为我不想告诉他，去那里是为了跟查理说话。另一个警察也站了起来："好的，我们明天会再过来一趟，走手续。今晚应该没问题了。"

警察走了以后，外婆说我们一家三口应该好好谈谈，"一家三口"的意思就是我和妈妈爸爸。于是，她跟奶奶还有玛丽伯母也走了。

大家都走了以后，家里只剩我们三个，感觉有点奇怪。就好像我们三个在一起都不知该怎么相处了。我觉得很尴尬。

"你都没吃东西呢，宝贝。"妈妈说，"你想吃什么？"

"麦片，谢谢。"我说。于是我们三人都吃了麦片，就坐在吧台旁边吃的，我在中间，妈妈爸爸在两边。有那么一会儿，只有嚼麦片的声音。

妈妈低声问道："你去墓地了？"

"嗯。"我答。

"为什么呢？"

我想起了那个任务，想起查理没跟我一起回家，所以任务失败了。我低着头，不想妈妈爸爸看见我满眼含泪的样子。

"为什么要去那边呢，扎克？"妈妈再次问道。她用手托起我下巴，看着我的眼睛，"因为安迪吗？"

"嗯。"我这样说并不是撒谎，因为也的确想去看安迪的墓来着。但也不是在讲真话，因为我没告诉她，我是去那里找查理的。

"我想去看安迪，还有……想跟他一起待着。就好像以前……在家里那样。"我说。

"在安迪衣柜间里？"妈妈问道。我看向爸爸，他把我的秘密说出去了。

"不告诉你妈不行啊，扎克。我们找不到你时，我去看的第一个地方就是那里了好不好？"

"好吧。"我说。无所谓了，反正现在藏身处也不像以前那样特别了。

"你想再跟安迪在一起？"妈妈问道。

"嗯。"我说，"我以前会在藏身处里感觉到他的存在，不太好解释，就是能跟他说话什么的，这样我就不孤单了。爸爸也发现了，对不对爸爸？"

爸爸回答："嗯。确实有那种感觉。想象一下他还在……确实不错。"

"不只想象，"我说，"是真的哦。但后来就不管用了，我感觉不到他的存在了，只剩我自己了，独自一人躺在床上。"

"独自一人躺在床上？"爸爸问道，那样子好像又要哭了。他用餐巾擦了擦眼睛，"天啊，怎么老哭啊，我还得习惯一下。"

"就那首歌啊，独自一人躺在床上，听过吗？《十人躺在小床上》？"我这么说，爸爸好像没懂，"算了。"我说。

妈妈将麦片碗推开，握住了我的手："扎克，我……很抱歉。让你这么孤独……我真的很抱歉。"妈妈声音断断续续的，"万一你出了什么事……"她好像没法继续说下去了。

"没事的，妈妈。"我说。

"不，才不是没事，宝贝。你那么孤独，跑去墓地找你哥。我却……好久才注意到你不见了。这不是没事。"

"那是因为你很痛苦啊，查理今天跟我说的。"我说。

"等一下。"妈妈打断了我。

"你说什么？"爸爸也问。两人一起瞪着我，我马上就后悔了，这样一来，会给查理惹上更多麻烦的。

妈妈坐直了身体："扎克，'查理今天跟我说的'是什么意思？他怎么会跟你说话的？"我能感觉到她生气了。

爸爸贴了过来，按住妈妈的手："扎克，你一定要告诉我们是怎么回事，这件事非常重要，好不好？"

"可他会不会惹上更多麻烦？他什么也没做错，他还帮我忙了。"我语速很快。

"查理帮你什么忙了？"妈妈问道。

"他跟我说，该回家了，因为你们可能在担心我。然后他开车送我回来的。"

妈妈看向爸爸，下一口气，她呼得很慢。

"你上了查理的车？"她问。

"啊……嗯。"

"儿子啊，你故事要讲全的。"爸爸说。

"好，我去了墓地是因为我想去找查理。那个，我也想去看安迪的，但主要是为了找查理。我想带他回家，一起跟妈妈谈谈，这样就不会再吵架了，查理就不用进监狱了，爸爸也可以回家了。"我说。

"你去墓地是为了找查理？"妈妈问道。

"对，他每天都去，"我解释道，"他每天都去那里跟他儿子说晚安。"

爸爸紧抿着唇，缓慢地左右摇头："你怎么知道的？"他问我。

"新闻上说的啊，"我答道，"可是，他不想来我们家。"我哭了起来，我费了那么大的劲，鼓起那么多勇气，终于不害怕了一次，就为了扭转局面，却没成功。"我计划中的任务失败了，我想让你和他谈一谈，这样你就会知道他真的很抱歉，因为他儿子做的事，很内疚。"我对妈妈说，"这样你就不会再生他的气了。"

妈妈盯着我看了片刻。

"他开车送你回来的？"她问道。

"对，"我说，"他说让我回家，我说我不想回家，但后来还是回家了。他把我放在中学校车站那个路口，然后我走回来的。我觉得，他不想来，是因为……因为你还在生他的气。"

"你不想回家？"妈妈声音很轻，因为哭泣而带了鼻音。好一会儿，谁都没有说话。妈妈又问："能带我去看看你的藏身处吗？我很想看看。"

52

最后一个秘密

　　"这里还是一股男孩的味道，"我带着妈妈一起爬进藏身处时，她这样说道，"哇，我都忘了这衣柜间有这么大。"

　　"我能进来跟你们一起待着吗？"爸爸在外面问道。妈妈说："好。"

　　我们一起坐在后面，三个人很挤，但我不介意。我喜欢跟妈妈和爸爸一起在这里待着。我坐在妈妈面前，背倚着她的身体，她双臂一起搂着我。爸爸坐在我们对面，后背和头都靠着墙。

　　"那是什么？"妈妈指着心情画纸问道。

　　"心情画纸。"就像爸爸第一次进来时跟他解释的那样，我又解释了一遍心情画纸是什么，为什么要画。

　　"看看我能不能记住哪个是哪个啊。"爸爸这样说。于是我们就玩了个游戏，我出题，他回答。

"黑色？"我提问。

"害怕。"

"红色？"

"丢脸。"

我考了所有颜色，爸爸全都记得住。

"你这心情还真不少啊。"妈妈评论道。

"嗯。"我回答。

"所以，白色是代表感同身受？为什么要画一张感同身受呢？这也是你的心情？"妈妈想知道。

"这张是我跟爸爸一起想出来的。感同身受就是幸福的第三个秘密。"

"幸福的第三个秘密？"妈妈又问。

"对啊，还记得《神奇树屋》里梅林的任务吗？"

"啊……"

"还记得我想跟妈妈一起试幸福的第一个秘密吗？要留意身边大自然中的微小事物。但你没有时间，因为要打电话。""哦……这个记得。"妈妈说。

"扎克一直在看讲幸福秘密的书，想挨个试试，因为他觉得咱们家需要幸福的秘密。"爸爸说道。

"我们就像梅林一样，"我对妈妈说，"梅林得了悲伤病，所以杰克和安妮就去帮他找幸福的四个秘密，好让他好起来。因为安迪，我们也得了悲伤病，所以是一样的，差不多一样。"

"哦，"妈妈下巴抵着我的头，"这么说，'感同身受'就是秘密之一咯？"她问。

"嗯，对，"我答道，"我觉得，安迪活着的时候太凶，我没跟他感同身受，后来我感同身受了，就开始同情他了。"

爸爸挑起眉毛，他看向妈妈，微微摇了摇头。

"妈妈？"我说。

"宝宝？"

"我觉得，你也要试着跟查理感同身受一下。拜托别让他进监狱，今天在墓地，我就感受到了他的感受，他跟咱们和梅林一样，得了悲伤病。"

听了这话，妈妈沉默许久。我想，她大概像那次让我去上学，我第一次说出让她跟查理感同身受时一样，又生我的气了。

然而她问："另外两个秘密是什么？"听那语气，好像没生气。

"一个是要有好奇心。然后第四个我还不知道，我本来想在墓地看完书的，但后来天就变冷了，还黑了。"

"那咱们现在看完吧？"妈妈问道，"还是说你太累了？太累的话，明天看也行的。"

我不累，也不想离开藏身处，于是跳了起来："我去拿书，在我背包里呢。"我冲下楼梯抓起书，因为看书需要灯光，就又抓起巴斯手电筒，然后冲回了楼上。

我刚要回到衣柜间里时，听见了妈妈爸爸讲话的声音。我停下脚步，听他们在说什么。

"……这件事我们两个都有份，"妈妈说，"你不能全怪我。"

"我知道，知道，"爸爸答道，他声音很轻，"咱们就别争了好不好？今晚就别争了，他平安无恙地回家我就烧香了。"

然后他们都不讲话了，于是我走了进去。

妈妈下巴顶在膝盖上，爸爸头靠在墙上。听见我进来，他们都抬起了头。

　　我给妈妈爸爸讲了前面的情节，杰克和安妮来到南极洲，跟研究员们一起坐直升机去火山，当然研究员发现杰克和安妮是小孩，我知道肯定会发现的嘛，但被发现了他们也没被怎样。两人应该在房子里等人来接他们下山的，然而他们自己走了，跌进了峡谷。

　　我在墓地就读到了这里。跟妈妈爸爸讲完情节，我有点累了，于是把书递给爸爸，让他念剩下的故事。爸爸打开书本，安迪和我的合影掉了出来。爸爸盯着照片看了一会儿，递还给我。我摸出藏身处角落里的胶带，将照片贴回墙上原来的位置。我后背拱进妈妈怀里，听爸爸念书。妈妈的体温温暖着我的身体，爸爸念书的声音很低很静。

　　我眼皮开始发沉，好难撑住。

53

安迪俱乐部

我记得的最后一件事，就是在妈妈爸爸的床上醒来时，外面天已经亮了。我不记得是怎么离开藏身处、上床睡觉的，也不记得书的结局，杰克和安妮有没有找到幸福的第四个秘密。

妈妈在我旁边还睡着，我轻轻地摇了摇她肩膀。

"妈妈？"我说。妈妈翻过身来，睁开眼睛。她看见我在面前，绽放出一个微笑，轻抚我脸颊。

"妈妈，爸爸又走了吗？"我问道。

"没有啊宝宝，他在楼下沙发上睡觉呢。"妈妈翻身去看床头柜上的钟，现在是 8 点 27 分，"哇，咱们睡了个懒觉哦。想叫你爸起床的话就去吧。"

我走下楼梯，爸爸没在睡觉。他在厨房里，用 iPad 看报纸。

"你好啊瞌睡虫。"看见我时，爸爸说道。他将我抱进怀中，紧紧抱着。我闻到了他的呼吸，是咖啡的味道，"对了，我要跟你说件事，扎克——我为你感到无上的骄傲，真的特别骄傲。"听见爸爸的话，我肚子里生出一股暖意。

"知道吗，你昨天真的很勇敢。"爸爸说道。

"我也想勇敢一次啊，就像爸爸和安迪那样，但没成功。我的任务失败了。"我说。

"啊，你可别下结论，"爸爸轻捏着我下巴，严肃着脸看我，"而且我觉得你一直都很勇敢。"

"给安迪守灵时就不勇敢，简直像个小孩一样。妈妈带我去上学时，我也不勇敢。"我说。

"哎呀扎克，那些跟勇敢不勇敢没关系，那些都是……当时你还没准备好回去上学。"爸爸说。

"好吧，可是呀，爸爸？"

"儿子？"

"我觉得，圣诞节前我就可以回去了。回学校。"

"是吗？厉害了，"爸爸说，"妈妈还在睡吗？你想不想给她拿杯咖啡？"

"好的。"我这样回答。爸爸让我给妈妈的咖啡加了糖和伴侣，再一起搅匀。我想端杯子来着，但一满杯的咖啡好烫，所以爸爸端杯子，我们一起上楼。爸爸把咖啡递给妈妈时，妈妈笑了一小下。

"后来你们念完书了吗？"我问道。

"怎么可能。差不多我刚开始念你就睡着了。我们就想，书得一起念完啊，对不对？"爸爸揶揄我。

"现在念完好不好？"

"好啊，妈妈同意就好。"他说。妈妈说："这个嘛，咱们是得知道最后一个秘密是什么对不对？回藏身处去念？"

我耸了耸肩："就在床上也好，藏身处不管用了。"

"哦，可我还觉得昨天在那里怪不错的。"妈妈说，"你要是不介意，我想去藏身处里念完书。"

于是我们一起爬回藏身处，还像昨天那样坐着，我靠着妈妈，爸爸靠着墙。爸爸捧起书本："你最后听见的是哪儿？"

"不记得了，就记得他们掉进峡谷里了。"我答道。

"好，我看看……"爸爸翻着书，"那我觉得是第7章。"他开始念书，一直念到结尾。杰克和安妮遇见了跳舞的企鹅，杰克给一只无父无母的小企鹅取名叫佩妮，然后杰克和安妮一起带佩妮去了卡蒙洛，梅林住的地方。他们把幸福的前三个秘密说给梅林听，然后把佩妮托付给了他。梅林照顾着佩妮，又变快乐了。

杰克和安妮意识到，幸福的第四个秘密就是去照顾需要你的人。杰克觉得，反过来也成立："我想，如果你能允许别人来照顾你，别人也会开心的。"

念完后，爸爸合上了书，看着我和妈妈，两眼都亮晶晶的。许久，没有人讲话。

妈妈开口时声音很静："这个秘密挺好的，你们觉得呢？"

"嗯，"我答道，"说不定咱们可以试试这个——我，妈妈，爸爸，彼此照顾对方，对不对？"

"对。"妈妈回答。

"这样，我们就会开心起来？"我问道。

"我觉得，至少能不再那么伤心。"爸爸说。我看见他瞧着的是我身后的妈妈，他看着她，送去一个苦笑。

"我觉得，是咱们一直以来处理……你哥哥的死还有所有这一切的方式是错的——咱们一直以来都在各自作战，没有彼此陪伴。"妈妈说。

我向前探身，看着墙上的照片。"我真的很想安迪，"我说，"有时我身体里头的每个部位都在疼。""我也是啊，儿子。"爸爸说道。

"要是还能继续感觉到他在这里就好了，然而，就是感觉不到了。有时我会害怕，怕他是永远走了。"一想到这个，我嗓子眼里又塞得不行。

爸爸俯身过来，将我揽入怀中，很久很久。他声音很轻很轻："不过，想念安迪——就是感知他存在的一种方式啊。难道不是吗？你不这样觉得吗？说不定，有一天我们身体里头的每个部位就不会再疼了，这都说不准。我想，咱们都会想念他，会一直想着他，一辈子都不会忘记他。想念他，会成为……我们的一部分。这样，他就永远不会走，他永远都在我们身边，永远在我们心里。""他在天堂里看着我们吗？"我问道。

"对啊宝贝，他看着我们呢。"妈妈答道。

我用手抚着照片里安迪的脸："这样，我们死后就会在天堂与他相见？"我问道。

"希望如此。"爸爸说着，泪水从他眼睛里流出，淌进了胡子。

"我觉得你爸说得对，"妈妈说，"你一直以来的做法才是正确的，跟他讲话，讲关于他的话，将他留在身边。"

爸爸伸了个懒腰，拂去脸上的泪水："不过咱们不用永远在这衣柜间里待着对吧？我后背都快疼死了，右边屁股都麻了很久了。"他伸出手指戳了戳右边屁股。

"这里可以是咱们的碰头点，"我说，"就好像俱乐部会所那种。"

"这主意不错啊，"妈妈说，"咱们这俱乐部叫什么名字呢？"我想了一会儿："安迪俱乐部？"

"就叫安迪俱乐部了，"爸爸说，"吃早饭去吧？"

54

继续活下去

　　"妈妈，你好了没有？"我问道。妈妈盯着前门的把手看了一会儿，好像要等那门自己开一样。我抬头看向妈妈的脸，她紧抿着唇。我抓住她的手，用力捏了捏。妈妈也捏了捏我的手，然后松开，打开了门。

　　一阵大冷风穿门而入，妈妈夹紧羽绒衫两边，遮住肚子。她走下门前台阶，风将她头发吹散。我跟在她身后走下台阶，爸爸跟在我身后。妈妈转过头来，看着我们，胸膛起伏，好像吸了一大口气。然后，她重又转了回去，直接朝仍停在我们家门口的新闻车走去。

　　妈妈看了看新闻车的前排座，没人，于是敲了敲车的侧面。侧门弹开，德克斯特和另一个叔叔一起走了出来。德克斯特一只手里拿着个塑料餐盒，里面有吃的，好像是米饭鸡肉，另一只手拿着个叉子。

　　"哦，你们好，呃……"德克斯特盯着手中的餐盒看了几眼，放回车里，用裤子擦了擦手，"怎么了？"他看着妈妈，又看看我和爸爸。我低头看鞋，不想看他。

"我要发表一段简短声明。"妈妈说。

"现在？"跟德克斯特一起出来的叔叔问道。

"对。"妈妈回答。

"哦，好，行啊。没问题，"德克斯特说，"给我们一分钟时间好吗？都没想到……不好意思，我们刚在吃午饭来着。"

"没关系。"妈妈说。又一阵大风刮来，再次将她头发吹散。风穿透我衣服钻了进来，我打了个寒战。爸爸搂住我双肩，将我拉近自己。

德克斯特和那个叔叔一起回到车里，出来时捧着摄影机，很像我跟他一起在我家大客厅里安过的那个，只不过小一点。德克斯特按了旁边几个按钮，然后架在肩膀上，眼睛看着一头，另一头对准妈妈。

"在哪儿说？"他问妈妈。

"无所谓，就这里吧。"妈妈答道。

"行，挺好。"德克斯特说。然后，那个叔叔也出来了，手里拿着麦克风。"好的，你准备好咱们就开始。"他将麦克风对准妈妈。妈妈看向爸爸，爸爸笑了一下，摇头说是。妈妈看回摄影机。"这就是录播，所以不用担心。你想多录几条的话咱们就可以多录。"麦克风叔叔说。

"好。"妈妈答道，"呃，所以，我就是想说，简单说来，就是关于……就枪击案一事，我决定放弃对拉纳雷兹家属的追责。我也跟其他几名受害者的家长商量过了，我们……我们达成了一致意见。"妈妈下唇上下颤抖，好像冻得牙齿打战。她将袖子拉过双手，环抱着自己，将双手塞到胳肢窝底下。

"我知道，自从他们儿子制造枪击案后，我一直在高调发言，将责任……我把他的所作所为以及我儿子安迪的死，都怪在了他们的头上。"

妈妈顿了一下，深呼吸，继续对着麦克风说道，"我近来意识到，继续追责他们，拉纳雷兹家，并不会……并不会让我儿子回来。并不会将我、我的家人，还有其他受害者家人所经受的苦难，全盘推翻。"眼泪溢出，从妈妈脸颊滑落。"我们家人正在经历的事，我不希望任何人经历。而且，我……我现在也明白，拉纳雷兹一家人自身也面对着损失，也像我们一样陷入沉痛，也像我们一样深受炼狱之苦。"妈妈看向我，微微笑出。我还以微笑。妈妈能说出这些话，我真是太为她骄傲了。

"让我意识到这些的，是我非常有智慧的儿子扎克。我们……我们一家人，现在要集中精力来照顾彼此，一起疗伤，想明白如何将这失去了安迪的生活继续过下去，如何才能寻回安宁。将来，我们还会努力去了解如何做些贡献……如何贡献力量，预防这样的事再次发生，不让其他家庭再次蒙难；贡献力量，让枪支不再被错误使用；贡献力量，保护我们的孩子和亲人。就这样吧……我想说的就是这些。"泪珠不断落下，她用套着袖子的手拂着眼角。

"谢谢您。"麦克风叔叔说道，"我觉得，就，就这样说挺好的，对吧？就用这段儿了，除非您还想再录一遍什么的。"

"不用了。"妈妈声音中满是宁静。

德克斯特放下摄影机，看着妈妈，"天哪，"他说，"您真是……非常大度。"他说。

"嗯。"妈妈只答了这一个字，就回转身，朝我和爸爸走来。

爸爸搭上妈妈手臂，上下揉搓，"你还好吧？"

"我很好，"妈妈说，"不过快冻死了。咱们还是回屋里去吧，再把门关上，你们觉得好不好？"

"我觉得很好。"我这样答着，跑在最前面，一个冲刺就上了门前台阶。

55

良辰美梦再相见

爸爸停下车子，但没马上熄火。

我们就坐在车里，我、爸爸还有妈妈，谁也没说话。我心脏在胸膛中狂跳，满耳朵都是心跳声。我看向窗外，在那将临的黑暗里，每排墓碑都清晰在目。大后面，右手边，有一物矗立。

"走吗？"爸爸问着，熄了火。我答："走吧。"妈妈没说什么，但打开了她那边的车门，伸腿下车。我拾起旁边座椅上的花，爸爸帮我开了我这边的车门。我下车时看见了查理的车，正停在我们车前面。

我穿过走道，脚底地面又冻又硬，哈出的气变成白雾，环绕在我身边。爸爸和妈妈在我身后，走得很慢很慢。花束紧贴在我胸口，来到安迪墓前时，我轻轻地将花朵放了下去。

爸爸妈妈也来了，妈妈双膝跪地，摸了摸我刚放下给安迪的花。她摘下一只手套，抬起手，指尖触摸着墓碑上安迪的名字。

"你好啊，乖孩子。"妈妈轻声道。泪水蜿蜒而下，她就任其流淌。

然后，她又摸了摸安迪墓边的地面："又冷又硬的。"她说着，手臂环过自己的肚子，大声抽噎起来。爸爸站在妈妈身后，双手抚着她肩膀。我将头靠了过去，倚着爸爸的手臂。我们就那样待了很久，妈妈一直伏在地上哭泣，爸爸一直抚着她的肩，我一直倚在爸爸臂上。

过了一会儿，我看向查理儿子下葬的地方，看见查理正在那里，望着我们这边。他一动不动，就站在那里，双臂垂在两边。远远看去，他是那么苍老又那么消瘦。

"我能过去吗？"我问道。

"去吧。"爸爸说。

我朝查理站立的地方走去，听见妈妈在我身后叫我："扎克，等一下。"

我转头，妈妈正低头看着我刚放在安迪坟前的花。全是白花，有的有大瓣瓣，有的只是小瓣瓣，好像一束雪花。所有花瓣都耷拉着，好像很哀伤。妈妈拾起几枝，攥在身前，停了片刻，好像要将花抱进怀中。

"来，把这花……拿过去好不好？"妈妈问着话，将花递给我。

我重又转身，朝查理走去。我数次回头，妈妈爸爸肩并肩站着，看我前行。走到离查理很近的地方时，我看见他下巴在颤抖。

"查理好。"我说。

"扎克好。"查理说。

"我们来跟安迪说晚安的，像你一样哦。"

查理很慢很慢地摇头说是。

"妈妈昨天跟搞新闻的人说啦，她再也不会吵架啦。"我告诉查理。然后我才想起，还捧着花呢，于是递给了他。

查理发出一个咳嗽一样的声音，下巴依然颤抖得厉害。"我看见了。"
他说。

"我就是想过来告诉你这个的，妈妈爸爸说可以。"

"谢谢你，扎克。"查理说。

"不过，妈妈还是不想跟你说话。"

"我理解。"查理说，他看向我身后爸爸妈妈站立的地方，面容悲
伤。他紧紧抿住唇，稍微举起花，向爸爸妈妈的方向致意。

我摘掉一只手套，将手插进裤兜，取出天使翅膀吊坠，用手指尖揉
了好几遍，然后捧在手掌心里递给查理。

"这个送给你吧。"我说道。查理接过吊坠，仔细打量。

"这是什么？"他问道。

"这个象征着爱与庇佑，"我说，"象征着你儿子还在你身边。"

查理端详着手中的吊坠，许久许久，下巴不住地颤抖、颤抖。他低
声道："谢谢你。"声音这么轻，我差点没听见。

我在那里陪查理站了一会儿，不知道该说什么，于是说道："圣诞
快乐。"查理也说："圣诞快乐。"然后我回到了爸爸妈妈身边，该跟
安迪说晚安了。

"唱我们的歌好不好？"我问。

妈妈浅笑："扎克啊，我现在大概还是没法唱。要不就念歌词吧？"
于是我们就念了歌词，轮流念这首歌里我们各自的词。

安德鲁·泰勒

安德鲁·泰勒

我们爱你

我们爱你

你是咱家小帅哥

我们一直爱着你

爱着你

爱着你

呼吸变成白色的云，升腾在我们面前。

地面的寒气渗透我们鞋底，我跺了跺脚，想让脚暖和一点。手指也很冷，我朝手套里吹着气。

"来，我给你吹。"妈妈说。她半跪在我面前，冲着我手套里呼热气，我手指头暖和起来。

我看着妈妈的脸，她好像也很冷吧，鼻子都红了，脸上也有鸡皮疙瘩，还显得那么疲倦，那么难过。我双臂齐上，拥抱住妈妈，就那样在安迪墓前待了很久，妈妈双膝在地，我们互相拥抱。

"咱们现在说晚安吧？"爸爸轻声问道。

妈妈跟我松开对方，她看着安迪的墓碑，又哭了起来。

"晚安，乖孩子。"妈妈用很轻很轻的声音说道。

"晚安，安迪。"我说。

"晚安。"爸爸说。

妈妈站起身，我们看着安迪的墓，一分钟的时间。然后，我们转过身，沿着来时的路，朝车走去。我走在中间。我，爸爸，妈妈，走在一起。

致　谢

　　在此要特别感谢我的编辑卡罗尔·巴伦，像你这样温柔、博学且有耐心的编辑世间难寻。能够与你共事，我幸甚至哉。感谢索尼·梅塔提供的支持。感谢跟我一样是单身猫奴女青年的杰妮芙·尼尔曼，谢谢你处理好了所有细节，事无巨细。感谢克里斯滕·比尔斯，你做的书装太美，我爱不释手。十分感谢才女珍妮·卡洛，你设计的精装版封套简直美不胜收。感谢艾伦·费尔德曼，制作这本书的过程中，是你让我们一直诚实。感谢丹妮尔·普拉夫斯基、加布里埃尔·布鲁克斯和尼克·拉提莫，是你们的不懈努力让扎克的故事来到读者手中。

　　同时也必须感谢玛丽·波·奥斯本，你的《神奇树屋》系列是儿童图书中最为异彩纷呈、引人入胜的一笔，你让我的孩子也轻松爱上了读书。

　　感谢我最爱也最喜欢带孩子去的两家独立书店——求知读者书店和安德森书店，你们对于书籍的爱与热情会传染，在我们的社区中不断回旋弥漫。